César Vallejo

EL
TUNGSTENO

PACO
YUNQUE

edición crítica
Flor María Rodríguez-Arenas

- STOCKCERO -

Vallejo, César

    El tungsteno. Paco Yunque / César Vallejo ; edición literaria a cargo de: Flor
María Rodríguez-Arenas - 1a ed. - Buenos Aires : Stock Cero, 2007.

    168 p. ; 22x15 cm.

    ISBN 978-987-1136-67-4

    1. Narrativa Peruana. 2. Novelas Sociales. I. Rodríguez-Arenas, Flor María, ed.
lit. II. Título
    CDD Pe863

stockcero.com
Viamonte 1592 C1055ABD
Buenos Aires Argentina
54 11 4372 9322
stockcero@stockcero.co

César Vallejo

EL TUNGSTENO

PACO YUNQUE

ÍNDICE

ESTRUCTURACIÓN, NARRATIVA Y DENUNCIA EN
El tungsteno Y Paco Yunque

I. REFERENTE, CONFIGURACIÓN Y ENUNCIACIÓN EN El tungsteno DE CÉSAR VALLEJO

FLOR MARÍA RODRÍGUEZ-ARENAS
COLORADO STATE UNIVERSITY-PUEBLO

I.I CÉSAR VALLEJO: VIDA Y OBRA.

César Abraham Vallejo (Santiago de Chuco 1892-París 1938) es uno de los poetas hispanoamericanos más importantes del siglo XX; reconocido y original innovador es asimismo uno de los más herméticos y complicados; no obstante, su popularidad y su universalidad en la literatura de lengua española son innegables. Además de su labor poética, Vallejo escribió también teatro, crónica periodística y prosa de ficción; sin embargo, comparados con los estudios críticos sobre su poesía, son muy pocos los análisis sobre la producción de ficción del escritor peruano.

Sobre su vida se saben casi siempre los mismo datos, pero ellos no informan lo suficiente para conocer profundamente al escritor. De ahí que Puccinelli escribiera:

> En Vallejo se ha dado la paradoja de ser a la vez el escritor más conocido y, en algunos aspectos, el menos conocido de la literatura peruana. Vastos sectores de su producción que en apreciable medida podrían contribuir a precisar su imagen, a definir algunos contornos borrosos, a confirmar o rectificar ciertos juicios y a esclarecer en definitiva su obra, permanecieron por mucho tiempo, dispersos, inéditos o totalmente ignorados (xxv).

César Vallejo fue el undécimo y último hijo de la pareja de mestizos que conformaron Francisco de Paula Vallejo Benites, nacido en 1840, y María de los Santos Mendoza Gurrionero, nacida en 1850. Los padres contrajeron matrimonio en 1869 y establecieron una familia modesta, pero relativamente acomodada, llegando Vallejo padre a ser gobernador de su pueblo. Sus abuelos maternos fueron: Natividad Gurrionero, indígena chimú y el sacerdote gallego Joaquín de Mendoza y sus abuelos paternos, Justa Benites, indígena chimú y el sacerdote gallego mercedario José Rufo Vallejo. El lugar de su nacimiento: Santiago de Chuco «Es el nombre de una de las provincias del Departamento de la Libertad, es también el nombre del distrito y de la capital provincial» (Delgado Benites, 31).

Vallejo fue excelente alumno durante su educación primaria, cursada entre 1901 y 1904, hasta el punto en que su maestro Abraham Arias Peláez le recomendó a la familia que lo enviaran a estudiar la educación secundaria en Huamachuco. Continuó sus estudios en el Colegio San Nicolás de Huamachuco entre 1905 y 1907; luego fue alumno libre (no asistía a clases por motivos económicos), durante 1908 (véase Delgado Benites, 11-12); tiempo durante el cual sus notas fueron excelentes; en esa época empezó su curiosidad literaria.

En 1910, intentó iniciar estudios universitarios en Trujillo pero tuvo que suspenderlos; en 1911, fue a Lima con el deseo de estudiar medicina, idea que pronto abandonó para regresar a Trujillo; pero debió empezar a trabajar. Lo hizo en la zona minera de Quiruvilca, cerca de Santiago de Chuco. Después trabajó como maestro y luego como ayudante del cajero en la hacienda azucarera Roma, cerca de Trujillo. Estas experiencias fueron su primer contacto serio con la realidad social de su país.

Por fin, en 1913 empezó sus estudios formales en la Universidad de Trujillo, donde en 1915 se graduó con una tesis sobre *El Romanticismo en la poesía castellana*, primera expresión de sus ideas sobre literatura. Durante estos años, se desempeñó como maestro en el Centro Escolar #241, localizado en La Plaza de Armas de Trujillo. Entre 1915 y 1917 estudió leyes, aunque no llegó a terminar. En estos años dictó clases de primer año de primaria en el Colegio Nacional de San Juan; donde uno de sus alumnos fue Ciro Alegría; además se unió al grupo «Norte», asociación literaria que encabezaban Antenor Orrego y José Eulogio Garrido y del que formaban parte Víctor Raúl Haya de la Torre, Alcides Spelucín y Macedonio de la Torre, entre otros.

En 1918, viajó a Lima, ciudad a la que llegó con los primeros poemas de *Heraldos negros*. Ingresó a la Universidad Nacional Mayor de San Marcos, con el deseo de obtener el doctorado de Letras y de Derecho; asimismo, consiguió un puesto de director del Colegio Barros. Pronto entró en contacto con directores de revistas y periódicos, quienes empezaron a publicar algunos de sus poemas y artículos en prosa. En agosto, murió su progenitora, a cuyo sepelio no pudo asistir. En medio de una profunda crisis anímica terminó el año; pero consiguió que saliera publicado su primer libro: *Los heraldos negros*.

Algunos de sus poemas comenzaron a difundirse en revistas limeñas, y su reputación literaria empezó a crecer. En la capital encontró dos importantes grupos de escritores e intelectuales, el de la revista «Colónida», encabezado por el escritor Abraham Valdelomar, quien era seguidor de Oscar

Wilde y de D'Annunzio, y el grupo de José Carlos Mariátegui, brillante ensayista y luchador social, fundador del Partido Socialista Peruano. Sobre estas situaciones Vallejo escribió:

> La cabeza de este renacimiento es Abraham Valdelomar. Él es el centro propulsor. Su aparición a la vida literaria peruana representa una verdadera renovación. Así como Chocano dio su nombre a su generación, la juventud actual está bautizada con el nombre de Abraham Valdelomar, director de la revista *Colónida*. En torno suyo se agrupan todos los valores coetáneos («La vida hispanoamericana. Literatura peruana. La última generación». El Norte, Trujillo, 12 de marzo de 1924) (Vallejo 2002, I: 51).

El libro *Los heraldos negros* le trajo a Vallejo una amplia reputación como poeta; pero su situación personal se hizo crítica. Se casó por primera vez en 1919. Al año siguiente, al perder el empleo del Colegio Guadalupe, decidió salir al extranjero. Para despedirse de su familia y amigos viajó a su pueblo natal y allí, sin proponérselo se vio envuelto en una asonada popular. Fue acusado con 19 personas más por incendiario y por disturbios políticos; terminó prisionero por ello, en Trujillo el 5 de noviembre de 1920. Pasó en la cárcel tres meses y medio (112 días); fue absuelto el 26 de febrero de 1921, sólo después de las protestas de las asociaciones estudiantiles universitarias y de varias figuras de la cultura peruana. Esa experiencia de la prisión lo marcaría para toda la vida.

Regresó a Lima, donde en 1922 ganó el primer premio en un concurso de cuentos, con su relato: «Más allá de la vida y de la muerte». El dinero de este premio le permitió imprimir *Trilce*, su segundo poemario y uno de los libros fundamentales de la poesía vanguardista hispanoamericana; muchos de cuyos poemas habían sido escritos durante sus días de cárcel; sin embargo, la crítica peruana desconoció la obra porque fue incapaz de entender la propuesta radical estética vanguardista del poeta. El poemario surgió coincidencialmente el mismo año que otros grandes libros de la vanguardia internacional: el *Ulises* de James Joyce y *The Waste Land* de T. S. Eliot.

En marzo de 1923, publicó su primera obra narrativa: *Escalas melografiadas*, conjunto de relatos que muestran gran cercanía a *Los heraldos negros* y *Trilce*. En mayo salió *Fabla salvaje*, una novela psicológica breve (49 páginas de extensión), en la colección La Novela Peruana; obra que fue calificada como: «un cuento largo o una novela corta, una novella en el sentido italiano de la palabra (Monguió 1960, 134), que junto con *Escalas melografiadas* «no cabe dentro de los cánones del cuento o de la novela breve» (Gutiérrez Girardot, 713).

Su situación económica empeoró, pero con su último sueldo compró un pasaje de barco a París, a donde salió en compañía de Julio Gálvez Orrego, el 17 de junio de 1923. Vallejo tenía 30 años de edad. Sus intenciones eran las de regresar a su patria (véase Puccinelli, xxvi); sin embargo, el destino se lo impidió.

Al partir, Vallejo llevaba la corresponsalía del diario *El Norte* de Trujillo, fundado cinco meses antes y al cual estaba estrechamente ligado por la fraternal camaradería que había unido a todos los integrantes de la llamada Bohemia de Trujillo, su verdadera familia de elección, antecedente del diario y del Grupo Norte que iniciaba ya una prolongada diáspora. Habían surgido a la vida literaria figuras que serían capitales en las letras y en la historia peruanas de este siglo: Alcides Spelucín, Juan Espejo Asturrizaga, José Eulogio Garrido, Federico Esquerre, Francisco Xandoval, Eloi B. Espinosa, Óscar Imaña y Macedonio de la Torre entre otros (Puccinelli, xxvii).

Llegó a Francia el 13 de julio. Al final de ese año, en medio de grandes penurias económicas, enfermó gravemente, tuvo una cirugía y posteriormente escapó de morir por una hemorragia consecutiva a la intervención quirúrgica.

En 1924, murió su padre, hecho del que se enteró por los periódicos. Sus penurias económicas continuaron; fue hospitalizado de emergencia dos veces. Ese año pasó una temporada refugiado en el taller del artista costarricense Max Jiménez donde se repuso físicamente. En 1925, consiguió trabajo como secretario en París, en la empresa los «Grandes Periódicos Iberoamericanos» y obtuvo gracias a Pablo Abril de Vivero, una pequeña beca otorgada por el gobierno español. En octubre, viajó por primera vez a España.

Con Juan Larrea publicó en 1926: *Favorables, París, Poema,* revista de la que salieron sólo dos números. Desde 1925, empezó a escribir crónicas de la vida artística y mundana parisién y de sus propias preocupaciones estético-filosóficas para revistas de Lima: *Mundial* (semanario) |1925-1930| y *Variedades* (revista) |1926-1930|, con las cuales colaboró hasta 1930. Pronto su conciencia artística se fue formando por afinidades y rechazos. En 1926, escribió también para *Amauta*, la revista de José Carlos Mariátegui y se unió al diario *El Comercio* (Lima) |1929-1930|, como corresponsal oficial.

> Para este nuevo destinatario va modelando la nueva escritura de sus crónicas y artículos que estilísticamente ingresan imperceptiblemente en el mismo espacio literario de sus *Poemas en prosa* y de sus *Poemas humanos*, de los que constituyen un texto paralelo (Puccinelli, xxxviii).

En 1927, publicó en la revista *Amauta*, «sabiduría», capítulo de una novela que nunca continuaría. Renunció a su empleo y a la beca española; durante estos meses se produjo una seria crisis anímica y moral en su espíritu. En ese año, conoció a su primera compañera francesa, Henriette Maisse, con quien conviviría hasta octubre de 1928. Estéticamente se sentía cerca de los innovadores, pero rechazaba a los surrealistas y a otros vanguardistas; porque los consideraba mecánicos. Finalmente comenzó a profundizar en el marxismo y tuvo una actitud crítica frente a algunos de sus postulados: «La filosofía marxista, interpretada y aplicada por Lenin, tiende una mano alimenticia al escritor mientras con la otra tarja y corrige, según las conveniencias políticas, toda la producción intelectual. Al menos, este es el resultado práctico de Rusia» («Sobre el proletariado literario». *Mundial* N° 409, Lima, 13 de abril de 1928). (Vallejo 2002, II: 575).

Durante esta época, escribió artículos periodísticos que señalaban su interés por las clases oprimidas; sin embargo, pasaron algunos años hasta que la politización de los movimientos literarios se hizo más evidente en su escritura, gracias al interés intelectual que sentía por el comunismo y guiado por el ejemplo que ofrecieron en 1927, surrealistas como André Breton, Paul Eluard y Louis Aragón, quienes se unieron al Partido Comunista Francés. Este año conoció a Georgette Phillipart. Su compromiso con el marxismo, se observa en los artículos que difundió desde finales de 1927 en las publicaciones limeñas.

En 1928, volvió a enfermar; siguió sus estudios sobre el marxismo. En octubre, Vallejo viajó a Moscú por primera vez, empleando el dinero que había solicitado de la embajada peruana para regresar al Perú; a su regreso a finales de diciembre le escribió a Pablo Abril: «Voy sintiéndome revolucionario y revolucionario por experiencia vivida, más que por ideas aprendidas» (*Epistolario general*, 190). Dos días después de redactar esta carta, se hizo miembro del Partido Comunista Peruano (28 de diciembre de 1928). Sus crónicas de viaje declaran su nueva filiación política, su compromiso de artista militante. A fines de diciembre, rompió con el Aprismo, partido peruano del que había sido simpatizante, y creó en París la célula marxista peruana.

Durante 1929, empezó a convivir con Georgette y viajó con ella a Bretagne. En ese año, visitó asiduamente la librería «L'Humanité» donde obtuvo lecturas sobre el marxismo. En esta época, se produjo la etapa artística de *Poemas en Prosa*, *Contra el secreto profesional* y *Hacia reino de los Sciris*. En octubre de ese mismo año, hizo un segundo viaje a la Unión Soviética, época en la que se alejó del trostkismo. Cuando regresó, inició «El arte y la revolución», «Moscú contra Moscú» (obra teatral), que luego llamaría «Entre dos orillas corre el río». No escribió poemas.

El 1° de febrero de 1930, comenzó a producir una serie de artículos sobre la URSS que se publicaron en Madrid en la revista *Bolívar*, en los que mostró su adhesión estalinista. En mayo de ese año, estuvo en España, donde concluyó la segunda edición de *Trilce*. El 2 de febrero, el Ministerio del Interior del gobierno francés lo había declarado persona peligrosa y terminó por expulsarlo del territorio con el decreto del 2 de diciembre (Flores, 111). Salió de París con destino a Madrid, el día 29 del mismo mes.

En este año, escribe su concepción sobre el escritor comprometido:

El escritor revolucionario lleva una vida de acción y dinamismo

constantes. Viaja al aire libre, palpitando, en forma inmediata y vi-
viente, la realidad social y económica, las costumbres, las batallas
políticas, los dolores y alegrías colectivos, los trabajos y el espíritu
de las masas. Su vida es un laboratorio austero y ardiente donde es-
tudia científicamente su rol social y los medios de cumplirlo. El escritor revolucionario tiene la conciencia de que él, más que ningún
otro individuo pertenece a la colectividad y que no puede confinarse
a la *torre de marfil* del egoísmo. Ha muerto el escritor del bufete y
de levita, de monóculo y libresco, que se sienta día y noche ante un
montón de volúmenes y cuartillas ignorando la vida en carne y hue-
so de la calle. Ha muerto, asimismo, el escritor bohemio, soñador,
ignorante y perezoso («Una reunión de escritores soviéticos». *El
Comercio*, Lima, 1° de junio de 1930) (Vallejo 2002, II: 864).

Ya en la capital española, el 7 de marzo de 1931, apareció su novela *El
tungsteno*. Se inscribió en el Partido Comunista Español y enseñó el marxis-
mo-leninismo en células clandestinas. Todos esos hechos influyeron en su escritura:

La adhesión de Vallejo al criterio estalinista trajo consigo una perspectiva más rígida sobre el valor del arte. (...) El poeta peruano, en
aquella época, estaba dispuesto a someter sus opiniones particulares al censor del Partido. (...) El que Vallejo aceptase las directivas
de la RAPP |Asociación Rusa de Escritores Proletarios| en ciertos
aspectos explica por qué se dedicó a la prosa más que a la poesía en
los años 1930-1931 (Hart, 26).

Durante este tiempo, trabajó como traductor para poder sobrevivir. Las
obras que ofreció para publicación fueron todas rechazadas por la violencia
que representaban y por la ideología que las sustentaba, pese a la ayuda de
García Lorca que lo acompañaba en todas sus gestiones. Entre estas obras estaba «Paco Yunque», rehusado por que lo consideraron un cuento demasia-
do triste. En octubre de 1931, realizó su tercer y último viaje a la Unión Soviética, donde por un grave accidente de trabajo, casi muere. Allí participó
en el Congreso Internacional de Escritores Solidarios con el Régimen Sovié-
tico. El 30 de ese mismo mes, regresó a España.

César Vallejo visitó en tres oportunidades la Unión Soviética entre 1928
y 1931, aprovechando para escribir artículos sobre la Revolución bolchevique
y apuntes de lo que serían sus dos libros de crónicas de viaje: *Rusia en 1931:
Reflexiones al pie del Kremlin*, aparecido en julio de 1931, y *Rusia: Ante el Segundo Plan Quinquenal*, terminado en 1932, pero editado de manera póstu-
ma. La finalidad de sus escritos era ofrecer al mundo occidental impresiones
como testigo presencial de los alcances de la Revolución: «Mi esfuerzo es, a
la vez, de ensayo y de vulgarización» (*Rusia en 1931*, 6). Vallejo pretendía poner en contacto «al gran público» de Europa y América con el «proletariado
en Rusia». Así, *Rusia en 1931* fue el primer libro de reportajes sobre la Unión

Soviética que se publicara en España (...) y, seguramente, en español (Bruzual, 23-24).

Retornó a Francia clandestinamente en febrero de 1932, pero pronto consiguió el permiso oficial de estadía. En 1933, colaboró en la *Revista Germinal* (París). En octubre de 1934, contrajo matrimonio con Georgette. Asimismo, preparó dos volúmenes críticos: *El arte y la revolución* y *Contra el secreto profesional*. El año 1935, fue de decepciones continuas, ya que le presentó tanto un reto personal como diversos rechazos editoriales consecutivos.

En 1936, la Guerra civil española lo conmovió profundamente; se entregó a la causa republicana con verdadera pasión; escribió periodismo de denuncia, pero también lo que sería su última obra: *España, aparta de mí este cáliz*, el más importante producto poético de la guerra española. En 1937, César Vallejo viajó a Valencia al Congreso de Escritores Antifascistas. Entre septiembre y diciembre, revisó algunos de sus últimos poemas y agregó la mayor parte de los textos que formarían *Poemas Humanos* y *España, aparta de mí este cáliz*. Enfermó en marzo de 1938 y murió el 15 de abril, víctima de unas fiebres de origen misterioso.

En julio de 1939, apareció en París editado por su viuda y Raúl Porras Barrenechea, *Poemas humanos*, una colección heterogénea de los poemas y prosas escritos por Vallejo desde 1923. Así como quedaron poemarios suyos sin publicar, en prosa también dejó textos que no alcanzó a pulir: *Hacia el reino de los Sciris*, novela breve; *El niño del carrizo*, relato; *Viaje al rededor del porvenir*, relato; *Los dos soras*, relato; *El vencedor*, relato para niños.

1.2 LA SITUACIÓN SOCIOECONÓMICA Y POLÍTICA DEL PERÚ.

El Perú entró al siglo XX con grandes esperanzas en la reconstrucción nacional; además las clases altas urbanas prosperaron; ya que había una economía de inversión que hacía pensar que el desarrollo del país era posible. Junto a esto, la educación avanzó, lo cual permitió el surgimiento de figuras posteriores como: Víctor Raúl Haya de la Torre, José Carlos Mariátegui, Valcárcel, José Santos Chocano, César Vallejo, José María Euguren, entre otros.

No obstante, desde el comienzo del siglo surgieron situaciones de conflicto en diversos frentes: problemas de fronteras nacionales con Ecuador, Colombia, Brasil, Bolivia y Chile. Los escándalos del Putumayo y los problemas con Colombia en torno al caucho: la explotación despiadada de terrenos y de seres humanos que hombres como Fernando Fitzcarrald y Julio C. Arana realizaron tanto en la selva peruana como en la selva colombiana, exterminando grupos completos de indígenas de la región amazónica originando el rechazo internacional de enormes proporciones. Situación que impulsó la formación de la Asociación pro Indígena dirigida por Pedro S. Zulen, de origen chino, y Joaquín Capelo, quienes se dedicaron a luchar por la defensa de los derechos humanos de las comunidades indígenas especialmente del interior del país.

Entre 1912 y 1914 hubo brotes de rebelión en diferentes puntos del país: en el sur en el departamento de Puno se dio el levantamiento de Rumi Maqui. En 1915, se produjo una seria rebelión en Vitarte, zona industrial vecina a la capital. Durante esos años, surgieron brotes de sublevación de indígenas, de campesinos y de trabajadores industriales que fueron suprimidos con violento rigor; además dirigentes políticos de diversas áreas fueron asesinados, causando desorden en la vida política y social.

Para 1918 y 1919, en el segundo gobierno de José Pardo la inseguridad y el desorden se incrementaron: hubo clausura de periódicos, se disolvieron partidos políticos y se produjo el primer paro general en el país; el caos era total. En 1919, Leguía, electo por segunda vez, se posesionó en medio de una asonada militar y de confusas situaciones. Su permanencia en el gobierno duró once años, durante los cuales cambió a su gusto la constitución y las leyes para hacerse reelegir. Durante este segundo gobierno se produjo el ascenso de la clase media urbana y Lima como capital comenzó a tener un peso muy fuerte sobre el resto del país. Pero, la represión y la deportación de los opositores al gobierno fueron severas; así se produjo la supresión gradual de la prensa de provincia y por tanto de la opinión pública ajena a la capital. «En una ocasión llegó a fletarse un barco para que llevase a los desterrados a Australia, peo los presos se amotinaron y lograron desembarcar en Costa Rica» (Pease, 168).

Durante esta época, se generó una agresiva política de inversión extranjera mediante préstamos del gobierno, aumentando desmesuradamente la deuda externa, lo que creó más fuertemente la dependencia del país, de los Estados Unidos. Lo que marcó a este periodo fueron las persecuciones políticas y las deportaciones, junto a la conscripción forzada de la población andina que se empleaba para la construcción de carreteras; así se daba una falsa visión de prosperidad del gobierno; pero el costo de vida se encareció, afectando especialmente a la población urbana. Como consecuencia, durante los once años de gobierno, por influencia del marxismo surgieron nuevos partidos políticos: El Partido Socialista formado por José Carlos Mariátegui, que tomó después el nombre de Partido Comunista y El APRA: Alianza Popular Revolucionaria Americana (Para esta sección se ha empleado: Pease, 148-176).

Asimismo, la situación de vasallaje y dominación de las comunidades indígenas y campesinas de clases bajas, establecida desde la época colonial, continuó. El país, dividido geográficamente en regiones con características diferentes: la sierra, la costa y la selva, poseía modalidades peculiares en cada área;

en la sierra primaba fuertemente el gamonalismo, lo cual permitía la expansión de los terratenientes sobre las tierras indígenas y campesinas, e impulsaba la violencia y la servidumbre. Hasta bien entrado el siglo XX, a las comunidades indígenas se les exigió un pago de tributo personal, que desde 1840, había sido eximida para los blancos y los mestizos.

Del mismo modo, continuó la utilización gratuita de la fuerza de trabajo indígena. Situación que durante la época colonial se conocía como *Mita*; aberración que había sido abolida por Bolívar y San Martín. El servicio gratuito indígena se restableció en el Perú republicano y se conoció como el «Servicio a la república», situación que aprovechaban las clases altas para su propio beneficio, contando para esto con la aquiescencia del gobierno (Manrique Gálvez, 22). A los indígenas también se los sometía a la conscripción involuntaria, incluso dentro de las mismas ciudades. El abuso llegaba incluso hasta despojarlos de sus pertenencias y de sus animales (Manrique Gálvez, 30).

Esta conducta de coerción y control de las comunidades indígenas por medio de la violencia estaba basada en un fuerte racismo, uno de cuyos máximos voceros durante la República Aristocrática (1895-1919) fue Francisco García Calderón, quien apoyándose en teorías francesas afirmó que los indígenas formaban una raza inferior que debía ser dominada o exterminada por una superior para que el país pudiera surgir como nación; así debía efectuarse el etnocidio físico o el etnocidio cultural de los pueblos indígenas (véase Manrique Gálvez, 38).

César Vallejo describió la situación de su patria en la primera mitad del Siglo XX:

> En la *costa* predominan los blancos y mestizos, la lengua española, la religión cristiana, y una tradición social más o menos europea y de importación. En la *sierra*, son los indígenas puros o un tanto blanqueados por el contacto con los primeros españoles, quienes forman el grueso de la población, con un catolicismo bárbaro e híbrido, mezcla de supersticiones panteístas de origen incaico y de una serie de idolatría ritual medievalesca. Se hablan allí varios idiomas: el español degenerado y casi irreconocible, el quechua y el aimara aborígenes, y en algunos parajes, dialectos caóticos sin gramática ni morfología aparentes. La *montaña*, por último es una cima social sin fondo donde no se divisa nada claro ni preciso. Es una manigua virgen y cerrada, de tribus y de hordas en completo estado de salvajismo. (...) (II: 899).
>
> La población de las ciudades de cierta importancia, en el Perú, –Lima, la capital, Trujillo, Ica, Cuzco, Piura, Iquitos–, atrae especialmente la atención por su triple fisonomía racial, nítidamente marcada en los rasgos, el modo de andar y el género de trabajo de las gentes. En este último terreno sobre todo, se observa un fenómeno asaz, uniforme y significativo: cuanto más de color son las gentes, más relegadas se ven a los quehaceres inferiores. Así los

blancos ejercen las funciones directivas de la vida económica, los mestizos las de segundo plano. Y los indígenas las más bajas. Ha de notarse que el porcentaje de cada una de estas capas sociales en la población del país, asciende en sentido inverso a su categoría social: hay poco más o menos, 50 por ciento de indígenas, 40 por ciento de mestizos y 10 por ciento de blancos. La jerarquía social ¿se determina aquí por una lucha racial? No. Es al revés. Las razas ocupan los niveles asignados por la lucha de clases. (...) (902).

Semejante composición racial y clasista del país, determina forzosamente una situación de violencia, alimentada por odios históricos, que se acrecientan a medida que se esclarece la conciencia social media.

Las notas expuestas arriba, en cuanto a la población de las ciudades, adquieren tonos más sombríos cuando se observa la jerarquía social en las regiones industriales y agrícolas. Allí, la división de razas y de clases así como sus roles respectivos y sus relaciones mutuas, se definen con relieve tal que la vida colectiva se convierte en un auténtico avispero de rencores y contiendas (907).

¿Cómo operan los dueños del país para mantener vivo en plena República semejante régimen de castas con su cortejo de injusticias sociales, económicas y políticas? Operan representando la farsa democrática. Es decir se sirven del juego y del aparato escénico republicanos, para hacer más expedito el drama de la realidad feudal y al abrigo de cualquier interrupción («¿Qué pasa en América del Sur? En el país de los Incas») (*Germinal*, París, 3, 10 de junio de 1933) (Vallejo 2002, II: 908).

Ahora, el Perú entró al siglo XX con una economía de dependencia que pasó del poder británico al estadounidense. Este periodo se conoce en la historia peruana como la República Aristocrática, controlado por el Partido Civilista, cuya fase de apogeo fue entre 1895 y 1919, lapso en el que ejercieron la presidencia del país: Andrés A. Cáceres (1894-1895), Manuel Candamo (1895), Nicolás de Piérola (1895-1899), Eduardo López de Romaña (1899-1903), Manuel Candamo (1903-1904), Serapio Calderón (1904), José Pardo y Barreda (1904-1908), Augusto B. Leguía (1908-1912), Guillermo Billinghurst (1912-1914), Óscar R. Benavides (1914-1915) y José Pardo y Barreda (1915-1919). Concluyó con los once años de gobierno de Augusto B. Leguía (1919-1930); presidencia que se considera la fase de crisis del partido como una fuerza política mayor. Durante toda esta época se dio un fuerte impulso a la explotación minera en los Andes a cargo de empresas estadounidenses, algunas asociadas en parte a capital local peruano. Pero, las deudas, los empréstitos y los tratados efectuados por los gobiernos del Perú crearon la dependencia del país hacia Inglaterra y Estados Unidos, pero especialmente hacia éste último perdiéndose la posibilidad de alcanzar la independencia económica y comercial.

1.2.1 La «Peruvian Corporation Ltd.» y la W. R. Grace & Co.

Perú entró al siglo XX con una dependencia económica de comerciantes ingleses, debido al contrato Grace-Donoughmore (firmado con Michael P. Grace en enero de 1890, representante de W. R. Grace & Co.), que se realizó debido a la bancarrota en que entró el país a causa de la Guerra del Pacífico sostenida contra Chile. Ante la imposibilidad de pagar la deuda adquirida en bonos ingleses y estadounidenses, el presidente Andrés Avelino Cáceres firmó el contrato para liberar al gobierno del Perú de los préstamos que había tomado en bonos en 1869, 1870 y 1872, para construir los ferrocarriles. Por medio de este contrato se concedía a los prestadores ingleses, el usufructo de los ferrocarriles por 66 años y la facultad de explotar más de 3 millones de toneladas de guano; además de la explotación de centros mineros y de petróleo, la producción de carbón ancashino, propiedad de las minas de plata de Cerro de Pasco, los vapores del lago Titicaca, dos millones de hectáreas en la selva amazónica en el valle del Perené, los muelles fiscales de Mollendo, Chimbote, Salaverry, Pacasmayo y Paita, el tráfico de inmigrantes, los derechos de navegación en la Amazonía, etc.

Para representar los intereses de los dueños ingleses de los bonos y manejar los recursos adquiridos se creó la Peruvian Corporation Ltd., cuyo presidente nominal era Lord Donoughmore, pero el poder detrás de todos los movimientos era William Russell Grace. Los contratos que se relacionaban con el usufructo y el mantenimiento de los ferrocarriles quedaron en manos de la empresa Grace; además, por este contrato la casa angloamericana W. R. Grace pasó a controlar todo lo importante en la economía peruana al estar detrás de la empresa Peruvian Corporation Ltd. En 1891, se crearon compañías subsidiarias para manejar el Ferrocarril Central, conocido como el ferrocarril inglés Lima-Callao, el ferrocarril del sur del Perú, el ferrocarril de Pacasmayo, el ferrocarril de Guadalupe y el ferrocarril de Trujillo; en todas esas compañías la «Peruvian Corporation» tenía la mayoría de las acciones y por tanto el control de las decisiones.

William Russell Grace (Queenstown, Irlanda, 1832- New York, 1904), que se había establecido en New York en 1865, fue alcalde electo de la ciudad de New York por el partido demócrata durante dos periodos (1880 y 1884); ciudad donde organizó la W. R. Grace and Company, originalmente diseñada para servir como la corresponsal en New York para la Grace Brothers & Co., del Perú.

Cuando el Perú comenzó a desarrollar el sistema de ferrocarriles, Grace, que estaba establecido en El Callao con su hermano, aseguró los contratos para proporcionar todos los materiales necesarios, como hierro, madera, comida, etc. En 1860, William Grace dejó el Perú debido a la mala salud, pero su hermano Michael permaneció vigilando los negocios de la familia. Regre-

só unos años después, convirtiéndose en consejero privado del gobierno peruano; hasta el punto que entre 1875 y 1879 se hizo cargo de organizar todo
para armar y equipar a la Armada Peruana; asimismo, influyó para el desarrollo de la Marina del país. Cuando comenzó la Guerra del Pacífico, la compañía W. R. Grace & Co. proporcionó al Perú la mayoría de las armas para la
lucha y consiguió muchos de los barcos empleados en el conflicto; pero cuando el país perdió la guerra, William Grace renunció a su cargo de consejero
del gobierno.

Los dueños ingleses de los bonos prestados al país se impacientaron ante
la falta de liquidez del gobierno para responder a la deuda; situación que
aprovechó Grace para dar el golpe de gracia: entre él y John Luke Heley-
Hutchinson, 5º Conde de Donoughmore[1] compraron todos los bonos ingleses y estadounidenses que debía el gobierno del Perú y efectuaron el contrato Grace-Donoughmore, mediante el cual, el país quedó hipotecado. Así,
William Grace supervisó la fundación de la Peruvian Corporation Ltd., que
se hizo cargo de las operaciones adquiridas mediante la firma del tratado. En
1891, la corporación creó 7 subsidiarias que funcionaban con distintos fines
dentro del territorio. En 1895, Las empresas Grace se incorporaron en Estados Unidos y se convirtieron en la William R. Grace & Corporation. Estas
manipulaciones comerciales de Grace le ganaron el apelativo de «El pirata
del Perú».

En 1904, William Grace murió, pasando el control de la compañía W. R.
Grace & Co. a Michael. En 1907, éste renegoció el contrato de las dos corporaciones con el gobierno peruano, anulando los términos anteriores y exten-
diéndolos por 17 años más. El hijo de William, Joseph, quien trabajaba con
la compañía desde 1894 y estaba establecido en New York, pasó a controlar
la empresa en 1909, fortaleciéndola y expandiendo sus negocios a cada uno
de los países de Sur América.

Por la ley 6281 de 1928, a la corporación W. R. Grace & Co. se le cedieron
a perpetuidad los ferrocarriles del Estado (los que debía usufructuar por sólo
66 años, según los contratos de 1890 y 1907). Estos fueron: Paita-Piura, Pacas-
mayo-Guadalupe-Chilete, Salaverry-Trujillo-Ascope, Chimbote-Huallanca,
Pisco-Ica, el FFCC del Sur y el FFCC Central (Véase Ingham, 486-487; Clayton, 1985; James, 1993).

1.2.2 La Cerro de Pasco Copper Corporation

Hacia mediados de 1901, Alfred W. MacCune, uno de los socios de James
Ben Ali Haggin, viajó a la región de Cerro de Pasco para investigar la posibilidad de desarrollar las minas de la región. Para 1902, Haggin reunió en

---

1   Su hijo, Richard, 6º Conde de Donoughmore contrajo matrimonio con Eliana María,
     segunda hija de Michael Grace.

una cena en New York a los otros ricos magnates que serían sos socios: J. P.
Morgan, Henry Clay Frick, Darius Ogden Mills, Hamilton McKown
Twombly representante de los herederos Vanderbilt y William Randolph
Hearst; grupo que compró el 80% de los yacimientos de minerales en Cerro
de Pasco y sus alrededores; asimismo adquirieron dos minas de carbón: Goy-
llarisquisga y Quihuarcanche y las concesiones férreas para unir sus propiedades con la costa. El 6 de junio de ese año esa asociación de magnates fun-
dó la Cerro de Pasco Investment Company,[2] mejor conocida como la Cerro
de Pasco Copper Corporation[3] que funcionó como la casa matriz para los intereses en minas, ferrocarriles, ganadería, industria y tierras que el consorcio
adquirió en Perú y cuya forma de acción era comprar barato, aportar un determinado capital y empezar a producir. Pocos meses después, se inició la
construcción de la nueva fundición en Viyahuara, a 15 kilómetros de Cerro
de Pasco. En menos de seis años la empresa había completado el ferrocarril
central hasta Huancayo y controlaba la mayoría de las minas en Cerro de Pasco y Morococha (véase Mallon, 252-253).

La tercera zona minera más conocida de la sierra central era Caspalca, allí
la Cerro de Pasco Corporation entró en contienda por el control regional con
la compañía Blackus y Johnston, que estaba en el área desde 1896. Por la caída del precio del cobre, la Blackus y Johnston entró en apuros económicos en
1909; los fundadores murieron y sus herederos vendieron todas las propiedades a la compañía estadounidense, quedando así la Cerro de Pasco Corporation con el control total de la Sierra Central (véase Kruijt y Vellinga 49-52).

Ahora, James Ben Ali Haggin (Harrodsburg, KY., 1827- Newport,1914),
el cerebro organizador y mayor accionista de la Cerro de Pasco Corporation
hasta su muerte, era un reconocido financista minero que había explotado
minas en California, Dakota del Sur, Utah y Montana. En algunas de estas
transacciones comerciales se había asociado con George Hearst y Marcus
Daly, cuyas acciones en la Anaconda Copper Co. pronto adquirió, convirtiéndose en el mayor accionista de esta empresa, que poseía más de cien minas; además, había estado detrás del problema que había surgido en Dakota
del Sur cuando los indios Lakota perdieron su territorio en la batalla de Lit-
tle Bighorn. Pocos meses después, el consorcio formado por Haggin-Hearst
adquirió la tierra indígena y comenzó el desarrollo minero del oro de la región, controlando a los trabajadores al ofrecerles algunas ventajas: días de 8
horas, posibilidad de obtener un terreno, pago relativamente decente; de esta
manera, La Anaconda Co. se convirtió en una compañía paternalista que fun-
cionaba efectivamente como instrumento de control, porque hacía sentir obligados a los obreros. Cuando esto dejaba de funcionar, tenían personal que
aplicaba la violencia para mantener el control: «"el guante suave sobre el puño

---

2   «La entrada de esta empresa significó un aumento de inversión considerable, que hizo
     posible la construcción de la infraestructura necesaria para permitir el crecimiento de la
     minería en esa región así como la construcción de un complejo minero» (Kuramoto, 140).

3   En 1915, en esta corporación se reunieron bajo una administración varias propiedades
     que hasta antes habían sido explotadas en forma separada: la Cerro de Pasco Mining
     Corporation, la Cerro de Pasco Railway Corporation y Morococha Mining Corporation
     (véase Kruijt y Vellinga, 50).

de hierro". La violencia y la benevolencia eran apenas dos lados de la misma moneda capitalista» (Abeyta, 157).

La ideología primaria de los industriales estadounidenses que se asociaron para crear la Cerro de Pasco Copper Corporation era «estabilizar la pirámide de la riqueza», convenciendo a la suficiente gente dentro de cada nivel de la pirámide para asegurar la estructura jerárquica y la desigualdad inherente que provenía de ella. Para poder lograr esto creían e impulsaban las ideas del darwinismo social[4] proveniente de Spencer y las del pragmatismo[5] (véase Abeyta, 158-167). Con éstas y otras ideas, actitudes e ideologías, la Cerro de Pasco Copper Corporation comenzó a funcionar en Perú, creando con sus manejos muy pronto la exclusión racial y los conflictos laborales.

Desde el momento en que se originó, la estructura organizacional de la Corporación Cerro de Pasco excluyó cualquier reconocimiento de su mano de obra principal, la indígena, como socio igual en la empresa minera. (...) Así, dejó a la mano de obra indígena en la misma posición de subordinación que se había estatuido desde el tiempo de la colonización española. / Algunos rasgos de la Corporación Cerro de Pasco pueden identificarse como razones para este resultado: La compañía nunca reformó su estructura de poder centralizado; así que continuó funcionando como un «sindicato privado» más que otras empresas mineras en Perú (...). / Pero más importante aún, todas las decisiones acerca de las operaciones se tomaban en las oficinas centrales de New York, y los puestos ejecutivos llegaron a ser una extensión de la personalidad de quien ocupara esa oficina, cuyo poder aumentaba más al controlar el mayor bloque de acciones del capital (...). Esto tenía grandes implicaciones en las prácticas de la Corporación, las que impactaban en las comunidades locales indígenas del Perú (Abeyta, 180-190).

Los efectos que produjo la empresa se sintieron inmediatamente más allá de las minas y del transporte; porque pronto comenzaron a originar una demanda de diversos productos para cubrir las inversiones y producir rentabilidad. Los miembros de las clases altas regionales se apresuraron a obtener ventaja de estas oportunidades que creó la empresa estadounidense; ellos actuaron como intermediarios entre los inversionistas y la mano de obra que se necesitaba. De esta manera, se convirtieron en aliados entusiastas y violentos colaborando en la reorganización del sector minero y reestructurando las relaciones económicas de la región.[6] Durante los primeros 20 años de existen-

---

4   «Darwinismo social: Por tal se entiende la aplicación directa de las ideas más dramáticas de la teoría de la evolución, como puede ser la lucha por la vida, a la sociedad humana; algo que se produce, sobre todo, de la mano de Herbert Spencer y sus *First Principles* (1862). El éxito social constituiría, para el darwinismo social, el resultado de la supervivencia de los más fuertes, y ésta vendría justificada desde el punto de vista moral, al margen de los medios utilizados como resultado de un proceso natural. La importancia de una tesis así para justificar el racismo es obvia (...)». (Giner et.al, 176).

5   El pragmatismo es un forma de pensar que considera la verdad desde el punto de vista de la utilidad que tenga en la sociedad. Rechaza la existencia de verdades absolutas: todo es provisional y está sujeto al cambio.

6   Esta situación la canta Pablo Neruda (Chile) en su poema: «Los abogados del dólar»: Infierno americano, pan nuestro / empapado en veneno, hay otra / lengua en tu pérfida fogata: / es el abogado criollo / de la compañía extranjera. /// Es el que remacha los grillos

cia, la Cerro de Pasco Copper Corporation extendió y afianzó el control sobre la mayoría de los depósitos minerales, de la infraestructura económica y de la población indígena y campesina de la planicie central de las provincias de Cerro de Pasco, Huarochirí y Yauli (véase Mallon, 253-254).

Además, la Cerro de Pasco Corporation tenía autonomía de la sociedad peruana, porque las leyes no regían para ella; lo que permitió que se convirtiera en la principal autoridad, porque en la zona donde se estableció, los gerentes de la compañía estaban por encima de las autoridades civiles y militares y, para logar sus fines, arrasaron con los pequeños y medianos capitales locales, afectando el comercio del país; puesto que ni siquiera los elementos básicos que se distribuían en las tiendas mercantiles de la compañía eran peruanos; si no eran importados, se producían en los latifundios que pertenecían a la empresa (véase Flores Galindo, 16-17).

Con la presencia de la Corporación Cerro de Pasco, continuó la serie de abusos de los derechos humanos de las comunidades indígenas y campesinas que se apoyó en conductas establecidas o reforzadas con variaciones desde la colonia española, como el sistema de la hacienda.[7] Junto a esta estructura co-

---

/ de la esclavitud en su patria, / y desdeñoso se pasea / con la casta de los gerentes / mirando con aire supremo / nuestras banderas harapientas. /// Cuando llegan de Nueva York / las avanzadas imperiales, / ingenieros, calculadores, / agrimensores, expertos, / y miden tierra conquistada, / estaño, / petróleo, bananas, / nitrato, cobre, manganeso, / azúcar, hierro, caucho, tierra, / se adelanta un enano oscuro, / con una sonrisa amarilla, / y aconseja, con suavidad, / a los invasores recientes: /// No es necesario pagar tanto / a estos nativos, sería / torpe, señores, elevar / estos salarios. No conviene. / Estos rotos, estos cholitos / no sabrían sino embriagarse / con tanta plata. No, por Dios. / Son primitivos, poco más / que bestias, los conozco mucho. / No vayan a pagarles tanto. /// Es adoptado. Le ponen / librea. Viste de gringo, / escupe como gringo. Baila / como gringo, y sube. /// Tiene automóvil, whisky, prensa, / lo eligen juez y diputado / lo condecoran, es Ministro, / y es escuchado en el Gobierno. / Él sabe quién es sobornable. / Él sabe quién es sobornado. / Él lame, unta, condecora, / halaga, sonríe, amenaza. / Y así vacían por los puertos / las repúblicas desangradas. /// Dónde habita, preguntaréis, / este virus, este abogado, / este fermento del detritus, / este duro piojo sanguíneo, / engordado con nuestra sangre? / Habita las bajas regiones / ecuatoriales, el Brasil, / pero también es su morada / el cinturón central de América. /// Lo encontraréis en la escarpada / altura de Chuquicamata. / Donde huele riqueza sube / los montes, cruza los abismos, / con las recetas de su código / para robar la tierra nuestra. / Lo hallaréis en Puerto Limón, / en Ciudad Trujillo, / en Iquique, / en Caracas, en Maracaibo, / en Antofagasta, en Honduras, / encarcelando a nuestro hermano, / acusando a su compatriota, / despojando peones, abriendo / puertas de jueces y hacendados, / comprando prensa, dirigiendo / la policía, el palo, el rifle / contra su familia olvidada. /// Pavoneándose, vestido / de smoking, en las recepciones, / inaugurando monumentos / con esta frase: Señores, / la Patria antes que la vida, / es nuestra madre, es nuestro suelo, / defendamos el orden, hagamos / nuevos presidios, otras cárceles. /// Y muere glorioso, "el patriota" / senador, patricio, eminente, / condecorado por el Papa, / ilustre, próspero, temido, / mientras la trágica ralea / de nuestros muertos, los que hundieron / la mano en el cobre, arañaron / la tierra profunda y severa, / mueren golpeados y olvidados, / apresuradamente puestos / en sus cajones funerales: / un nombre, un número en la cruz / que el viento sacude, matando / hasta la cifra de los héroes (*Canto General*, 1950).

7   «La hacienda tradicional, constituida sobre la matriz del sistema de encomiendas de la colonia, era una unidad autárquica, y en las cuales el patrón de hacienda había incorporado en su persona el papel del *jatun kuraka* y la representación jurídica del Estado. Es decir, el simbolismo de la autoridad indígena tradicional unido con el poder y autoridad de representar al Estado, conformaron una especie de sincretismo político que otorgó una racionalidad diferente a las elites y a su forma de hacer la política y ejercer el poder. Ese sincretismo se expresó en la forma caudillista del patrón de hacienda en la esfera de

lonial, continuó el concertaje,[8] abuso que creaba aún más la dependencia de indígenas y campesinos.

Con la llegada de la Corporación, comenzaron las relaciones asimétricas y se institucionalizaron en jerarquía descendente con las elites peruanas, los oficiales del gobierno y los habitantes locales de las áreas cercanas a las minas. De esta manera, se originó un renovado proceso de colonización de las comunidades indígenas:

> Los representantes de la compañía rápidamente llegaron a la misma conclusión que habían alcanzado los colonizadores españoles siglos antes: la población indígena era la mano de obra más fácilmente disponible para el duro trabajo que se requería en las minas, y ya estaban organizados en tal forma que el poder invasor podía fácilmente tomar ventaja de las condiciones existentes (Abeyta, 183).

Para 1913, Dora Mayer, de origen alemán, ya escribía sobre la situación de explotación de la Corporación en el libro: *La conducta de la Compañía Cerro de Pasco*, que describe las condiciones inhumanas de trabajo a que eran sometidos los trabajadores indígenas y campesinos y la manera en que los esclavizaban al darles una suma de dinero como avance: «el enganche», y luego de hacerles firmar un contrato, les quitaban la libertad personal, hasta que no pagaran la deuda. Pago que no podían hacer porque les descontaban todos sus gastos, les hacían descuentos en el salario, los multaban (debían trabajar gratis el equivalente al 70% del pago de su deuda, otro 20% era una multa por haber recibido el préstamo y el 50% era una indemnización para la compañía por los gastos en que incurría con ese trabajador); también se le descontaban los daños que sufriera la propiedad que estuviera a su cargo y cualquier otra multa que le impusiera el capataz. Además, si no cumplían eran arrestados por la policía regional para pagar con prisión lo adeudado.

El pago que hacía la Cerro de Pasco Corporation a sus trabajadores, que eran muy pobres, era entregar una ficha de metal todas las noches, la cual cambiaban por la mañana por un pedazo de cartón; después de reunir varios de estos cartones, el trabajador iba a la caja y recibía un bono que le permitía

---

la representación política. / El patrón de hacienda emerge como figura política, económica, social y simbólica. Como *jatun kuraka* debe presidir las fiestas y con ello su rol ritual legitima su ejercicio de poder en la población indígena. Se constituye así como *jatun apu (gran señor)*. Como representante del poder económico, debe negociar excedentes y proporcionar alimentos y materias primas a las ciudades. Es un empresario que ha incorporado formas rituales y simbólicas de proceder en el mundo, que son altamente funcionales para la pervivencia del sistema hacienda, pero que se revelan como anacrónicas frente a la moderna acumulación capitalista» (Dávalos, 91).

8   «7. En el PERU, asimismo, parece que aún subsiste otra forma de concertaje, llamado el "yanaconazo" que, en suma, es el "concertaje colectivo". En nuestro concepto, posiblemente se originó esta modalidad, o tuvo su más remoto origen en ciertas medidas disciplinarias y estratégicas del mismo Inca Huanana-Cápac. En la actualidad, se trata simplemente, de que se enganchan grupos enteros de familias indígenas de la sierra, y bajo un miserable salario, son trasladados en masa a los plantíos de caña de azúcar de la costa. Se opera el fenómeno del bracero desarraigado de su propio "habitat". El indio que nació en el altiplano, bajo el frío tonificante, trasladado a la costa y a la manigua ardiente, tiene que aniquilarse sin remedio. /// Decíamos que el Inca hacía tales traslados en masa de una región a otra. Se llamó a esto "mitimaes". Pero no para explotarlo en su trabajo, sino para garantizar el orden interno y la seguridad del imperio. Eran formas de castigos a ciertos pueblos rebeldes» (Burbano Martínez, 47-48).

comprar ropa, comida y otras necesidades en la tienda de la compañía, por un precio 30% mayor que en otros lugares. Cuando el indígena no entendía el proceso y no entregaba la ficha de metal al día siguiente, perdía su paga. A esto se añadía que el bono debía ser gastado la misma semana en que se recibía, porque ya a la semana siguiente no tenía valor. Este sistema de explotación estaba prohibido por el gobierno, pero las autoridades se hacían de la vista gorda con los hechos de la Corporación (véase Mayer, 7-11).[9]

Ahora, Dora Mayer también informa que el transporte de metales que efectuaba la Cerro de Pasco Corporation hasta el puerto del Callao lo realizaba en los trenes de la compañía hasta la estación andina de Oroya, y desde allí, lo hacía exclusivamente en los trenes de la Peruvian Corporation Ltd. que por la cantidad que debía transportar, eliminaba cualquier otro cliente del área; lo que causaba un gran daño a los otros comerciantes y a la economía de la región.

Las autoridades daban tanta preferencia a la Cerro de Pasco Corporation que a principios de 1909, con motivo del deslizamiento de tierra en una de sus propiedades en Chaupichaca, se le dio preferencia a la compañía para el transporte hasta que se solucionó el problema, dejando sin comida y sin comunicaciones a la ciudad de Tarma, capital de la provincia del mismo nombre y a todas las otras empresas y a las poblaciones de Yauli y Morococha (véase Mayer 12).

1.2.3 LA NORTHERN PERÚ MINING

En 1899, Henry H. Rogers, William Rockefeller, los hermanos Adolph y Leonard Lewisohn fundaron la United Metals Selling Company y luego la American Smelting and Refining Company. En el momento de su creación, la compañía estaba formada por 23 empresas fundidoras de metales. Ese mismo año, Rogers invitó a los Guggenheim para formar parte de la gran corporación, pero fue rechazado, porque no estaban interesados en ser parte de una organización que no estuviera bajo su control. Sin embargo, para 1901, los Guggenheim ya eran los accionistas principales en la American Smelting and Refining Company (ASARCO). Esta familia fue casi la total dueña de la empresa desde 1900 hasta finales de la década del veinte.

---

[9]   Mayer al abrir su texto expone: «No haríamos ninguna mención de la corrupción de los hombres de negocios que llegan aquí si la gente anglosajona no se jactara tanto de su superioridad moral sobre los sur americanos y comenzara en su diplomacia desde la idea de que mientras protegen a sus conciudadanos en el exterior, ellos están defendiendo la causa de la moral y de la civilización» (5). De esa manera, basándose en investigaciones personales y en denuncias tomadas de los periódicos regionales presenta en este escrito la situación de corrupción que movía a las compañías transnacionales y la manera en que los diferentes gobiernos, las diversas capas gubernamentales locales, regionales y nacionales y las clases altas y hasta medias del Perú se adaptaban y aceptaban la explotación y la destrucción ya no solo de indígenas y campesinos pobres sino de los recursos naturales del país, de la economía y en muchos casos de la cultura y de sociedades completas en nombre de la avaricia, el racismo y la degeneración de la corrupción que se escondía en un mal llamado progreso.

En 1921, la compañía obtuvo acciones de compra de la familia Gilde-meister para adquirir las minas de Quiruvilca ubicadas en el Departamento de La Libertad. Finalmente compró totalmente las minas en 1923. Al mismo tiempo, alquiló la mayoría de las minas cerca a Millhuachaqui y en 1924, ob-tuvo una opción de compra en la mina «La Guardia», hasta ese momento el yacimiento de plata más próspero del Perú, que pertenecía a la familia Boza. Del mismo modo compró otros depósitos mineros en el norte del país, por medio de la Northern Peru Mining and Smelting Company que era subsi-diaria de la American Smelting and Refining Company (véase Thorp y Ber-tram, 85).

Por medio de esta empresa, la familia Guggenheim (que en Chile con-trolaba la Kennecott y la Braden Company, haciéndole competencia por el control total del cobre chileno a la Anaconda)[10] entró en contienda con la Ce-rro de Pasco Copper Corporation por el cobre, la plata, el oro y las minas de carbón del norte del Perú (véase Wilkins, 105).

Como puede observarse, la acción de estas empresas transnacionales fue la de adueñarse de los recursos naturales no sólo del subsuelo peruano, sino de la vida y trabajo de indígenas y campesinos y de las tierras donde se en-contraban los yacimientos. El siguiente es el resumen de la situación que hace Anaya Franco:

1882	W.R. Grace and Company (E.E.U.U.) adquiere a Guillermo Alzamora la Hacienda Cartavio, la que a partir de 1891 se denominaría Cartavio Sugar Company.
1885	La Cía. de Ferrocarril Central de La Oroya y Mineral de Ce-rro de Pasco transfiere sus derechos a Miguel Grace.
1901	Haggin Syndicate asociado a los grupos Vanderbild, Mor-gan y Hearst forma en la ciudad de New York, Estados Uni-dos, la Cerro de Pasco Investment Company, la que tomaría en 1915 el nombre de Cerro de Pasco Copper Co.

10   Otro poema de Neruda sobre la situación de su patria y las transnacionales se halla re-latada en «La Anaconda Copper Mining Company»: Nombre enrollado de serpiente, / fauce insaciable, monstruo verde, / en las alturas agrupadas, / en la montaña enrarecida / de mi país, bajo la luna / de la dureza, excavadora, / abres los cráteres luminarias / del mineral, las galerías / del cobre virgen, enfundado / en sus arenas de granito. /// Yo he visto arder en la noche eternal / de Chuquicamata, en la altura, / el fuego de los sacrifi-cios, / la crepitación desbordante / del cíclope que devoraba / la mano, el peso, la cintu-ra de los chilenos, enrollándolos / bajo sus vértebras de cobre, / vaciándoles la sangre ti-bia, / triturando los esqueletos / y escupiéndolos en los montes / de los desiertos desolados. /// El aire suena en las alturas / de Chuquicamata estrellada. / Los socavones aniquilan / con manos pequeñitas de hombre / la resistencia del planeta, / trepida el ave sulfurosa / de las gargantas, se amotina / el férreo frío del metal / con sus harañas cicatrices, / y cuan-do aturden las bocinas / la tierra se traga un desfile / de hombres minúsculos que bajan / a las mandíbulas del cráter. /// Son pequeñitos capitanes, / sobrinos míos, hijos míos, / y cuando vierten los lingotes / hacia los mares, y se limpian / la frente y vuelven trepi-dando / en el último escalofrío, / la gran serpiente se los come, / los disminuye, los tritu-ra, / los cubre de baba maligna, / los arroja por los caminos, / los mata con la policía, / los hace pudrir en Pisagua, / los encarcela, los escupe, / compra un Presidente traidor / que los insulta y los persigue, / los mata de hambre en las llanuras / de la inmensidad areno-sa. /// Y hay una y otra cruz torcida / en las laderas infernales / como única leña disper-sa / del árbol de la minería (*Canto General*, 1950).

1901   El Holding Cerro de Pasco Investment, Co., fue creado por la Cerro de Pasco Mining Co.

1901-1910   El Holding Cerro de Pasco Investment Company (E.E.U.U.) adquiere en el Departamento de Cerro de Pasco importantes yacimientos mineros de propiedad de Miguel Gallo Díaz, Elías Malpartida, Jorge Eduardo Steel, Felipe Salomón Tello, Familia Languasco, Ignacio Alania, Matilde Punch de Villarán, Herminio Pérez, Hermanos Gallo, Romualdo Palomino, Familia Ortiz, Familia Lagravere-Schueverman, Francisco Martinench y Jesús Chávez.

1903   El Holding Cerro de Pasco Investment Company (E.E.U.U.) creó la División Railway, iniciando en 1904 la construcción del ferrocarril que uniría parte de la Sierra Central con la Costa.

1903   W. R. Grace and Company (E.E.U.U.) compra las empresas textiles Unidas Cotton, Vitarte Cotton, Victoria Cotton, e Inca Cotton formando el complejo industrial Cías. Unidas, Victoria, Inca S.A. (CUVISA)

1905   El ciudadano norteamericano James B. Haggin compra las minas de Morococha de la Cía. Minera Santa Inés y Morococha de la familia Pflucker.

1905-1912   Haggin Syndicate adquiere en Morococha y Casapalca importanes yacimientos mineros de propiedad de la familia Pflucker, Lizando A. Proaño, Octavio Valentine, David A. Stuard, Familia Montero, Familia Pechoaz y Asoc. N. B. Tealdo Perú y Cía. y Sociedad Minera Puquicocha S.A.

1907   La Cerro de Pasco Corporation Mining Corporation (E.E.U.U.) compra la Hacienda Esperanza a don Enrique Stone la que estaba ubicada en Cerro de Pasco.

1910   El Holding Cerro de Pasco Investment Company (E.E.U.U.) adquiere la Mina «La Docena» de propiedad de Manuel Mujica Garassa y de Ignacio de Sal y Rosas.

1915   Se simplifica la estructura financiera de la Cerro de Pasco Copper Corporation (E.E.U.U.) fusionándose la Cerro de Pasco Mining Co., la Cerro de Pasco Railway Co. y Morococha Mining.

1918   La Cerro de Pasco Copper Corporation (E.E.U.U.) compra acciones de The Backus y Johnston Brewery Ltda.

1919   La Cerro de Pasco Copper Corporation (E.E.U.U.) compra las Minas de Aguas Calientes de propiedad de Ricardo Bentín las mismas que se encontraban ubicadas en Casapalca (...).

1920   La Cía. Minera Anaconda (E.E.U.U.) compra a Carlos Loh-
            mam los yacimientos cupríferos de Cerro Verde cerca de
            Arequipa (...).

1921   La Northern Perú Mining and Smelting Co. (E.E.U.U.) ob-
            tiene una opción de compra de la familia Gildemeister para
            adquirir las minas de Quiruvilca ubicadas en el Departa-
            mento de La Libertad.

1924   La Sociedad Minera Backus y Johnston del Perú trabaja las
            minas de Carlos Francisco y Aguas Calientes de Casapalca.

1924   La Cerro de Pasco Corporation (E.E.U.U.) trabaja las minas
            de Cerro Morococha y Casapalca a través de sus subsidiarias
            la B. y J.

1924   La Northern Perú Mining and Smelting Co. (E.E.U.U.)
            arrienda la mina «La Guardia» y compra a la firma Boza
            Hnos. las instalaciones que poseía en dicha mina (...).

1924   La Northern Perú Mining and Smelting (E.E.U.U.) de pro-
            piedad del grupo Gugghenheim compra (...) las minas de la
            Sociedad Minera Quiruvilca y de la Empresa Aurífera Pa-
            taz.

1924   La Cerro de Pasco Corporation (E.E.U.U.) compra (...) los
            denuncios existentes en Yauricocha (52-55).[11]

---

11   Bajo el título «Cronología del despojo», Anaya Franco, fuera de los hechos ya menciona-
      nados, señala la acción de otras corporaciones transnacionales en suelo peruano duran-
      te la misma época: «1888: El ciudadano inglés Herbert W. Twedle compra las Hacien-
      das de La Brea y Pariñas las que sucesivamente habían pertenecido a las familias
      piuranas De La Lama y Elguero. En 1889 Herbert W. Twedle se asocia a William Kes-
      wick, formando The London and Pacific Petroleum Company (Británica). / 1890: El
      ciudadano escocés Alejandro Milne fundó la South American Petroleum la que adquiere
      el nombre The Peruvian Petroleum Co. Esta empresa petrolera se dedica a explotar la
      zona norte de las Haciendas La Brea y Pariñas y Punta de Lobitos. / 1896: Se registra en
      Estados Unidos la firma The Backus y Johnston Brewery Ltda. como firma norteame-
      ricana. / 1896: Santo Domingo Mina de Oro (Puno) de Estrada y Velazco es vendida a
      Inca Mining Company de los Estados Unidos. / 1900: Santa Bárbara British Company
      Sugar compra importantes propiedades agrícolas en el Valle de Cañete. Hasta 1911 San-
      ta Bárbara British Company Sugar fue de propiedad de la familia Swayne y de inver-
      sionistas británicos tomando estos últimos el control total de la empresa ese año. / 1900:
      Duncan Fox y Co. (Británica), toma bajo su control la Fábrica de Tejidos La Unión Ltda.
      S.A. y la Fábrica Téxtil El Progreso S.A. / 1903: The French Tico-Pampa Silver Mining
      (Anglo-Francesa) comienza a operar en el Departamento de Ancash. / 1904: The Bac-
      kus y Johnston Brewery Ltda. (Británica) compra concesiones mineras en Morococha.
      1905: The American Vanadium Company de Pittsburgh (E.E.U.U.) adquiere de Eulo-
      gio Fernandini las Minas Ragra. / 1906: Lampa Mining Co. (Anglo-Francesa) comien-
      za a operar en el Departamento de Puno. 1908: Duncan Fox y Co. (Británica) compra
      en la Sierra Central la Hacienda Atocsaico. / 1908: Lobitos Oil Pfields Limited (Britá-
      nica) adquiere a The Peruvian Petroleum (Británica), los derechos de explotación de los
      yacimientos petroleros de Punta Lobitos; posteriormente Lobitos Oil Pfields Limited
      cambia de razón social por Cía. Petrolera Lobitos S.A. / 1911: La London Pacific Petro-
      leum Co. (Gran Bretaña), organizó una subsidiaria la «Lagunitas Oil Co.», para explo-
      tar los yacimientos petroleros ubicados al sudeste de Negritos en la provincia de Paita,
      Departamento de Piura. 1913: Standard Oil New Jersey (E.E.U.U.) a través de su sub-
      sidiaria la International Petroleum Company (IPC), arrienda las concesiones petroleras
      de The London and Pacific Petroleum Co. (Británica) ubicadas en las Haciendas de La

El proceder que ha sido proverbial en relación con todas las consecuencias negativas que las corporaciones transnacionales[12] han provocado no sólo en el Perú sino en la mayoría de los países del llamado Tercer Mundo es la situación que sirve de referente a *El tungsteno* de César Vallejo, representado en ese mundo de ficción por la «Mining Society».

1.3 EL TUNGSTENO[13]

Esta novela, uno de los últimos libros que Vallejo alcanzó a editar perso-

---

Brea y Pariñas» / 1915: La Compagnie des Mines de Huarón (Francia), compra la Cía Minera Venus, cuyos yacimientos se encontraban ubicados en Huarón. / 1919: La American Vanadium es transferida a la Vanadium Corporation of America (E.E.U.U.) / 1922: Se forma la Peruvian Copper and Smelting Co. [(E.E.U.U.) para operar las minas de Yauricocha. / 1924: En la producción de caucho en el Perú operaban las siguientes empresas: Peruvian Amazon Co. Ltd. (Gran Bretaña), Amazon Rubber Estates Ltd. (Gran Bretaña), Perú Para Rubber Co. (E.E.U.U.), Inca Rubber Co. (E.E.U.U.), Forga Rey de Castro y Rodríguez (España), Inambari Para Rubber Co. (Gran Bretaña), Tambopata Rubber Syndicate (Gran Bretaña),Inanbari Gold Concesions Ltd. (E.E.U.U.), Paucartambo Rubber Co. (Francia), Diamantina Rubber Co. (Gran Bretaña), Foulkes Croker (Francia), Inca Mining Co. (E.E.U.U.), Kroheimer y Cía. (Alemania), Marcapata Rubber Co. (Gran Bretaña), Societe Financiere Sandia (Francia), Pachitea Rubber Co. (E.E.U.U.), Sindicate Comptoin Colonial Francaise (Francia), John Lylly and Sons (Gran Bretaña - Francia). / 1924: Colquipacio Mining Co. (E.E.U.U.) comienza a operar las minas ubicadas en las vertientes occidentales de la Cordillera Negra, distrito de Pamparomas (Huaylas). / 1924: Viscachoca Mining Co. (E.E.U.U.) comienza a trabajar la Mina A.G.C.U. y P.B. de Chacros (Chancay). / 1924: La New Chuquitambo Gold Mines Ltd. (E.E.U.U.) inicia sus operaciones en Cerro de Pasco. / 1924: Lampa Mining Co. (E.E.U.U.) explota las minas de Berenguela, Totayami, San Carlos, Socavon, San Pablo, Limón Verde y Tocasa en el Departamento de Puno. / 1924: La Southern Peruvian Mines Ltd. (E.E.U.U.), adquiere las minas de San Antonio de Esquilache Co. Ltd. las que estaban ubicadas en el Departamento de Puno. / 1928: La Standard Mining Co. subsidiaria de la New Verde Mines Co. (E.E.U.U.) compra a Leven Gómez las minas de Santander ubicadas en Pacaraos (52-55).

12   La situación de las transnacionales y la responsabilidad que tienen países europeos y Estados Unidos fue reconocida por la Convención general sobre los derechos humanos reunida en Viena: «Europa tiene una deuda histórica con América Latina y el Caribe, poco más de tres siglos de explotación colonial, significaron no sólo el genocidio de vastos pueblos indígenas, sino el despojo de las riquezas del subcontinente. Pese a las innumerables luchas y movimientos de resistencia que han marcado la historia de ALC, la soberanía de los pueblos y los Estados nacionales se encuentra más debilitada que nunca. Peor aún, los procesos de democratización relativa a los que asistimos en el "Nuevo Continente", son en extremo frágiles y claramente insuficientes. En ALC, las mayorías siguen sumidas en la pobreza, y sus pueblos continúan siendo víctimas de marginalización, despojo y represión. Mientras la "justicia" ignora los crímenes de los poderosos, la movilización y la protesta social se criminalizan. Esta realidad está estrechamente imbricada a una historia dominada por el Norte, en la que los gobiernos europeos - y el de Estados Unidos - tienen una enorme responsabilidad por las relaciones de dependencia que han promovido, muchas veces en complicidad con los gobiernos locales. Hoy, la relación de dependencia continúa bajo las formas de relaciones bi-regionales o bilaterales, que garantizan la libertad de inversión, comercio y flujos financieros, mientras los derechos humanos y los valores democráticos, plasmados en las declaraciones oficiales, son meros discursos de buenas intenciones» (Extracto de la convocatoria de la contracumbre de Viena 2006: «Políticas neoliberales y transnacionales europeas en América Latina y el caribe»). http://www.tni.org/detail_page.phtml?page=media_vienna-2

13   Todas las citas sobre los textos de ficción de Vallejo se tomarán de la edición de Moncloa (1970).

nalmente, es un texto en el que se observa el compromiso de su autor con la ideología marxista, cuyo postulado principal era la «utilidad social» de la literatura. Desde esta perspectiva, denuncia la corrupción y la destrucción que invade todos los niveles sociales, causados por las políticas de despojo ambiental y humano y la manipulación de las empresas transnacionales en los distintos países.

De ahí que el Vallejo afirmara sobre la función de la escritura:

¿Cuáles son los más saltantes signos de la literatura proletaria? El signo más importante está en que ella devuelve a las palabras su contenido social universal, llenándolas de un substractum colectivo nuevo, más exuberante y más puro, y dotándolas de una expresión y una elocuencia más diáfanas y humanas. El obrero, al revés del patrono, aspira al entendimiento social de todos a la cabal comprensión de seres e intereses. Su literatura habla, por eso, un lenguaje que quiere ser común a todos los hombres («Duelo entre dos literaturas». 2 *Universidad, U. M. S. M.* Lima. 1° de octubre de 1931). (Vallejo 2002, II: 897).

1.3.1 Historia y estructura

Conociendo ya algunos de los aspectos que sirven como referente a lo representado en el mundo ficcional y rasgos de la trayectoria anímica e intelectual de César Vallejo que textualizan la escritura de *El tungsteno*, se puede intentar un acercamiento a este mundo ficcional, sobre el que hay diversas opiniones acerca de su composición y de su valor. Según Monguió, su autor la debió estar preparando desde 1927, cuando escribió el artículo: «Sabiduría» publicado en *Amauta*, que luego incorporó con algunos cambios a la novela (36). Mientras que Coyné afirma que la debió haber escrito en menos de un mes (283). Situación que López Alfonso reafirma al indicar que la redactó en tres semanas (147). Meneses, por el contrario, indica que es posible que los borradores ya estuvieran preparados desde París (39).

Dejando de lado cómo haya sido, lo que se sabe con seguridad es el conocimiento directo de Vallejo sobre la situación de destrucción y corrupción del pueblo peruano; de ahí que la novela sea: «evocación, en parte, de sus experiencias de 1912 en Quiruvilca, llamada aquí Quivilca» (Flores, 112). Como ya se vio, entre 1911 y comienzos de 1913, Vallejo vivió en los Andes peruanos: «Viaja a la hacienda Acobamba, distrito de San Francisco, provincia de Pasco, ocupando allí de mayo a diciembre de 1911, el puesto de preceptor de los hijos del opulento minero, hacendado y político Domingo Sotil». En 1912: «Trabaja un año como ayudante de cajero en la hacienda azucarera "Roma", cerca de Trujillo, en el valle costero de Chicama, propiedad de Víctor Larco Herrera, quien emplea más de cuatro mil peones: contacto directo de Vallejo con la clase trabajadora» (Flores, 28-29). Aquí es donde conoció el salvaje estado de explotación a que eran sometidos indígenas y campesinos, capturados por aciagos «enganchadores» y retenidos por vida mediante el alcohol y las deudas, las que debía garantizar con su existencia y la de sus hijos.

El tungsteno,[14] como obra de denuncia de la corrupción de estamentos sociales y políticos, y de la consiguiente explotación de las masas indígenas y campesinas por las clases altas y las empresas transnacionales, sigue la línea de *Aves sin nido* (1889) (Clorinda Matto de Turner) y *Raza de bronce* (1919) (Alcides Arguedas), y se anticipa a importantes novelas andinas del indigenismo y del realismo social como: *Los perros hambrientos* (1938), *El mundo es ancho y ajeno* (1941) (Ciro Alegría), *Agua* (1935), *Los ríos profundos* (1939), *Todas las sangres* (1965) (José María Arguedas) y *Huasipungo* (1934) (Jorge Icaza). Asimismo, forma parte del grupo de novelas de denuncia como: *Las impurezas de una realidad* (Juan Antonio Ramos) |Cuba, 1929|; *Carnalavaca* (Andrés Sarafulic) |Chile, 1932|; *Mene: novela de la vida en la región petrolera del estado Zulia* (Ramón Díaz Sánchez) |Venezuela, 1934|; *Mancha de aceite* (César Uribe Piedrahita) |Colombia, 1935|; *Over* (Ramón Marren Aristy) |República Dominicana, 1939|; *Mamita Yunai: el infierno de las bananeras* (Carlos Luis Fallas) |Costa Rica, 1941 | y *Papa verde* (Miguel Ángel Asturias) |Guatemala, 1954|, entre otras.

Desde su posición dentro de ese tipo de literatura, especialmente la producida en las década del 30 y del 40 del siglo XX, *El Tungsteno* relaciona la ideología política de izquierda y las luchas populares en rechazo de la invasión destructora de las empresas transnacionales, que mediante dinero, soborno y prebendas impulsan la corrupción local y con esto la asolación de las comunidades sociales en donde se establecen y la de los bienes económicos nacionales.

La historia cuenta la manera en que la compañía extranjera «Mining Society», autorizada para la explotación de tungsteno, cambia la existencia del área de Quivilca, cuando sus representantes destruyen comunidades indígenas (los soras) y campesinas (yanaconas, mujeres, gente del pueblo) con su deshumanizada y desenfrenada ambición. En su labor devastadora están ayudados por miembros de entidades gubernamentales nacionales y regionales; además de las autoridades militares y religiosas; de hacendados, comerciantes y empleados de todos los rangos, que consideran a los indígenas y campesinos de clases bajas, instrumentos desechables de trabajo. Los ultrajes, la violencia, la injusticia hacen surgir el resentimiento e impulsan la acción de los oprimidos, quienes empiezan a reaccionar y a organizarse para socavar el poder destructivo y opresor y así poder iniciar la revolución para lograr un cambio en la situación.

---

14   Publicada por la Editorial Cenlit de Madrid en la colección «La novela proletaria» donde se publicaron traducidas las novelas: *Cemento* de Fedor Gladkov, *El don apacible* de Mijail Sholojov y *El orden público*

Dentro de la producción vallejiana, esta novela no ha merecido mucha atención. Algunos críticos consideran que con este texto el escritor peruano falló como novelista (Castagnino 191; Meneses, 39); otros le dedican unos pocos párrafos o líneas: Franco (156-158), Hart (27-28), Gutiérrez Girardot (121, 143); mientras que Beverly (revaloración de la novela social), Cabos Yépez (el marxismo), Díaz-Lisiak (jerarquías económica y social e inicio del indigenismo), Fuentes (indigenismo); López Alonso (artículo sobre la ideología incluido con variaciones en su libro sobre Vallejo), entre otros, efectúan estudios de diversos aspectos de *El tungsteno*. También se le ha dedicado espacio al estudio en disertaciones doctorales con estudios específicos: Fisher (*El tungsteno* como una novela social de formación o bildungsroman); Ramos-Harthun (la novela representa el rechazo del capital extranjero y sus consecuencias en la vida del país); Bruzual (destaca el potencial que poseen los débiles para levantarse en contra de la opresión; asimismo encuentra relaciones entra la trama de la novela y el teatro) y Galdo (las alegorías de la novela).

Ahora, la historia de *El tungsteno*, estructuralmente presentada en tres capítulos de desigual extensión: I (4 subcapítulos), II: (3 subcapítulos), III (sin división), desarrolla con notable realismo temas mundiales de gran actualidad: 1) la acción de las empresas transnacionales y la denuncia de la explotación; 2) la corrupción, sus mecanismos y los intereses que la hacen posible y la manera como autoridades, gobierno y clases altas desprecian, victimizan y aniquilan a los indígenas y a los campesinos desclasados; circunstancias ejemplificadas por la forma en que los enganchan forzadamente y disponen de ellos como si fueran objetos desechables; y 3) la destrucción humana y ambiental y el surgimiento de la rebelión contra la opresión y la destrucción.

Temporalmente este mundo ficcional está ubicado en la segunda década del siglo XX, cuando se hacía inminente la entrada de los Estados Unidos en la Primera Guerra Mundial. El tema es la manera en que la corrupción de todos los niveles sociales permite la explotación minera realizada por el capital estadounidense y las secuelas que produce en la política, la economía, la sociedad y la vida humana.

La acción de la novela está impulsada por cuatro personajes: Mr. Weiss y Mr. Taik, quienes tienen a su cargo la administración de la extracción de tungsteno en Quivilca y la representación de la empresa estadounidense para la gente del área; y los hermanos José y Mateo Marino, miembros de la clase baja que por coincidencias afortunadas suben de posición y se convierten en los representantes locales de un grupo mayor compuesto por diferentes funcionarios, cuyo arribismo los lleva a explotar a sus compatriotas en beneficio propio; pero quienes a su vez son apenas marionetas de los primeros. Así, ellos hostigan, amenazan, persiguen, intimidan, abusan mental, física y sexualmente, y cuando no consiguen doblegar, demandan legalmente y con el apoyo de las autoridades y de las clases media y alta, encarcelan o eliminan a los miembros de las comunidades que tienen bajo su férula.

El espacio novelístico tiene dos frentes principales: Quivilca, zona aislada, donde se establece la explotación de la mina de tungsteno, y Colca, lugar importante de la provincia, de donde proceden varios de los empleados de la compañía, entre ellos los hermanos Marino; allí se encuentran las autoridades civiles, militares y eclesiásticas de la zona. Otros lugares, como Lima y el extranjero: especialmente New York y los Estados Unidos figuran como espacios referenciales imaginados, lejanos y algo imprecisos, pero efectivos como centros de poder y de control dentro del relato.

1.3.2 LA CORRUPCIÓN

El mundo ficcional de *El tungsteno* está transido por acciones y rasgos de corrupción tanto en el nivel social como en el político. Este fenómeno de la corrupción, central en el desarrollo de la historia, se entiende socialmente como: «conductas que se desvían de las normas» (Giner, 154). También, se la relaciona con aspectos morales o con aspectos económicos. Ahora, cuando se refiere a las nociones de función pública, interés público y burocracia se define como: «toda conducta que se desvía de los deberes normales inherentes a la función pública debido a consideraciones privadas como: las familiares, las de grupo o clan, o las de amistad con objeto de obtener beneficios personales: en dinero o en posición social» (Nye, 417-418). También se percibe como: «cualquier violación del interés público para obtener ventajas especiales» (Rogow, 54-55); o como: «toda conducta ilícita utilizada por individuos o grupos para obtener influencia sobre las acciones de la burocracia» (Left, 511-512).

El acceso al capital y la internacionalización de las prácticas para lograrlo que desarrollan las empresas transnacionales, como la «Mining Society», representada en la novela, han estado acompañados por el fenómeno que ahora se percibe en toda su magnitud: el de la corrupción. Las empresas no dudan en dedicarse a actividades corruptas para obtener sus objetivos. En el caso representado en esta novela: la oficina de la «Mining Society» en New York demanda aumentar la extracción de tungsteno porque Estados Unidos está próximo a entrar en la guerra europea y la empresa quiere almacenar rápidamente grandes cantidades de metal listo para ser transportado a los astilleros y fábricas de armas de los Estados Unidos.

Ante esta exigencia, todos los mecanismos de corrupción se ponen en funcionamiento; ya que este fenómeno, como arma mercantil, se convierte en una cuestión de toma de decisión racional que los empresarios adoptan, planean y ejecutan: Taik y Weiss, representantes de la «Mining Society», tienen el monopolio del poder en el área, gracias a la notable fuerza económica de la compañía extranjera, a su prestigio y a posición preponderante que se incrementan en el mundo narrativo, al hacerse beneficiaria de la privatización de la explotación de las minas. Esto les confiere la capacidad para escoger los contratos de obras y servicios con empresarios en las provincias de la región y delegar cuotas de poder en determinados grupos seleccionados directa o indirectamente para que actúen en su representación, como con José Marino: «que había tomado la exclusividad de la contrata de peones para la "Mining Society"», con lo cual se había comprometido a cumplir todas las exigencias del patrón en el momento en que él las pidiera.

De esta manera, amparados por las atribuciones delegadas por la transnacional mediante las cuotas de poder para decidir o actuar sobre diversos asuntos, ninguno de los miembros de la pirámide de empleados siente la obligación de responsabilizarse moral, civil o penalmente por los atropellos cometidos para obtener los fines de la empresa; a tal punto llega la corrupción que cada uno en su nivel sabe como manipular la situación para incidir en las reglas del juego y obtener lo deseado.

Los distintos niveles de la pirámide en que la compañía delega atribuciones conforman grupos de poder, que muy pronto por la corrupción motivada por distintos aspectos de la codicia, el uso del poder se desvía y se desnaturaliza y se convierte en injusticia y abuso. Esta situación se transforma en una ley «natural», gracias a regulaciones gubernamentales impropias, a las burocracias débiles, a la falta de supervisión adecuada, a la ilegitimidad de las leyes y a la ausencia de esferas de poder independiente.

Algunas de las innumerable y evidentes instancias de corrupción representadas, las informa la voz narrativa al dejar conocer aspectos del comerciante y contratista José Marino: «adulaba a todo al que de alguna manera, podía serle útil», como el comisario Baldazari. Marino es su alcahuete, obtiene para él lo que el comisario quiere o necesita. Como recompensa, Baldazari gasta y hace gastar a otros en el bazar del comerciante. Pero esto es minucia, lo que le importa a Marino es tener de su lado la autoridad que proviene del cargo del comisario para doblegar, forzar y obtener de los peones lo que él quiere. Del mismo modo, utiliza el ascendiente de Baldazari con Taik y Weiss para alcanzar de ellos lo que él no ha logrado desde que los conoce. De esta manera, usa y abusa de la autoridad gubernamental para sus propios fines, logrando, por un lado, obtener lo que desea (adquirir suficiente dinero, para convertirse él mismo en dueño de mina) y, por el otro, hacerse obedecer provocando violaciones de derechos humanos fundamentales.

En este estado de cosas, la pirámide de poder que instala la transnacional en Quivilca involucra una red de personas que cometen violaciones y transgresiones que tienen un doble efecto sobre la población: se violentan los derechos humanos y sociales y se produce la desprotección de las víctimas; de esta manera se crea el caos y por la corrupción se produce la destrucción que aniquila los pueblos explotados de las áreas rurales peruanas, al distorsionar las decisiones económicas mediante la coerción (o coacción: «fuerza o violencia que se ejerce sobre alguien para obligarlo a actuar de una manera determinada. En sentido más amplio, coacción es toda presión de origen social, vaya o no acompañada de violencia» [Giner et.al, 118]).

Taik y Weiss ejercen esta coacción sobre los empleados de la compañía en asocio con burócratas; estos hacen lo mismo hacia sus conciudadanos, especialmente con los indígenas y los campesinos de clases bajas. Asimismo, cuando no pueden ejercer la coerción, recurren al soborno entre patrones, administradores y burócratas. Esto contribuye a crear zonas de autoridad ilegítima; como la que adquiere José Marino, que logra mediante estos actos formar gradualmente su pequeño monopolio: «Marino Hermanos» y alcanzar un puesto en la sociedad de Colca; pero al eliminar la competencia, sus acciones degradan aún más el sistema burocrático local, erosionando así las estructuras sociales y creando una atmósfera de desconfianza que irrumpe todos los niveles de la administración y se transmite a las distintas capas de la sociedad.

En el mundo narrativo de Quivilca, la corrupción promovida por los empresarios extranjeros con la complicidad de todos los funcionarios y autoridades públicos —que en este contexto incluye hasta a empleados públicos del más bajo rango, para conseguir un beneficio personal— provoca un menoscabo recurrente de valores, un cambio en el comportamiento y, por consiguiente, la pérdida de lo humano.

1.3.2.1 TIPOLOGÍAS DE LA CORRUPCIÓN

Algunas de las tipologías de la corrupción basadas en las técnicas de comisión del delito que se observan en el mundo representado en *El tungsteno* son:

1) *El prevaricato* (incumplimiento de los deberes de un funcionario público), que se produce cuando cada uno de los empleados del gobierno falta a la justicia en las resoluciones propias de su cargo; es decir, deja de cumplir sus funciones, como sucede en Colca cuando el pueblo reclama contra el trato inhumano y la manera de forzar y esclavizar a los yanaconas. Los funcionarios se burlan de ellos, los insultan y dan la orden de dispararles para librarse del problema. Luego:

> [E]l alcalde Parga ofreció una copa de coñac a los circunstantes, pronunciando un breve discurso.
> —¡Señores! –dijo, con su copa en la mano–. En nombre del Concejo Municipal, que tengo el honor de presidir, lamento los desgraciados acontecimientos de esta tarde y felicito al señor subpre-

fecto de la provincia por la corrección, justicia y energía con que ha devuelto a Colca el orden, la libertad y las garantías ciudadanas. Asimismo, interpretando los sentimientos e ideas de todos los señores presentes –dignos representantes del comercio, la agricultura y administración pública–, pido al señor Luna reprima con toda severidad a los autores y responsables del levantamiento, seguro de que así le seremos más agradecidos y de que lo acompaña lo mejor de la sociedad de Colca. ¡Señores: por nuestro libertador, el subprefecto señor Luna, salud! (226).

Después de la orden, la gente que se había quejado por la matanza inhumana de los campesinos, fue perseguida, encarcelada y algunos recibieron la pena de muerte, para darle escarmiento a la población: «Yo le haré comprender a estos indios brutos y salvajes que así nomás no se falta a las autoridades» (227).

2) *El cohecho y el soborno* se explicitan en todas las formas, en todos los niveles de la administración y entre patronos y empleados. El cohecho (el ofrecer algo para que se obre de determinada manera, sea justa o injusta) sucede cuando Marino le ofrece a la Rosada y a la esposa de Rubio a Taik, o las constantes invitaciones a tomar trago y a sostener orgías únicamente para lograr ventajas o reducciones de la presión que el gerente de la «Mining Society» impone sobre él: «—Usted me pone, antes de un mes, cien peones más en las minas...» (188). Del mismo modo, el soborno (la tentativa de delito en cualquiera de los tipos de cohecho: se produce cuando el particular ofrece una remuneración y el funcionario la acepta o no) es otra de las acostumbradas acciones de Marino con los gerentes; pero parte del tiempo no obtiene lo deseado:

—Así, así... Los gringos son terribles. Mister Taik, sobre todo, no se casa ni con su abuela. ¡Qué hombre! Me tiene hasta las orejas.
—Pero, hermano, hay que saber agarrarlo...
—¡Agarrarlo! ¡Agarrarlo! –repitió José con sorna y escepticismo–. ¿Tú piensas que yo no he ensayado ya mil formas de agarrarlo?... Los dos gringos son unos pendejos. Casi todos los días los hago venir a los dos al bazar, valiéndome de Machuca, de Rubio, de Baldazari. Vienen. Se bebe. Yo les invito casi siempre. Con frecuencia, los meto con mujeres. Nos vamos de juerga al campamento de peones. Muchas veces, los invito a comer. En fin... Hasta de alcahuete les sirvo... (192).

3) *La extorsión* (obligar a alguien, por medio de la violencia o de la intimidación, a hacer u omitir un acto o negocio jurídico con ánimo de lucro y con la intención de producir un perjuicio de carácter patrimonial a un tercero), delito que cometen Marino, Rubio, Benites, Machuca, Baldazari y «otros altos empleados de la "Mining Society"», con aquies-

cencia de los empleados del gobierno sobre los soras y los yanaconas, al usurpares la tierra y la libertad:

> José Marino puso el ojo, desde el primer momento, en los terrenos, ya sembrados, de los soras, y resolvió hacerse de ellos. Aunque tuvo que vérselas en apretada competencia con Machuca, Baldazari y otros, que también empezaron a despojar de sus bienes a los soras, el comerciante Marino salió ganando en esta justa. Dos armas le sirvieron para el caso: el bazar y su cinismo excepcional.
> Los soras andaban seducidos por las cosas, raras para sus mentes absurdas y salvajes, que veían en el bazar: franelas en colores, botellas pintorescas, paquetes policromos, fósforos, caramelos, baldes brillantes, transparentes vasos, etc. Los soras se sentían atraídos al bazar, como ciertos insectos a la luz. José Marino hizo el resto con su malicia de usurero (156).

4) *La concusión* (cobro arbitrario en bienes o servicios realizado por un funcionario en beneficio propio), la practican los miembros de la compañía explotadora de minerales, los propietarios de tierra, y otros miembros de distintas jerarquías que demandan en beneficio propio servicios indebidos y obligatorios a indígenas y campesinos; también, los empleados públicos que exigen impuestos o contribuciones ilegítimas a diversas capas de población de la provincia; como lo hace el Subprefecto Luna cuando autoriza a los gendarmes a «que hagan lo que quieran con los indios» con tal de que haya gente para formar los «contingentes de sangre» necesarios para que él pueda tener contentos tanto al gobierno como a sus compañero de delito.

5) *La exacción*: (recaudación imperiosa de impuestos o de multas. Exigencia de prestaciones. Requerimiento apremiante para el pago de deudas. Contribución ilegal. Cobro injusto y violento. Exigencia improcedente de contribuciones, derechos o dádivas, por un funcionario público que abusa de sus atribuciones) se presenta de tres maneras: a) la que efectúan los miembros de las administraciones de Quivilca y de Colca con las multas e impuestos que imponen sobre las poblaciones; b) el cobro de deuda social que hace la junta Conscriptora para reunir mano de obra forzada: «Un telegrama del señor prefecto del Departamento, que dice así: «Subprefecto. Colca. Requiérole contingente sangre fin mes indefectiblemente. (Firmado.) Prefecto Ledesma» (226); c) la prestación de servicios sexuales y labores que los hermanos Marino le exigen a Laura.

6) *El enriquecimiento ilícito* (acción o efecto de hacer fortuna o de aumentarla considerablemente, con empobrecimiento del ajeno y sin amparo en las normas legales o en los convenios o actos privados) de los miem-

bros del gobierno, de los trabajadores de la empresa y de las clases altas:

> En cuanto al viejo Iglesias, su biografía era muy simple: las cuatro
> quintas partes de las fincas urbanas de Colca, eran de su exclusiva
> pertenencia. Tenía, además, una rica hacienda de cereales y cría,
> «Tobal», cuya extensión era tan grande, su población de siervos tan
> numerosa y sus ganados tan inmensos, que él mismo ignoraba lo
> que, a ciencia cierta, poseía. ¿Cómo adquirió Iglesias tamaña for-
> tuna? Con la usura y a expensas de los pobres. Sus robos fueron tan
> ignominiosos, que llegaron a ser temas de yaravíes, marineras y
> danzas populares. Una de éstas rezaba así:
>
> *Ahora sí que te conozco*
> *que eres dueño de Tobal,*
> *con el sudor de los pobres*
> *que les quitaste su pan...*
> *con el sudor de los pobres*
> *que les quitaste su pan...* (205).

7) *La abducción* (secuestro, rapto o toma forzada de una persona indefen-
sa para convertirla en rehén o para obtener algún otro beneficio) a que
someten a la gente en los campos, obligándola a realizar trabajos forzados en las minas o en las haciendas:

> |S|er conscripto o «enrolado», es decir, ser traídos a la fuerza a Col-
> ca, para prestar su servicio militar obligatorio. ¿Qué sabían estos
> dos yanacones de *servicio militar obligatorio*? ¿Qué sabían de patria,
> de gobierno, de orden público ni de seguridad y garantía naciona-
> les? ¡Garantías nacionales! ¿Qué era eso? (...). Y en cuanto a ser
> conscripto o «enrolado», no sabían sino que, de cuando en cuando
> solían pasar por las jalcas y las chozas los gendarmes, muy enoja-
> dos, amarraban a los indios más jóvenes a la baticola de sus mulas
> y se los llevaban, pegándoles y arrastrándoles al trote. ¿Adónde se
> los llevaban así? Nadie lo sabía tampoco. ¿Y hasta cuándo se los lle-
> vaban? Ningún indio conscripto o «enrolado» volvió ya nunca a su
> tierra (208).

8) *El fraude* (engaño con intención de lucro, hecho con malicia, con el cual
alguien perjudica a otro y se beneficia a sí mismo) que realizan Marino y los otros sobre los soras para apropiarse de sus tierras: «La venta,
o, mejor dicho, el cambio, quedó hecho. En pago del valor del terreno
de ocas, José Marino le dio al sora una pequeña garrafa azul, con flores
rojas» (157).

9) *La violación* (acceso carnal con una persona sin su voluntad o contra su
voluntad), la relación sexual forzada y colectiva de Graciela que cometen Taik, Weiss y los otros miembros de la compañía y del gobierno;

primero, se ponen de acuerdo para asaltarla y, después, para controlarla, la drogan, la incapacitan para que no se pueda defender y la violan tomando su puesto por orden de jerarquías; primero los jefes de la transnacional, luego los demás:

Al venir la noche, cerraron herméticamente la puerta y el bazar quedó sumido –en las tinieblas. Todos los contertulios –menos Benites, que se había quedado dormido– conocieron entonces, uno por uno, el cuerpo de Graciela. José Marino primero, y Baldazari después, habían brindado a la muchacha a sus amigos, generosamente. Los primeros en gustar de la presa fueron, naturalmente, los patrones místers Taik y Weiss. Los otros personajes entraron luego a escena, por orden de jerarquía social y económica: el comisario Baldazari, el cajero Machuca, el ingeniero Rubio y el profesor Zavala. José Marino, por modestia, galantería o refinamiento, fue el último (183).

10) *La violencia* (delito que consiste en una acción injusta con que se ofende o perjudica a alguno; daño mental o corporal que se le hace a alguien; mal trato consistente en ejercer de modo continuado violencia física o psíquica sobre aquellos con los que se convive o están bajo la guarda del agresor), como la que Marino le inflige a Cucho o a las mujeres del pueblo:

—¡Qué láudano ni la puta que te parió! –rugió José Merino, lanzándose furibundo sobre su sobrino. Le dio un bofetón brutal en la cabeza y le derribó.
—¡Carajo! –vociferaba el comerciante, dándole de puntapiés, ¡Cojudo! ¡Me estás jodiendo siempre!
Algunos transeúntes se acercaron a defender a Cucho. La mujer del láudano le rogaba a Marino, arrodillada:
—¡No le pegue usted, taita! Si lo ha hecho por mí. Porque yo le dije. ¡Pégueme a mí, si quiere! ¡Pégueme a mí, si quiere!...
Algunas patadas cayeron sobre la mujer. José Marino, ciego de ira y de alcohol, siguió golpeando al azar, durante unos segundos, hasta que salió el comisario y lo contuvo (179-180).

11) *La complicidad* (cooperación o participación en la comisión de un delito), como el asesinato colectivo de Graciela que efectúan los jefes de la compañía y las autoridades:

—¿Muerta? –preguntaron todos, estupefactos–. ¡No diga usted disparates! ¡Imposible!
—Sí –repuso en tono despreocupado el amante de Graciela–. Está muerta. Nos hemos divertido.
Mister Taik dijo entonces en voz baja y severa:
—Bueno. Que nadie diga esta boca es mía. ¿Me han oído? ¡Ni una

palabra! Ahora hay que llevarla a su casa. Hay que decir a sus hermanas que le ha dado un ataque y que la dejen reposar y dormir. Y, mañana, cuando la hallen muerta, todo estará arreglado... Los demás asintieron, y así se hizo. (185).

12) *El crimen* (delito grave que consiste en matar, herir o hacer daño a una persona): el homicidio de Graciela, de los yanaconas, de la gente del pueblo.

> —¡Pero qué indios tan idiotas!
> El sargento decía jactancioso:
> —¡Ah! ¡Pero yo los he jodido! Apenas vi al herrero saltar a la plaza gritando: «¡Un muerto», «Un muerto!», le dí a un viejo que estaba a mi lado un soberbio culatazo en la frente y lo dejé tieso. Después me retiré un poco atrás y empecé a disparar mi rifle sobre la indiada, como una ametralladora: ¡ran!, ¡ran!, ¡ran!, ¡ran! ¡Carajo!
> Yo no sé cuántos cayeron con mis tiros. Pero lo que yo sé es que no vi sino una polvareda de los diablos y vacié toda mi canana... ¡Ah! ¡Carajo! ¡Yo me he «comido», yo solamente, lo menos siete, sin contar los heridos!...(228).

13) *La impunidad* (hecho de quedar sin castigo un delito), como sucede con todos los que cometen los miembros de la compañía y de la administración pública, gracias a la autoridad y al poder adquiridos socialmente; de ahí que para cubrir el crimen que han cometido contra el pueblo, tergiversen los hechos y envíen un mensaje falaz, cuya intención es desinformar; pero en el que destacan el desprecio que sentían por las clases menos favorecidas y, a la vez, muestran el abuso tanto de derecho como de superioridad hacia ellas:

> El comunicado fue así concebido y redactado: «Prefecto. Cuzco.– Hoy una tarde, durante sesión Junta Conscriptora Militar provincia, fue asaltada bala y piedras Subprefectura por populacho amotinado y armado. Gendarmería restableció orden respetando vida intereses ciudadanos. Doce muertos y dieciocho heridos y dos gendarmes con lesiones graves. Investigo causas y fines asonada. Acompáñanme todas clases sociales, autoridades, pueblo entero. Tranquilidad completa. Comunicaré resultado investigaciones proceso judicial sanción y castigo responsables triste acontecimiento. Pormenores correo. (Firmado). Subprefecto Luna» (226).

Con la acción de desinformación, se evade toda responsabilidad en la situación, quedando así los ofendidos culpables de las acciones de los que detentan el poder y la autoridad.

En estas circunstancias, los estamentos sociales guiados por los actos de los representantes de la autoridad se escinden aún más. Entre ambos grupos existe el odio. Para quienes detentan el poder y el control es inaudito que los abusados reaccionen, se quejen y exijan justicia, cuando no son más que: «brutos», «salvajes», «plebe estúpida». Ante semejante atrevimiento del pueblo, el primer grupo reacciona con ira y clama venganza; por eso, comerciantes, propietarios, artesanos, funcionarios y gamonales protestan contra el levantamiento del populacho y «ofrecen adhesión y apoyo decididos e incondicionales para restablecer el orden público» (225).

Esta es una manipulación que logra que el Estado garantice los derechos y las libertades de los miembros más influyentes de la sociedad asegurando una protección efectiva para ellos, mientras que a los individuos de las comunidades indígenas y a los campesinos pobres, considerados sectores subalternos de la sociedad y señalados por su estatus socioeconómico, se les violan sistemáticamente sus derechos más básicos. Es una sociedad desequilibrada donde sólo unos grupos son ciudadanos.

Como consecuencia de la corrupción personal y administrativa: gubernamental y privada, los resultados son totalmente nocivos; ya que, el flagelo, la destrucción y la degradación humana que sufren los miembros de las clases explotadas: los soras, las mujeres y los niños, los peones y los yanaconas aniquila culturas, razas y clases; retrasa el desarrollo social, cultural y económico; distribuye ineficientemente los recursos, destruye la competencia comercial y hace que los pueblos se desestabilicen estructuralmente; desacredita la autoridad y altera la paz y la convivencia, produciendo todo tipo de vejaciones y malestares sociales y económicos hacia unos grupos (razas y clases consideradas bajas) y reacciones negativas de otros (los sectores sociales y raciales privilegiados), producto de los consuetudinarios abusos de las estructuras corruptas que se han instalado con facilidad y solidez debido a la impunidad reinante en unos y a la ignorancia de otros.

1.3.3 LA ENUNCIACIÓN

La representación de todos esos actos de corrupción al nivel de la historia la efectúa la voz narrativa, estrategia discursiva, cuyos efectos sobre la narración hasta ahora no se han tenido en cuenta. Entender sus usos y procedimientos contribuye a mostrar la habilidad narrativa de Vallejo, que varios críticos han puesto en duda al malinterpretar aspectos de su narración.

López Alfonso asevera que: «la novela está escrita desde una decidida perspectiva omnisciente» (1995, 148). Es decir, la voz narrativa que establece el marco representacional dentro del que el discurso narrativo se lee y se interpreta, se manifiesta como un narrador impersonal que no está representado, no se incluye en absoluto en la historia narrada. Sin embargo, la afirmación de «perspectiva omnisciente» no explica las peculiaridades que la voz

narrativa manifiesta en esta novela ni los efectos que estos fenómenos producen en la ficción.

Como se sabe, el narrador omnisciente desde hace tiempo se ha identifi-
cado con un constructo intruso, que interfiere la representación dramática de
los personajes y de la acción manifestándose externo a la historia. A esta voz
se le ha dado la característica de un dios que lo sabe todo y que tiene entre
otras funciones básicas: contar la historia, articular internamente lo relatado,
sostener diálogo con el narratario y, muchas veces, comentar o justificar características de los personajes referidos y de los sucesos relatados.

Ante esta posición monolítica sobre la voz omnisciente en la ficción, se
han levantado estudios que disuenan con ella y que consideran que esta clasificación proporciona una forma fácil para resolver inconsistencias narrativas que de otra manera necesitarían explicación (Booth 20; Jaffe 3-15; Culler
22-34).

Algunos de estos fenómenos que señalan los críticos que requieren eluci-
dación son: a) La autoridad de las declaraciones del narrador. b) El comunicar pensamientos y sentimientos profundos que, por lo general, no son acce-
sibles a observadores humanos. c) La narración autorial, donde el narrador
se declara autor de lo narrado y configura un universo diegético que mode-
liza mediante la peculiar utilización que hace de signos y de códigos narrativos. d) La narración impersonal del realismo con narradores extradiegéticos-
heterodiegéticos (véase Culler 26-33).

Estos y otros aspectos que expone la voz narrativa de la novela de Vallejo se tendrán en cuenta para señalar y explicar algunas de las estrategias dis-
cursivas decisivas en su configuración y así revelar en parte la red de depen-
dencias e implicaciones mutuas que designa la organización específica de este
texto. Las características que la voz observable al nivel del enunciado deja ver
en *El tungsteno* se explicitan en los siguientes apartados:

> 1) Dueña, por fin, la empresa norteamericana «Mining Society», de
> las minas de tungsteno de Quivilca, (...) La gerencia de Nueva York
> dispuso dar comienzo de inmediato a la extracción del mineral
> (151).

En este fragmento que abre el mundo de ficción, la voz narrativa osten-
siblemente ancla su historia en un escenario firmemente realista y autoriza
las informaciones que cree oportunas para el conocimiento detallado de lo
que relata, sin implicarse; es decir, sin hacerse visible, está fuera del discurso
(extradiegética) y de la historia (heterodigética). Pero ya demuestra su habilidad para influir en la comprensión del receptor sobre ese mundo tan aparentemente sólido. Desde las primeras palabras: «Dueña, por fin», comienza a manifestarse la subjetividad de esta voz narrativa dotada de una
incidencia juzgadora que empieza a asociarse bien con la articulación de una
ideología, bien con una simple apreciación particular sobre los acconteci-

mientos relatados y los personajes referidos: la compañía extranjera al obtener el permiso para la explotación de minerales en suelo peruano dispone de esos recursos a su antojo, se adueña, se apodera de ellos en forma violenta.

Este enunciado es un gancho mimético o fingimiento lúdico (Schaeffer 229), utilizado como procedimiento de incidencia pragmática para generar características del universo ficcional, que, a su vez, permite al narratario, no explícitamente mencionado, estar atento al drama social que se va esbozando y, así, ser capaz de entender el significado de lo que se emite. Del mismo modo, esto faculta a que el lector real, según sea su competencia narrativa, acepte las declaraciones o pase por alto informaciones que le parecen innecesarias; es decir, este fingimiento lúdico capacita a los receptores a reactivar miméticamente este universo.

> 2) Sonreían y se ponían coloradas (...). Así venían los idilios y los amores que habrían de ir luego a anidar en las bóvedas sombrías de las vetas fabulosas (152).

Se accede al mundo ficcional por medio de la voz narrativa y, en un sentido más amplio, de su perspectiva. A través de actos de lenguaje referenciales, se producen medios de apariencia que, al igual que los enunciados de realidad, van a inducir en los receptores una representación mental de los objetos y acontecimientos narrados. Esta voz está colocada en una posición temporal de ulterioridad con relación a la historia, de ahí que manipule a su gusto tanto el tiempo de la historia como el del discurso.

Ese control le permite expresar su conocimiento por medio de verdades generales y declaraciones enfáticas, que la proveen de amplia discreción tanto sobre los actos como también sobre los pensamientos de los personajes que pueblan ese universo; más aún, esta posición le permite a la vez anticipar narrativamente el futuro de la historia. De esta manera, influye en su receptor para hacerlo pensar en una forma concreta.

> 3) Leónidas Benites, no pasaba de un asustadizo estudiante de la escuela de Ingenieros de Lima, débil y mojigato, cualidades completamente nulas y hasta contraproducentes en materia comercial (156).

Al presentar aspectos de este mundo ficcional, la voz narrativa al parecer adopta una actitud demiúrgica y semeja estar dotada de una considerable autoridad que no es cuestionada. Libre de las restricciones de credibilidad o de tener autorización para emitir afirmaciones y juicios, esa voz construye el universo imaginario, empleando un repertorio de representaciones que es posible que el receptor disponga en su «mundo»; es decir, «representaciones de lo real»; de esta manera, lo empuja a sumergirse en ese universo.

Dos aspectos diversos sobre la «autoridad» de la voz narrativa se observan en este fragmento:

a) las afirmaciones que realiza sobre la personalidad de Benites: «asusta-dizo», «débil», «mojigato», que son trazos que le atribuye al personaje y que constituyen convenciones de caracterización que hacen de él una unidad discreta e identificable en el universo diegético en el que se mueve y se relaciona con otros componentes de la diégesis. Estas características añaden material descriptivo para impulsar y explicar posteriormente aspectos de la historia; al mismo tiempo, producen consecuencias de tipo apreciativo, con obvias repercusiones en el retrato finalmente configurado. Estos aspectos de caracterización del personaje no se pueden controvertir; ya que, además de los enunciados de la voz narrativa, las acciones y palabras del personaje José Marino los corroboran en diversas oportunidades. Sin embargo, este conocimiento de la voz narrativa no significa un rasgo demiúrgico de omnisciencia, sino una convención constitutiva de la ficción (Martínez-Bonati 35; Culler, 27-28), que es necesaria para el desarrollo del último capítulo, donde el personaje rompe con su círculo social, movido no por una ideología sino por el deseo de venganza y se une a la revolución promovida por indígenas, cuyo representante en el mundo de ficción es Servando Huanca.

b) En este mismo fragmento se muestra otra estrategia empleada por la voz narrativa en la aserción: «cualidades completamente nulas y hasta contraproducentes en materia comercial». Esta aseveración es una opinión, una perspicacia sobre la condición humana; como tal, contiene diversas dimensiones o niveles de significación y puede ser sometida a varias «lecturas» o interpretaciones que se adscriben a pautas sociales individuales. Por tanto, no se considera constitutiva del mundo de la novela, sino como una expresión de la naturaleza y de las opiniones de la voz narrativa y puede recibir varios grados de aceptación y hasta de rechazo de los receptores.

4) La "Mining Society" dejó, a este respecto tranquilos a los soras, hasta el día en que las minas reclamasen más fuerzas y más hombres. ¿Llegaría ese día? (153).
Su lucha con los mineros, sería entonces a vida o muerte. ¿Llegaría ese día? Por el momento, los soras vivían, en una especie de permanente retirada, ante la invasión, astuta e irresistible, de Marino y compañía (157).

Estos apartados señalan la forma en que la voz narrativa introduce a su receptor en los dominios de lo que se designa "razón contingente"; dominios en los que no se halla verdad ni mentira absoluta sino relativa porque son el ámbito de la verosimilitud. La voz emplea un uso emotivo del lenguaje con una estrategia adecuada, la cual administra las razones probantes; es decir, la naturaleza de las afirmaciones y de los razonamientos utilizados se basan en la verosimilitud como criterio de verdad. Dentro de las pruebas aristotélicas para establecer una relación con el receptor, ésta es el *logos*, la prueba lógica que proporciona la cualidad convincente de la evidencia y los argumentos.

Además, el hacer preguntas retóricas y dejarlas sin respuesta produce la autoestimulación imaginativa del receptor. Sin embargo, esta posición parece indicar una anomalía en la perspectiva de la voz narrativa. Anteriormente, en (2) había señalado el resultado futuro de los hechos de los personajes; ahora parece poseer un conocimiento selectivo, limitado o incompleto sobre el porvenir del grupo indígena.

Esta es una técnica de inmersión que crea así una tensión que se soluciona cuando avanza la narración y se completa «supuestamente» el universo ficcional propuesto: «¡Los soras! –dijo José, burlándose–. Hace tiempo que metimos a los soras a las minas y hace tiempo también que desaparecieron. ¡Indios brutos y salvajes! Todos ellos han muerto en los socavones, por estúpidos, por no saber andar entre las máquinas...» (189). Esta estrategia tiene la función de suscitar un efecto preciso en el receptor: la constitución de puntuales reacciones juzgadoras. Es el *pathos*, la prueba aristotélica, que produce la condición emocional de la audiencia. Toda esta actividad persuasiva persigue abiertamente, con intencionalidad manifiesta, la adhesión del receptor.

   5) En general, Leónidas Benites no era muy querido en Quivilca.
   ¿Por qué? ¿Por su género de vida? ¿Por su manía moralista? ¿Por
   su debilidad física? ¿Por su retraimiento y desconfianza con los
   otros? (166).

Estos enunciados de la voz narrativa podrían ser una continuación de la técnica presentada en (4). Sin embargo, aunque la no resolución a las interrogaciones sobre el personaje crea tensión en el receptor, éstas nunca se responden dentro de la historia. Esta distancia que al parecer expresa la voz narrativa hacia el personaje constituye un dominio de inevitable manifestación, por la vía de la subjetividad, de sus posiciones ideológico-afectivas, que es decisiva para la definición de los ejes semánticos fundamentales que rigen la construcción de la narrativa y que, por tanto, van a repercutir en el receptor.

La aparente anomalía de no dar respuestas en la historia es un fenómeno de implicación afectiva —positiva o negativa— con los personajes. Para que el proceso de inmersión del receptor en el universo ficcional pueda funcionar, es necesario que los personajes y su destino le interesen; debe existir un fenómeno de implicación afectiva hacia lo representado. Benites tiene ya una posición dentro de ese mundo de ficción; pero el receptor debe decidir cual es su actitud ante la serie de interrogaciones; así se pone en actividad su empatía afectiva; es decir, activa en su relación con el mundo ficcional, su repertorio de actitudes de la realidad cotidiana.

   6)El propio género de relaciones culpables que los unía, azuzaba, de
   una parte, a José, a no ser seco y brutal como su hermano, y de otra
   parte, a Laura —mujer, al fin—, a sostener y prolongar indefinidamente este juego con "Marino Hermanos" (196).

Este apartado explicita, en el inciso «–mujer, al fin–», una marca de género en la voz narrativa que a la vez señala parte de su ideología. De un modo abierto se compromete al emplear una forma verbal «sexista» acerca del sexo femenino, reproduciendo atributos que son construcciones culturales que prevalecen en grupos sociales. El lenguaje dista de ser neutro, por el contrario, transmite una forma de ver el mundo, que está marcada por concepciones ideológicas o prejuicios. De esta manera, contribuye a «reproducir» un sistema de desigualdad de géneros al ejercer un control de difusión de aquellos aspectos del contexto a expensas de participantes femeninos en la historia. Es una actitud discriminatoria que muestra un prejuicio tradicional, que niega los derechos de libertad y de igualdad a los miembros de un determinado sexo. Las palabras construyen, reflejan la cultura y la vivencia de los usuarios en todas las sociedades.

> 7)Laura, la campesina –lo hemos dicho ya–, había adquirido muchos modos de conducta de señorita aldeana, y, entre éstos, el gusto del pecado (199).
> Si no olvidamos que José no hacía más que engañar a Laura y que la caricia y la promesa terminaban una vez saciados sus instintos, se comprenderá fácilmente porque José se alejase, unos minutos más tarde, de Laura, diciéndole desdeñosamente (...). (199).

Otra peculiaridad de la voz narrativa se hace explícita, nuevamente al continuar con la caracterización del mismo personaje femenino: la voz se textualiza, se hace concreta en el discurso. En estas dos oportunidades: el inciso: «—lo hemos dicho ya—» y en el inicio del enunciado: «Si no olvidamos que...» emite puntualmente un pronombre de primera persona plural. Este fenómeno, presente en diversos escritores, uno de ellos Stendhal: *Le rouge et le noire*, no es suficiente para proclamar una inepcia técnica, puesto que no perturba las condiciones de enunciación narrativa, porque la voz se encuentra en un nivel distinto de aquel en que se hallan los elementos diegéticos. Aunque este cambio no elimina los sentidos fundamentales que la voz representa en la narrativa, crea la duda sobre lo que podrían indicar estas alteraciones que se suceden en el discurso alrededor de este personaje femenino. No hay que olvidar que el enunciado narrativo inscrito proyecta registros subjetivos que señalan opciones ideológico-afectivas hacia lo relatado.

> 8) Porque en el Perú, y particularmente en la sierra, a los obreros les hacen cumplir los patrones sus contratos civiles, valiéndose de la policía. La deuda del obrero es coercible por la fuerza armada, como si se tratara de un delito. Más todavía. Cuando un obrero «se socorre», es decir, cuando vende su trabajo, comprometiéndose a darlo en una fecha más o menos fija a las empresas industriales, nacionales o extranjeras, y no llega a darlo en la fecha estipulada, es perseguido por las autoridades como un criminal. Una vez capturado, y sin oír defensa alguna de su parte, se le obliga, por la fuerza, a prestar los servicios prometidos. Es, en pocas palabras, el sistema de los trabajos forzados (203).

En este fragmento se explicita abiertamente la ideología de la voz narrativa; aspectos que ha venido mostrando desde el comienzo de la historia. Los sentidos ideológicos constituyen por naturaleza sentidos imperativos, propensos a ejercer presión sobre el destinatario. El gran instrumento de la persuasión es el lenguaje. Poner nombre a las cosas no es sólo una forma de ordenarlas y clasificarlas sino también de dominarlas. Los enunciados emitidos son parte de una actividad comunicativa de carácter informativo que proporciona el entendimiento de ideas que se quieren dar a conocer; son de carácter contingente, porque sus contenidos se refieren a lo que sucede en el tiempo; son de carácter contemporáneo; ofrecen información ideológica de actualidad y operan en los niveles informativos que buscan como finalidad principal la persuasión, el convencimiento e incluso la respuesta activa.

La serie de estrategias narrativas que se manifiestan al estudiar la actuación de la voz narrativa de *El tungsteno* son procedimientos de incidencia pragmática, accionados por ese «sujeto ficticio» de la enunciación de donde dimana esta emisión. Estos procedimientos, al condicionar directamente la construcción de la narrativa, están destinados a provocar efectos precisos en el narratario; en este caso: la aprehensión del peso relativo de los varios elementos diegéticos hasta la constitución de puntuales reacciones juzgadoras, que van desde la persuasión ideológica, hasta la demostración de tesis sociales.

De esta forma, se hace evidente la habilidad narrativa de Vallejo, quien estructuró su texto mediante diversos estratos de inserción de sus componentes. A nivel del discurso, la voz narrativa presenta y conecta los elementos que forman la historia, de tal manera que deja ver una arquitectura donde se pueden determinar sucesivas imbricaciones de relatos:

La historia más amplia se desarrolla en Quivilca con la influencia de la «Mining Society», de ésta surgen los otros relatos:

a) el de los soras
b) el mundo interior de Benites
c) los hechos alrededor de Graciela
d) la historia de los hermanos Marino
e) la historia de Laura
f) las vidas de los burócratas de Colca
g) las vidas de los yanaconas y campesinos
h) las acciones de Servando Huanca por la justicia y la revolución.

Estos relatos expresan la dinámica de productividad narrativa de la novela, en la que los diferentes niveles están transidos y dependen de una relación temática principal: la corrupción, cuyos efectos y trágicas consecuencias surgen de la explotación económica por parte de la inversión extranjera, que rápidamente se mimetiza dentro de las condiciones y tensiones sociales re-

gionales y permea las economías locales determinando el comportamiento del
propio proceso de acumulación de capital.

De esta manera, se crean efectos socioeconómicos que acentúan los rasgos negativos de racismo, opresión, destrucción social y familiar, desequilibrio económico, marginalidad y extremada pobreza en el nivel personal. Del
mismo modo, en el nivel social se produce una política de concesión implícita y explícita adoptada por gobiernos y organismos regionales y locales que
va en contra de los intereses de desarrollo de las economías de regiones y países y contribuye a crear dependencia económica de los países donde funcio-
nan las casas matrices dueñas de las transnacionales. Mientras que en las áreas donde se asientan las compañías transnacionales se ocasiona la destrucción
por extinción de los bienes minerales, de los ambientales y de los económicos
nacionales.

2. Construcciones de la masculinidad en *Paco Yunque*.

César Vallejo escribió su obra de narrativa corta entre los años 1922 y
1936. Los textos de esta producción son: «Más allá de la vida y la muerte»
(1922), *Escalas melografiadas* (1923), «Sabiduría» (1927); publicadas póstuma-
mente: «Una crónica incaica» y «La danza del situa» (escritas en 1931); «Paco
Yunque» |*Apuntes del Hombre* I.1 (jul., 1951)|; «El niño del carrizo», «Los
dos soras», «El vencedor», «Viaje alrededor del porvenir» |Lima: Moncloa,
1967| (véase Merino 1996, 83).

De estas obras de creación, interesa en este ensayo el relato: *Paco Yunque*,
del cual: Georgette de Vallejo señaló: «Un editor le pide un cuento para niños. Vallejo escribe y le lleva *Paco Yunque*. El editor lo rechaza "por dema-
siado triste"» (40). Mientras que otros investigadores han señalado:

1) (...) |R|efleja un espíritu acusador y una actitud crítica. El poeta
   se imagina que es preciso decir verdades por desagradables que
   sean» (Neale-Silva 288).

2) «Inerme ante esta emotiva bomba política, el pequeño lector para
   el que ha sido fabricada y aún el lector adulto, tal es su perfección
   de relojería, traga sin saberlo y sin poderlo evitar, —y ello es lo terrible— lecciones sobre la necesidad del conflicto de clases, sobre
   su fundamento que es la explotación del trabajo, sobre las instituciones que hipócritamente sostienen las injusticias de lo exis-
   tente» (López Alfonso 168).

3) «(...) |E|s una plasmación artística y narrativa de los postulados te-
   óricos planteados en (*El arte y la revolución*), en el que se estable-

ce una clara distinción entre arte bolchevique y arte socialista. *Paco Yunque* sería una muestra cabal del primero que "es principalmente de propaganda y agitación. Se propone, de preferencia, atizar y adoctrinar la rebelión y la organización de las masas para la protesta, para las reivindicaciones y para la lucha de clases"» (González Montes 2002, 25-26).

4) «Inobjetablemente el carácter del cuento está impregnado de un ánimo ideológico, de una necesidad por retratar a través del microcosmos de una escuela la estructuración social con sus normas y valores, que correspondían entonces al compromiso ideológico de Vallejo con el marxismo» (Eslava 307).

Este relato, como los críticos lo han destacado, refleja aspectos de la ideología política de Vallejo. Sin embargo, el texto también representa particularidades de la construcción social del hombre, de su masculinidad, en el mundo sociocultural peruano, referente conocido del autor, que se constituye entre potentes fuerzas sociales susceptibles a imágenes sobre la actuación y la posición del hombre en ese ambiente.

En la última década del siglo XX se vio un voluminoso incremento en el número de estudios críticos sobre la masculinidad y lo masculino; estas investigaciones han surgido de la insistencia anterior de estudiar el cuerpo femenino en oposición a la norma poco definida sobre lo masculino que ha producido discusiones de género marcadas por aspectos binarios como: espiritual/físico; alto/bajo; masculino/femenino. Estudios recientes han destacado la posibilidad de definir la abstracción que se conoce como «masculinidad» de problemático arraigo en la cultura, de la cual surgen sus nociones, la identidad sexual y su rol genérico; los que a su vez producen patrones de comportamiento que se asocian con lo masculino vs. lo femenino.

En los países latinoamericanos, la represión estatal, los mercados de trabajo, la sociedad capitalista que se estructura genérica (patriarcado) y económicamente (clases); también se constituye racialmente produciendo una variedad heterogénea de subordinación que contribuye a la construcción de los sujetos sociales. De ahí que exista la necesidad de enfocarse en la intersección entre estos principios organizativos que articulan simultáneamente la variedad de diferencias y opresiones sociales para mostrar los mecanismos que se explicitan. El texto de Vallejo debe verse como producto de una histórica y particular red social de relaciones y de la manera en que se articulan en él los discursos múltiples en que se mueven sus individuos textuales.

En el Perú, como en tantos otros países latinoamericanos, las discusiones políticas, sociales y culturales se oscurecen bajo complejas formas sociales de discriminación basadas en clases y razas y organizadas alrededor de jerarquías sociales que privilegian la raza blanca (véase de la Cadena 1998; Ellis

1998). En el presente, el origen étnico, el lenguaje y el analfabetismo se identifican como los determinantes más importantes de exclusión social en el país (Figueroa, Altamirano y Sulmont 1996). Los factores raciales son rasgos de un proceso de colonialismo interno que concede prerrogativas a las necesidades de los grupos raciales blancos y adinerados sobre campesinos, indígenas, miembros de raza negra, hablantes del quechua y del aymara, vendedores callejeros, criadas, soldados, etc., (véase Starn, De Gregori y Kirk 1995).

Ante todas estas situaciones socioculturales que persisten en el Perú, el relato de César Vallejo: *Paco Yunque* va más allá de la ideología de su creador, puesto que expone a través de su historia atributos de la construcción de la masculinidad en específicas capas sociales, surgidas mediante procesos de exclusión provenientes de grupos raciales blancos, que han instaurado un sistema de valores que establece una jerarquía de clases, de personas, de actividades, de bienes y también de ideas, y las han forzado al resto de la sociedad; imposición que emplean las élites para afianzar sus privilegios económicos y políticos. De esta manera, se contribuye a la estereotipificación de los distintos grupos étnicos y socioeconómicos.

> Un actor social discrimina a otro con el objeto de defender una situación de superioridad y privilegio, justificando esta acción según un criterio supuestamente objetivo de naturaleza biológica, moral y/o cultural, como sexo, raza u origen étnico. Las víctimas de esta discriminación tienden a interiorizar el complejo de inferioridad que se les atribuye. En algunas circunstancias, la discriminación da lugar a la segregación que mantiene distancia de una categoría de sujetos y establece áreas sociales apartadas para estos individuos, restringiendo su libertad de movimiento fuera de estas áreas. Una de las más persistentes justificaciones para la discriminación cultural y segregación es el racismo (Figeroa, Altamirano, Sulmont 49-50).

Hasta ahora, en gran parte de los estudios vallejianos sobre sus narraciones se ha prestado atención a la destrucción social producto del racismo y del clasismo, pero se ha obviado la devastación sociocultural que se produce a causa de estas mismas circunstancias en los grupos étnicos que impulsan y obligan los modelos hegemónicos.

Tanto en la época a la que hace referencia *Paco Yunque* como en el presente, los niños son un mundo cultural que reflejan en sus propios rituales y en sus símbolos y valores el de los adultos. Como esfera social, la de las clases altas está separada de la de los domésticos, los indígenas e incluso, en diversos aspectos, de las de las mujeres de cualquier raza y posición. En este espacio social, los hijos preadolescentes se comportan con las reglas tanto del hogar, como de la sociedad a la que pertenecen los padres y las del sistema de mercado. Técnicamente, claro, la cultura del niño es en realidad una subcultura que reproduce con otros niños de su edad y que lo prepara en muchas formas, de por vida, para la esfera adulta en la que se desenvolverá.

La evolución en los niños está mediada por la genética y mediatizada por transmisiones culturales; este último tipo de desarrollo se conoce como evolución psicosocial o exosomática. Gran parte del conocimiento, de las tradiciones y del comportamiento que se entienden como «cultura» pasan de una generación a la siguiente por medio de canales no genéticos. Del mismo modo que la información biológica se copia y se transmite a través de los genes, la cultural se reproduce y pasa a través de la imitación proporcionando un medio para transferir características adquiridas y patrones de comportamiento a las generaciones sucesivas (Meltzoff y Moore 1991, 111).

Paco Yunque narra la historia del primer día de escuela de Paco, hijo de una de las sirvientas de la casa del inglés Dorian Grieve, gerente de los ferrocarriles de la «Peruvian Corporation» y alcalde del pueblo. Asimismo, relata el comportamiento despótico, voluntarioso y violento de Humberto Grieve en el ámbito escolar, en donde se privilegia con la aquiescencia de unos, las acciones de aquellos que se creen con derechos sobre los demás, gracias a las diferencias de clase y raza.

Humberto manifiesta en su actuación tanto etapas del proceso de construcción de la identidad como de la estructuración de su masculinidad, producto de un sistema de valores del que derivan sus normas de conducta. Esta configuración dinámica de características que lo definirá como ser social está investida en él con significados diversos. Consciente de su posición social, hijo del extranjero patrón de la familia de Paco, sabe qué es lo que se espera que haga y qué no, porque sus características personales están sujetas a valores sociales de orden jerárquico: sus antecedentes familiares, la educación, el género, la raza, etc. Por todas estas circunstancias, a las que se aúna el hecho de que el padre, Dorian Grieve, posee muchos bienes de fortuna y es la autoridad política del lugar, Humberto trata al chico indígena como «ente desechable» abusándolo, golpeándolo, humillándolo, robándole la seguridad tanto anímica como intelectual porque tiene pleno convencimiento de que no habrá ningún tipo de represalia o inconveniente en ningún lugar por su conducta; está completamente seguro de su posición en el mundo porque a pesar de sus pocos años ha pasado su vida dentro de esas circunstancias socioculturales de superioridad y despotismo.

En su familia, el padre controla a otros, se hace obedecer y avasalla con su alto puesto en la compañía transnacional, con el dinero, con el cargo que le aporta poder político y civil, con el conocimiento del mundo y la manipulación que puede efectuar de él por medio de su poder económico, de su educación y por la imagen que tiene de sí mismo al considerarse diferente por origen, raza y clase. Como extranjero y jefe de familia, aculturado o no en el Perú: «prefiere defender el poder del dinero, el odio racial o el genocidio, antes de permitir que se analicen o discutan las contradicciones de la sociedad en que vive» (Castillo Ríos 1974, 71).

Se sabe que el comportamiento del padre en familia lo repiten los hijos en su interacción social. Los padres controladores y abusivos producen conductas negativas en los hijos, las cuales éstos exteriorizan en forma agresiva con sus compañeros y amigos, quienes terminan por rechazarlos, produciendo en ellos reacciones más negativas aún en el comportamiento en sociedad (Parke, et al 2002).

La socialización aprendida en familia: interacción entre los padres y entre padres e hijos, repercute posteriormente en la manera en que los niños se comportan con otros de su misma edad reproduciendo comportamientos aprendidos e internalizados que interpretan como naturales. Puesto que, el progenitor somete, manipula y ultraja a los demás y todos le temen sin que surjan trascendencias sociales contra él, Humberto emula la conducta aprendida del padre; de ahí que Paco exprese mentalmente: «Qué cosa fea era esto del patrón y del niño Humberto» (265), porque sabe en carne propia que la costumbre que vive el padre, la expresa el hijo con la misma violencia. No obstante, la actuación de Humberto demuestra también que en su casa existen problemas internos que motivan que el comportamiento del niño sea aún más negativo en la escuela.

Además del dinero y del poder efectivo del progenitor, el hecho de que Humberto sea hijo de un extranjero con autoridad y con abundantes recursos económicos socialmente le otorga prerrogativas que le permiten considerar inferior a cualquiera de los habitantes del lugar, especialmente a los que tienen un color de piel diferente a la suya (no blanca); puesto que, la construcción cultural de «raza» en el Perú está inscrita hegemónicamente en su geografía; se considera a determinados habitantes de las costas (particularmente los limeños) como «blancos», mientras que se denomina despectivamente a quienes viven en las montañas como «serranos» o «cholos» (indios o mestizos) (véase de la Cadena 144). Si esto ocurre con gente de la capital, se intensifica con los extranjeros, que creen ser de raza superior.

La sociedad representada en el cuento de Vallejo expresa el sistema de autoridad vertical que se inicia con los poderosos y continúa en todos los estratos hasta terminar con los pobres y con los débiles. El poder como imposición (violencia y coerción) con la compleja red de asignaciones y atribuciones sostenidas por la cadena de mando se halla cincelado en la conciencia de Humberto; lo expresa en la ejecución de diversos dispositivos de dominación que proyecta con Paco, con el maestro y con los condiscípulos en la escuela a través de actos que considera privativos de su categoría social y que asocia con su identidad y expresa con su cuerpo por medio de la violencia simbólica o efectiva.

Para sociólogos como Parsons (1964) y filósofos como Taylor (1992), las características que definen una identidad individual se construyen socialmente. Primero, por medio del horizonte de interpretaciones que hace posible la sociedad y segundo, por medio de la interacción con otros. Ese horizonte son las ideas e ideales de una sociedad o comunidad para la que determinadas características personales se consideran importantes o significantes. Únicamente cuando una persona crece dentro de este horizonte, lo que no necesariamente implica que acepte o que esté de acuerdo con la manera en que éste conforma sus características como individuo, desarrollará una identidad definida (Taylor, 37).

Parsons, sintetizando la teoría psicoanalítica de Freud, en su análisis de las interacciones personales llega a las mismas conclusiones: todos los componentes, no únicamente los morales que señalaba Freud, de la cultura común se internalizan en la estructuración de la personalidad del ser humano (23). La parte principal de este proceso deriva de los sistemas sociales y culturales adquiridos a través de la socialización; de esta manera, la personalidad del individuo se convierte en un sistema independiente mediante las relaciones que mantenga con la cultura y por la forma en que evolucione su propia experiencia (82).

La identidad es un constructo social porque la persona la desarrolla mediante su interacción con otros. Es el espejo que la familia y la escuela le proporcionan; así, aprende a saber quién es. Las bases sociales de la evolución de la identidad del niño muestran la importancia que ejerce la educación y el papel de los padres y los maestros; ya que, ellos no sólo influyen en la percepción que de sí mismo tiene el niño sino que predisponen la manera correcta o incorrecta de la autoimagen de sí que éste llega a adquirir; ellos también son los responsables de suministrar el horizonte sociocultural en el que el pequeño desarrollará su identidad (De Ruyter y Conroy, 510-512).

Humberto llega tarde a la escuela, no le importa decir que se ha quedado dormido, miente abiertamente; sojuzga, humilla y destruye íntimamente a Paco, se adueña de su trabajo, aniquila su autoestima y publica ser su dueño; enfrenta y desafía la autoridad del maestro; se encoleriza porque otros rechazan sus acciones; cuando se le contrarían sus caprichos, expresa su despecho y frustración con llanto, patadas e ira; busca calmar su contrariedad con venganza. Ante los otros compañeros, se presenta como pleitista y matón; ya que, él puede hacer lo que quiera contra Paco y contra otros niños, porque el padre podrá tomar represalias en su nombre contra cualquiera y alcanzar satisfacción adecuada gracias a su poder económico, político y civil.

Su concepción distorsionada de sí mismo llega hasta el extremo de decir fanfarronadas como: «Porque en mi salón no se mueren. Porque mi salón es muy elegante. Porque mi papá me dijo que trajera peces y que podía dejarlos sueltos entre las sillas» (259). «Mi papá puede darles aire en mi casa, porque tiene bastante plata para comprar todo» (260). La vanidad vulgar con que se precia y hace alarde de manera hiperbólica es poco creíble incluso para los otros escolares, con los que en cada una de sus acciones en ese día de clase sólo demuestra los problemas de socialización y de conducta impuestos, permitidos e impulsados en su casa.

En esos actos se observa su condición de impertinente, desafiante, terco, imprudente, grosero, cruel, baladrón, desobediente, altanero, soberbio, pedante, jactancioso y arrogante, que además de adjudicarse la "virtud" de la certeza o de la corrección, incluso por sobre el conocimiento y las observaciones que en diversas oportunidades efectúa el maestro, falta a la moral al mentir, al hacer trampa, al robar, al agredir, al ser desconsiderado, vengativo, egoísta y al mostrar una actitud de menosprecio de los demás. Aspectos que señalan en Humberto una socialización inadecuada o inexistente; en él, el proceso mediante el cual el niño aprende a diferenciar lo aceptable de lo inaceptable en su comportamiento es precario; puesto que para él las relaciones interpersonales significan: injuriar, manipular, sojuzgar; en su casa, no ha aprendido la comprensión explícita o implícita de las reglas del comportamiento social aplicadas en las diferentes situaciones.

El proceder y las actitudes de los progenitores de Humberto hacia él influyen en diversos aspectos: abarcan desde el extremo consentimiento, la hostilidad protectora, hasta la más tranquila despreocupación por su comportamiento hacia otros, como se observa en las palabras y en los pensamientos de Paco: «—Porque si se lo digo a mi mamá, también me pega y la patrona se enoja» (264); «Porque al niño Humberto nadie le hacía nada. Y porque el patrón y la patrona le querían mucho al niño Humberto» (265). La beligerancia aprendida del padre y la total permisividad y protección provenientes de sus mayores convierten al niño en un ser extremadamente agresivo y rebelde. Se sabe que uno de los modos más frecuentes de adquisición de pautas de conducta se efectúa por imitación de las reglas provenientes de los progenitores (aprendizaje por modelado).

Ahora, aunque entre padres e hijos existe el poder en favor de los primeros, los niños no son completamente pasivos; porque con ellos se presenta una reciprocidad de las oportunidades de poder. Los pequeños ejercen una influencia considerable sobre los adultos, al cumplir una función para sus padres: representan el cumplimiento de determinados deseos y necesidades (Elías, 419). Si Humberto reproduce aspectos aprendidos de conductas paternas, el progenitor ideológicamente las permite e impulsa en el hijo para continuar su propia identidad y, por tanto, su posición dentro de la sociedad; además, espera que el niño adopte y explicite con otros la misma actitud que él exhibe ante la comunidad.

La socialización es el proceso ininterrumpido de internalización tanto de valores y actitudes (una «educación del espíritu») como una construcción social del cuerpo (porte, mímica, gestos, movimiento, etc.); por medio de él se delatan determinadas experiencias, posiciones y trayectorias. El aprendizaje no reside sólo en la memoria y en la mente, sino también en el cuerpo; en el que se inscriben no sólo predisposiciones sino también valores. Existe un lenguaje del cuerpo, se actúa con él y se habla con él. Se puede manifestar respeto, sumisión, humildad, inseguridad o soberbia, dominación, seguridad, orgullo a través del uso del cuerpo; esto es lo que se ha denominado «la creencia práctica o en actos» que se forma en las experiencias primarias del sujeto social (Bourdieu 1990, 68-69).

De ahí que, Humberto no bien llega a la escuela busque a Paco Yunque, lo arrastre e inmovilice con violencia, se enfrente al maestro, baje los ojos sujetando al otro niño con más brutalidad; llore y patalee furiosamente cuando el educador le quita la víctima; mira al chico indígena con cólera, le enseña los puños y pone los ojos en blanco, lo golpea y le da tirones de pelo frente a la clase escondiéndose para que el maestro no lo vea; del mismo modo, en un descuido de éste, le pega un puñetazo en la boca a Paco Fariña.

Todos los actos, posturas y gestos de Humberto, como se sabe, son comportamientos socialmente adquiridos; él los reproduce como naturales porque los ha visto y aprendido en casa en el seno familiar; posteriormente el poder de estos patrones de educación familiar, los afianza la actitud indiferente y permisiva del maestro; pero van más allá de estos ámbitos particulares para mostrar esquemas estables que poseen una raíz antigua, que se ha convertido en norma y que estructuran la cultura y la ideología de los miembros de las clases que los practican (Schmitt 129).

En el recreo. Humberto continúa torturando al chico indígena, causando con esto una gresca que involucra a clases y razas; la cual se resuelve con la agresión del más grande y más fuerte sobre los demás en una cadena de superioridad y fuerza:

> Grieve le dio un empellón brutal a Fariña y lo derribó al suelo. Vino un alumno más grande, del segundo año, y defendió a Fariña, dándole a Grieve un puntapié. Y otro niño del tercer año, más grande que todos, defendió a Grieve, dándole una furiosa trompada al alumno de segundo año. Un buen rato llovieron bofetadas y patadas entre varios niños. Eso era un enredo.
> Sonó la campana y todos los niños volvieron a sus salones de clase (268).

La autoridad vertical social externa del mundo adulto se reproduce como si fuera natural en el mundo escolar. La lógica de esta práctica está tan internalizada en los cuerpos de los escolares, quienes la ejecutan como reacción para mostrar poderío y control. El repique de la campana logra detener temporalmente las agresiones porque el tañido es símbolo de una autoridad mayor que puede alcanzarles represalias. Aquí, se demuestra que ellos han aprendido el valor de las oposiciones: grande/pequeño, fuerte/débil como principios fundamentales de la percepción del mundo que llevan inscrita en sus cuerpos y en sus mentes.

Todos los actos que efectúa Humberto señalan experiencias pasadas, bien vistas o bien sufridas, en cualquier caso, aprendidas y ahora expresadas en público; porque, las composturas en clase con el maestro y con sus compañeros: reto, altanería, mentira, grosería, alevosía denotan actitudes reiteradas ya con otros sin trascendencia para él. Vivencias y actuaciones señalan a tan temprana edad una trayectoria de agresión persistente y despotismo absoluto sintetizados en los gestos que le dirige a Paco cuando le enseña los puñetes (agresión) y lo mira con ojos blancos (muerte); como sus palabras insensatas no son recibidas como él quiere; entonces, comunica con los manos y los ojos, intención que todos entienden; por eso la pone en práctica contantemente para agredir y sojuzgar, para así controlar un sistema social en el que refleja lo que vive. Situación que corroboran los pensamientos de Paco Yunque:

> al niño Humberto no le pegaba nadie. Si Fariña le pegaba, vendría el patrón y le pegaría a Fariña y también al papá de Fariña. Le pegaría el patrón a todos. Porque todos le tenían miedo. Porque el señor Grieve hablaba muy serio y estaba mandando siempre. Y venían a su casa señores y señoras que le tenían mucho miedo y obedecían, siempre al patrón y a la patrona (265).

Las relaciones sociales infantiles suponen interacción y coordinación de los intereses mutuos, en las que el niño adquiere normas de comportamiento social a través del trato interpersonal y de los juegos, especialmente dentro del grupo de niños de la misma edad con los que comparte tiempo, espacio físico y actividades comunes. Esta acción recíproca está maleada en Humberto, su transición hacia el mundo social adulto se halla apoyada por el fenómeno de tiranía voluntariosa y arbitraria dentro del grupo de iguales, donde se atribuyen roles distintos a los diferentes miembros en función de su fuerza o de su debilidad.

El aprendizaje vivencial de Humberto se halla inscrito en su cuerpo, en el cual funciona según la fórmula de Pascal, como «un autómata» que 'arrastra al cuerpo sin que éste lo piense', al mismo tiempo que como un depósito donde conserva las actuaciones que considera valiosas. Pensar, reflexionar y actuar en Humberto Grieve no son acciones que sólo ejecuta su espíritu sino que son también funciones de su cuerpo proclivemente socializado. «No maneja los pequeños conflictos que abundan en su vida con evidente normalidad ni acepta, cuando debe hacerlo, la participación de los otros niños, de sus padres o de sus profesores. Egoísta, autoritario y dependiente, desarrolla con facilidad cuadros de agresividad compulsiva y de inestabilidad emocional» (Castillo Ríos 1974, 88).

Además de la influencia familiar, la actuación desviada de Humberto en ese mismo ámbito está reforzada en la escuela; ya que: «ella privilegia a los ricos y segrega a los pobres. Cuenta con sus mismos elementos, habla en su mismo idioma. Está estructurada bajo los mismo patrones ideológicos y escala de valores que los niños (ricos) han conocido y practican en su hogar» (Castillo Ríos 1974, 86).

Lo anterior se ve en la actitud del maestro representado en la historia, quien al responder a los mandatos, normas y directivas de la administración escolar y a la imagen del poder de Dorian Grieve, parece manifestarse imparcial ante la actuación de Humberto al preguntar a la clase si lo que él dice es verdad; sin embargo, cuando el chico llega tarde, miente, lo reta, dice insensateces no lo castiga, apenas lo corrige; mientras se muestra serio con la clase y les ordena a los niños hacer silencio. Sin embargo, al indagar repetidas veces si lo que alguno de ellos dice es cierto, lo que hace es poner en duda lo proclamado por ese respectivo alumno y luego amenazarlo o castigarlo; pero al mismo tiempo, defiende y elogia al hijo del poderoso:

> Humberto Grieve es un buen alumno. No miente nunca. No molesta a nadie. Por eso no le castigo. Aquí todos los niños son iguales, los hijos de ricos y los hijos de pobres. Yo los castigo aunque sean hijos de ricos. Como usted vuelva a decir lo que está diciendo del padre de Grieve, le pondré dos horas de reclusión. ¿Me ha oído usted? (264).

A Humberto apenas lo reconviene; asimismo acepta lo que él dice o hace con palabras que lo distinguen sobre los demás compañeros: «¡Un niño decente como usted, no debe mentir!»; «Yo creo en lo que dice usted. Yo sé que usted no miente nunca» (263); con lo cual autoriza las acciones del chico y refrenda ante los demás su superioridad.

El papel del lenguaje es un componente constitutivo de cualquier práctica social. Como sistema de signos, el lenguaje tiene una naturaleza material e ideológica que se ha creado a través del enlace dialógico de diversas conciencias; los signos son materiales porque se asocian con formas, sonidos o gestos particulares que son ideológicos, como ya se vio, porque reflejan una «realidad» alternativa y adquieren un significado que va más allá de lo que se dice (Bourdieu 1991; Foucault 1980).

El educador modela el discurso y a través de él construye o refuerza patrones culturales. Al calificar a Humberto como «niño decente» explicita una metáfora profundamente incrustada tanto en la organización del sistema de comunicación social como en la de su sistema de conocimiento; con esta metáfora activa en los niños una forma particular de percibir al hijo del rico: «honrado o digno e incapaz de acciones delictivas o inmorales», que elimina o por lo menos reduce las acciones del chico. Este proceso se refuerza en la mente de los escolares con la autoridad que le conceden por posición y derecho al educador como productor de un discurso. La calificación de «decente» adjudicada a Humberto es una metáfora generativa que representa los valores, los modelos y los patrones culturales de determinados grupos y deriva su fuerza normativa de propósitos, valores e imágenes modeladoras que durante largo tiempo han imperado en la cultura.

¿Quién era el profesor? ¿Por qué era tan serio y daba tanto miedo? Yunque seguía mirándolo. No era el profesor igual a su papá ni al señor Grieve. Más bien se parecía a otros señores que venían a la casa y hablaban con el patrón. Tenía un pescuezo colorado y su nariz parecía moco de pavo. Sus zapatos hacían risss-risss-risss-risss, cuando caminaba mucho (265).

Aculturado, subyugado e impulsando los valores de los grupos dominantes, el maestro busca adoptar y adaptar esos valores, y comportarse de acuerdo a ellos; pero no importa cuán intermediario y transmisor sea de ese sistema, está excluido del proceso cultural que le permitirá ser parte integral de él; porque no tendrá las condiciones sociales para participar en las redes culturales que mantienen los privilegios de esa clase, entre los que se implica poseer un importante activo social marcado por el elevado valor económico en el intercambio dentro del mercado (Figeroa, Altamirano, Sulmont 50).

De ahí que, la actuación del educador manifieste su pusilanimidad, falta de ánimo y valor para impartir justicia en el salón de clase; del mismo modo, al tolerar la petulancia, la vanidad y el despotismo de Humberto expresando únicamente cólera, dando puñetazos contra la mesa y amenazando a los otros niños se proyecta pobre de espíritu y cobarde ante la imagen y la posición de Grieve padre y de sus superiores; por tal motivo, el carácter que despliega frente a los alumnos es acomodaticio y moldeable en favor de los hijos de los poderosos y en detrimento de los otros.

Con su proceder evidencia su condición de vencido en un estado social donde el único dominio que posee y que ejerce es su poderío sobre los niños de clases media e inferior. En él, la necesidad de subsistir en esa sociedad ha pasado a formar parte de su naturaleza, la ha convertido en esquemas motores y en automatismos del cuerpo que lo mueven a actuar polarizadamente según su 'sentido común' con los escolares. Como explica Bourdieu: «Los agentes de las prácticas nunca saben completamente lo que hacen, porque lo que hacen tiene más sentido que lo que saben» (1990, 69). Es decir, su poder es simbólico porque trabaja parcialmente por medio del control de otros cuerpos que considera inferiores: los de determinados alumnos.

La figura del maestro encarna para los escolares la autoridad; de él reciben los conocimientos, las pautas normativas y el mandato socializador; sin embargo, en el mantenimiento del orden, traducido en contrarrestar, contener o sancionar los problemas disciplinarios que es una de las tareas principales de su trabajo, lo proyectan en la mente de los niños como arbitrario al aceptarle los desmanes a Humberto, mientras que castiga a Antonio Gesdres por retardarse al haber tenido que proporcionar ayuda vital para su familia esa mañana.

De esta forma, introduce a esos niños en las tradiciones hegemónicamente valoradas en esa sociedad; pues inscribe en sus mentes las desigualdades sociales existentes, las ventajas de unas clases y razas sobre otras y la pusilanimidad de los representantes de la autoridad que se doblegan ante el dinero y la posición social convirtiéndose en manipulables instrumentos de coerción de los poderosos; de ahí que Paco Fariña afirme: «Grieve ha llegado tarde y no lo castigan. Porque su papá tiene plata» (258).

Como modelador de conductas, el maestro es un instrumento coadyuvante de transmisión de los valores de un grupo como si fueran los naturales y generales a todos. Pero su labor destructora es aún mayor porque el conjunto de valores culturales que autoriza con su actuación contribuyen a formar seres desajustados y problemáticos en términos del desarrollo de la personalidad y de adaptación a la comunidad sea escolar o social, como sucede con Humberto. Lo que él y el Director le conceden como mérito individual a este niño, no es más que un privilegio de clase que le adjudica ser el mejor del salón mediante la usurpación, el abuso y la violencia; actuaciones que van en detrimento de todos y cada uno de los escolares. Si el chico recibe el honor, la escuela cosechará méritos ante Grieve padre, quien por ideología creerá que el éxito de su hijo en el aula de clase se debe a su esfuerzo intelectual y personal, no a su proclive conducta aprendida e imitada en el hogar y reproducida y autorizada en la institución escolar.

Al transmitir estas bases socioculturales y tolerar que el niño haga y diga lo que se le antoje, los educadores ayudan a distorsionar la formación de su identidad, permitiéndole que desarrolle una actitud personal que lo impulsa a actuar por interés propio con exclusión del de los demás. De este egoísmo, el niño pasa al egocentrismo: tiende a relacionar toda la realidad consigo mismo, erigiéndose en centro de referencia o patrón normativo. Dentro de sus compañeros surge la hostilidad, el rechazo y el consenso de que «Este Grieve no sabía nada. No pensaba más que en su casa y en su salón y en su papá y en su plata. Siempre estaba diciendo tonterías» (262). Desde ya, proyecta una versión pequeña de lo que será el adulto dotado efectivamente de poder y con dinero que ha sido instituida, corroborada, fortalecida tanto en la familia como en la escuela; pero que entre sus iguales es sancionada y rechazada.

De esta manera, el cuento *Paco Yunque* denuncia las acciones humanas que sirven una variedad de causas; pero que a la vez muestran cómo la ideología de unos grupos se consolida cuando la violencia y la tiranía se convierten en parte de un estereotipo masculino dominante que se hace normativo y se induce y se reproduce desde el hogar y la escuela. El papel de los padres y de los educadores es vital en la formación de la personalidad de los niños, pero al transmitirse viciadamente contribuye a la constitución de sujetos sociales que conciben su masculinidad en la manera de inferir aflicción, manipular y dominar a otros.

Criado en la violencia, admitida su actitud coercitiva en la familia y en la escuela, Humberto es el hombre del mañana. Su sistema de valores proveniente de sus mayores continuará y se proyectará en sus propios hijos creando rechazo hacia los que no se ajusten a sus ideas e intereses. Como individuo formados lentamente en un mundo con jerarquías, donde unos dominan y otros obedecen; la actuación, la permisividad, la ceguera de los adultos transmiten prácticas de violencia, discriminación racial, explotación humana que el niño pronto adquiere y asocia con la convicción de que la felicidad proviene del dinero y del poder, y si el abuso y la coerción le ayudan para alcanzarlos, debe hacer ejercicio de ellos. Su modelo de mundo estará siempre jerarquizado, pleno de prejuicios, arbitrariedades y distorsiones, concesiones y desigualdades, donde los afectos y las adhesiones se compran; será insensible a los problemas sociales de su medio, los cuales reproducirá como parte de su visión de mundo.

Vallejo, conocedor de la realidad de su país, también denunció a través de su escritura la problemática sociocultural de la manera en que la masculinidad se desarrolla en miembros de las clases altas, señalando las causas y las consecuencias y mostrando que muchos de los males endémicos de las sociedades se originan en la casa y se institucionalizan en el sistema escolar; conjunto de ideas e ideales viciados que al ser refrendados por estas instituciones normativas naturalizan circunstancias que no lo son.

4. Conclusiones

Como se ha demostrado, la intención de denuncia de Vallejo por medio de su escritura se realiza abiertamente en *El tungsteno* y *Paco Yunque*; estos textos con referentes sobre opresión, desequilibrio e ignominia muestran la destrucción del ambiente, de la sociedad y de los seres humanos, incluso desde la infancia, que han producido la avaricia, el lucro y el egoísmo de los llamados «países del primer mundo», mediante las compañías transnacionales; los que para alcanzar el grado de industrialización al que han llegado, han recurrido a la explotación de países que tienen una base económica agraria y escasa infraestructura industrial, creando mediante el despotismo, la dependencia de grandes grupos humanos.

Para transmitir estos mensajes, César Vallejo recurrió a la prosa de ficción, empleando, para la estructuración de sus mundos ficcionales, técnicas que hasta ahora se han obviado para privilegiar únicamente el mensaje político y la posición marxista del autor. Al prestar atención al discurso de *El tungsteno* destaca el empleo que el autor hace de la actuación de la voz narrativa, cuya incidencia pragmática provoca efectos precisos en el destinatario, que al ser comprendidos en los diferentes estratos narrativos van desde la persuasión ideológica, hasta la demostración de tesis sociales; estrategias escriturales que se distribuyen por medio de la imbricación de historias diversas en las que los niveles están transidos y dependen de una relación temática principal: la corrupción, fenómeno que involucra a cada una de las capas sociales, provocando un problema de relaciones sociales que lleva a los sectores explotados a una vida de exclusión y de pobreza. Esta situación de carencia que se produce por el trato injusto provocado en la pirámide social por los más altos contra los más desprotegidos se instila y se hace perenne mediante la escuela, institución del sistema estamental, que consolida un sistema de relaciones segmentadas en donde las clases altas excluyen a las clases bajas y las confinan a determinados lugares y roles dentro de las relaciones sociales, como lo evidencia el cuento «Paco Yunque», en el cual se explicita cómo la ideología de unos grupos se consolida cuando la violencia y la tiranía se convierten en parte de un estereotipo masculino dominante que se hace normativo y se induce y se reproduce desde el hogar y la escuela.

FLOR MARÍA RODRÍGUEZ-ARENAS

BIBLIOGRAFÍA

Abeyta, Loring. *Resistance at Cerro de Pasco: Indigenous moral economy and the structure of social movements in Peru*. University of Denver, 2005. |Disertación|.

Anaya Franco, Eduardo. «Las inversiones extranjeras directas en El Perú en el siglo XX (1897-1996) |Primera parte|». 1.2 *Revista de la Facultad de Ciencias Económicas* (UNMSM, Lima) (1996): 45-61.

Beverly, John. «*El tungsteno* de Vallejo: hacia una reivindicación de la novela social». *Revista de Crítica Literaria Latinoamericana* XV.29 (1989): 167-177.

Bourdieu, Pierre. *Language and symbolic power*. Cambridge: Harvard University Press, 1991.

_____.*The logic of practice*. (1980). Stanford, California: Stanford University Press, 1990.

Booth, Wayne. *The Rhetoric of Fiction*. Chicago: University of Chicago Press, 1961.

Bruzual, Alejandro. «Los viajes de César Vallejo a la Unión Soviética: La dialéctica del vaso de agua». 4.1 *A Contra Corriente* (Fall, 2006): 23-39.

_____. *Narrativas contaminadas. Tres novelas latinoamericanas: El Tungsteno, Parque industrial y Cabagua*. University of Pittsburgh, 2006. |Disertación|.

Burbano Martínez, Héctor. *Amerindia. La neuralgia del nuevo mundo*. Pátzcuaro, México: Centro Regional de Educación Fundamental para la América Latina,1956.

Cabos Yépez, Luis. *Las ideas marxistas de Vallejo en «El tungsteno»*. Trujillo - Perú: Editorial Amaru, 1986.

Castagnino, Raúl. H. «Dos narraciones de César Vallejo». *En torno a César Vallejo*. Antonio Merino (ed). Madrid: Ediciones Júcar, 1987. 185-208.

Castillo Ríos, Carlos. *Los niños del Perú: clases sociales, ideología y política*. Lima: Ediciones Realidad Nacional, 1974.

Cerna Bazán, José. *Sujeto a cambio. De las relaciones del texto y la sociedad en la escritura de César Vallejo*. Trujillo - Perú: ABC Publicidad S. A. C., 2004.

Clayton, Lawrence A. *Grace: W. R. Grace & Co., The Formative Years, 1850-1930*. Ottawa, Illinois: Jameson Books, 1985.

Coyné, André. *César Vallejo*. Buenos Aires: Editorial Nueva Visión, 1983.

Culler, Jonathan. «Omniscience». *Narrative* 12.1 (2004): 22-34.

Dávalos, Pablo. «Movimiento indígena ecuatoriano: Construcción política y epistémica». *Estudios y otras prácticas intelectuales latinoamericanas en cultura y poder*. Daniel Mato (Coor.). Caracas: Consejo Latinoamericano de Ciencias Sociales (CLACSO) y CEAP, FACES, Universidad Central de Venezuela, 2002. 89-98.

de la Cadena, Marisol. «Silent racism and intellectual superiority in Peru». *Bulletin of Latin American Research* 17.2 (1998): 143-164.

Delgado Benites, Francisco Javier. *Vallejo estudiante y docente*. Callao: Instituto del Libro y la Lectura del Perú - INLEC, 2006.

De Ruyter, Doret y Jim Conroy. «The formation of identity: the importance of ideals». *Oxford Review of Education* 28.4 (dic., 2002): 509-522.

Díaz, Lisiak-Land. «Jerarquía social y económica en *El tungsteno* de César Vallejo». *Inti: Revista de Literatura Hispánica* 36 (Fall, 1992): 59-71.

Elías, Norbert, Vera Weiler; Hermann Korte; Wolfgang Engler. *La civilización de los padres y otros ensayos*. Bogotá: Grupo Editorial Norma, 1998.

Ellis, R. «The inscription of masculinity and whiteness in the autobiography of Mario Vargas Llosa». *Bulletin of Latin American Research* 17.2 (1998): 223-236.

Eslava, Jorge. «"Paco Yunque" y "El Vencedor". La infancia y el colegio recuperados». *Lienzo* (Lima) 15 (jun., 1994): 303-326.

Figueroa, Adolfo, Teófilo Altamirano y Denis Sulmont. *Exclusión social y desigualdad en el Perú*. Lima: Organización Internacional del Trabajo, 1996.

Fisher, Jeffrey Charles. *The prose fiction of César Vallejo and Vicente Huidobro*. The Ohio State University, 1991. [Disertación].

Flores, Ángel. «Cronología de vivencias e ideas». *Aproximaciones a César Vallejo*. Ángel Flores. New York: Las Américas, 1971. 25-128.

Flores Galindo, Alberto. *Los mineros de la Cerro de Pasco 1900-1930*. Lima: Pontificia Universidad Católica del Perú, 1983.

Foucault, Michel. *Power / Knowledge: selected interviews and other writings 1972-1977*. New York: Pantheon, 1980.

Franco, Jean. *César Vallejo: The Dialectis of Poetry and Silence*. New York: Cambridge University Press, 1976.

Fuentes, Víctor. «La literatura proletaria de Vallejo en el contexto revolucionario de Rusia y España (1930-1932)». *Cuadernos Hispanoamericanos* 454-455 (1988): 4101-413.

Galdo, Juan Carlos. *Alegoría y nación en la novela peruana del siglo XX: Vallejo, Alegría, Arguedas, Vargas Llosa, Gutiérrez*. University of Colorado, 2003. [Disertación].

Garrido Domínguez, Antonio. *El texto narrativo*. Madrid: Editorial Síntesis S. A., 1996

Giner, Salvador, Emilio Lamo de Espinosa y Cristóbal Torres (eds). *Diccionario de sociología*. Madrid: Alianza Editorial, 1998.

González Montes, Antonio. «Paco Yunque». «Los otros cuentos inéditos». *Escalas hacia la modernización narrativa*. Lima: Fondo Editorial de la Universidad Nacional Mayor de San Marcos, 2002. 25-28.

González Montes, Antonio. «La narrativa de César Vallejo». *Intensidad y altura de César Vallejo*. Ricardo González Vigil (ed.) Lima: Pontificia Universidad Católica del Perú - Fondo Editorial, 1993. 221-264.

Gutiérrez Girardot, Rafael. *César Vallejo y la muerte de Dios*. (2000). Bogotá: Editorial Panamericana, 2002.

_____. «La obra narrativa de Cesar Vallejo». 28 *Anales de literatura hispanoamericana* (1999): 713-730.

Hart, Stephen. *Religión, política y ciencia en la obra de César Vallejo*. London: Tamesis Books Limited, 1987.

Jaffe, Audrey. *Vanishing points, Narrative and the subjects of omniscience*. Berkeley: University of California Press, 1991.

James, Marquis. *Merchant adventurer: The story of W. R. Grace* (Introduction: L.. Clayton). Wilmington, Delaware: Scholarly Resources Press, 1993.

Ingham, John N. «Grace, William Russell». *Biographical dictionary of American business leaders*. Westport, Conn.: Greenwood Press, 1983. 485-487.

_____. «Haggin, James Ben Ali. *Biographical dictionary of American business leaders*. Westport, Conn.: Greenwood Press, 1983. 526-527.

Kruijt, Dirk y Menno Vellinga. *Estado, clase obrera y empresa transnacional. El caso de la minería peruana, 1900-1980.* México: Siglo XXI, 1983.

Kuramoto, Juana R. «Las aglomeraciones mineras en Perú». *Aglomeraciones mineras y desarrollo local en América Latina.* Rudolf M. Buitelaar (comp.). Bogota: Quebecor World Bogotá, 2002. 139-158.

Left, N. «Economic Development throught bureaucratic corruption». *Political corruption. Readings in comparative analysis.* Arnold J. Heidenheimer (ed). New Brunswick, N.J.: Transaction Books, 1970. 510-520.

López Alfonso, Francisco José. «El arte y la revolución: una lectura de *El tungsteno*». *Cuadernos Hispanoamericanos* 454-455 (abr.-mayo,1988): 415-422.

_____. «Paco Yunque, atrincherados en la escuela». *César Vallejo: Las trazas del narrador.* Valencia: Universitat de Valencia, 1995. 163-170.

_____. *César Vallejo, las trazas del narrador.* Valencia: Universitat de València, 1995.

Mallon, Florencia Elizabeth. *The poverty of progress: The peasants of Yanamarca and the development of capitalism in Peru's central highlands, 1860-1940.* Yale University, 1980 |Disertación|.

Manrique Gálvez, Nelson. «Democracia y nación. La promesa pendiente». *La democracia en el Perú. Proceso histórico y agenda pendiente* Lima: PNUD, 2006. 13-58.

Martínez-Bonati, Félix. *Fictive discourse and the structure of literature.* Ithaca: Cornell University Press, 1981.

Mayer, Dora. *The conduct of the Cerro de Pasco Mining Company.* Lima - Peru: |s.edit|, 1913. Traducido al español. *La conducta de la Compañía Minera del Cerro de Pasco.* Lima: Fondo Editorial "Labor", 1984.

Meltzoff, Andrew y M. Keith Moore. «Cognitive foundation and social functions of imitation, and intermodal representation in infancy». *Becoming a person.* Martin Woodhead, Ronnie Carr y Paul Light (eds.) London - New York: Routledge, 1991. 111-128.

Meneses, Carlos. «La narrativa de César Vallejo». *Camp de l'Arpa: Revista de Literatura* (Barcelona) 30 (1976): 35-44.

Merino, Antonio. *César Vallejo. Narrativa completa.* Madrid: Ediciones Akal.S. A., 1996.

Monguió, Luis. *César Vallejo (1892-1938)*. *Vida y obra-bibliografía-antología*. New York: Hispanic Institute, 1952.

_____. *César Vallejo. Vida y obra*. Lima: Editora Perú Nuevo, 1960.

Neale-Silva, Eduardo. «Paco Yunque». *César Vallejo, cuentista. Escrutinio de un múltiple intento de valoración*. Barcelona: Salvat Editores, 1987. 288-303.

Nye, Joseph S. «Corruption and political development: a cost-benefit analysis». *American Political Science Review* 51 (jun., 1967): 417-429.

Parke, Ross D., David J. McDowell, Mina Kim, Colleen Killiam, Jessica Dennis, Mary L. Flyr, Margaret N. Wild. «Fathers' contributions to children's peer relationships». *Hanbook of father involvement. Multidisciplinary perspectives*. Catherine S. Tamis-LeMonda y Natasha Cabrera (Eds.) Mahwah, New Jersey - London: Lawrence Erlbaum Associates Publishers, 2002. 141-169.

Parsons, Talcott. *Social structure and personality*. London: The Free Press, 1964.

Pease G. Y., Franklin. *Breve historia contemporánea del Perú*. México: Fondo de Cultura Económica, 1995.

Pozuelo Yvancos, José María. *Poética de la ficción*. Madrid: Editorial Síntesis, S. A., 1993.

Puccinelli, Jorge. «César Vallejo a través de sus artículos y crónicas». *Artículos y crónicas completos*. I. César Vallejo. 2 vols. Lima: Pontificia Universidad Católica del Perú, 2002. xv-xl.

Ramos-Harthun, Jessica. *La novela de las transnacionales: hacia una nueva clasificación*. Tuscaloosa - Alabama, The University of Alabama, 2001. |Disertación|.

Rico, José María y Luis Salas. *La corrupción pública en América Latina: Manifestaciones y mecanismos de control*. Miami, Florida, USA: Centro para la Administración de Justicia, 1996.

Rogow, Arnold A. y D. H. Lasswell, «The definition of corruption». *Political corruption. Readings in comparative analysis*. Arnold J. Heidenheimer (ed). New Brunswick, N.J.: Transaction Books, 1970. 54-55.

Schaeffer, Jean-Marie. *¿Por qué la ficción?* (1999). Toledo: Ediciones Lengua de Trapo SL, 2002.

Schmitt, Jean-Claude. «The ethics of gesture». *Fragments for a history of the human body*. 2. Michel Feher, Ramona Nadaff, Nadia Tazi (Eds.) New York: Zone, 1989. 129-147.

Starn, Orin, C. Degregory y R. Kirk. (Eds.) *The Peru reader: History, culture, politics*. London: LAB; Durham, NC: Duke University Press, 1995.

Stephens, Beth. «The amorality of profit: Transnational corporations and human rights». 20.1 *Berkeley Journal of International Law* (2002): 45-90.

Taylor, Charles. *The etics of authenticity*. Cambridge: Harvard University Press, 1992.

Thorp, Rosemary y Geoffrey Bertram. *Peru, 1890-1977: Growth and policy in an open economy*. New York: Columbia University Press, 1978.

Vallejo, César. *Artículos y crónicas completos*. 2 vols. Lima: Pontificia Universidad Católica del Perú, 2002.

_____.«*El tungsteno*». *Novelas y cuentos completos*. Lima: Moncloa - Campodonico Editores Asociados, 1970. 149-250.

_____. *Epistolario general*. Valencia-España: Pre-Textos, 1982.

_____. «Paco Yunque». *Novelas y cuentos completos*. Lima: Moncloa - Campodonico Editores Asociados, 1970. 251-271.

_____. «Paco Yunque». *César Vallejo. Narrativa completa*. Antonio Merino (ed.). Madrid: Ediciones Akal. S. A., 1996. 253-264.

Vallejo, Georgette de. *Vallejo: allá ellos, allá ellos, allá ellos!* Perú: Editorial Zalvac, 1978.

Varela Jácome, Benito. «La estrategia novelística de César Vallejo». *De Baudelaire a Lorca: Acercamiento a la modernidad literaria, I-III*. Manuel Losada-Goya (ed.); Reichenberger, Kurt (ed. Y prólogo); Rodríguez López-Vázquez, Alfredo (ed.). Kassel, Germany: Reichenberger; 1995. 707-725.

Wilkins, Mira. *The maturing of multinational enterprise: American business abroad from 1914 to 1970*. Harvard University Press, 1974.

El tungsteno[1]

1   Fuentes principales para el léxico de las notas: 1. María Moliner. *Diccionario de uso del español.* Versión electrónica. Madrid: Editorial Gredos, 2001. 2. Gobierno Regional Cusco. *Diccionario Quechua - Español - Español - Quechua*. 2a. ed. Cusco - Perú: Academia Mayor de la Lengua Quechua, 2005.

I

Dueña, por fin, la empresa norteamericana «Mining Society»,[2] de las minas de tungsteno[3] de Quivilca,[4] en el departamento del Cuzco,[5] la gerencia de Nueva York dispuso dar comienzo inmediatamente a la extracción del mineral.

Una avalancha de peones y empleados salió de Colca[6] y de los lugares del tránsito, con rumbo a las minas. A esa avalancha siguió otra y otra, todas contratadas para la colonización y labores de minería. La circunstancia de no encontrar en los alrededores y comarcas vecinas de los yacimientos, ni en quince leguas a la redonda, la mano de obra necesaria, obligaba a la empresa a llevar, desde lejanas aldeas y poblaciones rurales, una vasta indiada, destinada al trabajo de las minas.

El dinero empezó a correr aceleradamente y en abundancia nunca vista en Colca, capital de la provincia en que se hallaban situadas las minas. Las transacciones comerciales adquirieron proporciones inauditas. Se observaba por todas partes, en las bodegas y mercados, en las calles y plazas, personas ajustando compras y operaciones económicas. Cambiaban de dueños gran nú-

---

2   *Mining Society*: representación metafórica de las empresas transnacionales (Peruvian Corporation Ltd., W. R. Grace & Co., Cerro de Pasco Copper Corporation y Northern Perú Mining, entre otras que han explotado los bienes naturales del territorio peruano.

3   *Tungsteno*: o volframio. Elemento metálico, n.1 atómico 74, de color gris de acero, muy duro y denso y difícil de fundir; empleado especialmente para la fabricación de armas.

4   *Quivilca*: representación literaria de Quiruvilca. Distrito del departamento de La Libertad, está a una altura de 4008 m.s.n.m. Fue creado por Ley 2338 del 13 de noviembre de 1916. Es una zona minera muy rica explotada desde los tiempos precolombinos.

5   *Cusco*: departamento ubicado al sur del Perú. Obviamente, Vallejo quizo crear un territorio imaginario que abarcara la situación de explotación de las compañías trnsnacionales de la infraestructura peruana.

6   *Colca*:: población situada en el departamento de Ancash, contigua al departamento de La Libertad, al norte del Perú. Existen varios lugares con el mismo nombre en el Perú, uno de ellos el conocido valle de Colca, en el departamento de Ayacucho, al sur.

mero de fincas urbanas y rurales, y bullían[7] constantes ajetreos[8] en las notarías públicas y en los juzgados. Los dólares de la «Mining Society» habían comunicado a la vida provinciana, antes tan apacible, un movimiento inusitado. Todos mostraban aire de viaje. Hasta el modo de andar, antes lento y dejativo, se hizo rápido e impaciente.

Transitaban los hombres, vestidos de caqui, polainas y pantalón de montar, hablando con voz que también había cambiado de timbre, sobre dólares, documentos, cheques, sellos fiscales, minutas,[9] cancelaciones, toneladas, herramientas. Las mozas de los arrabales salían a verlos pasar, y una dulce zozobra las estremecía, pensando en los lejanos minerales, cuyo exótico encanto las atraía de modo irresistible. Sonreían y se ponían coloradas, preguntando:

—¿Se va usted a Quivilca?

Sí. Mañana muy temprano.

—¡Quién como los que se van! ¡A hacerse ricos en las minas!

Así venían los idilios y los amores, que habrían de ir luego a anidar en las bóvedas sombrías de las vetas fabulosas.

En la primera avanzada de peones y mineros marcharon a Quivilca los gerentes, directores y altos empleados de la empresa. Iban allí, en primer lugar, místers Taik y Weiss, gerente y subgerente de la «Mining Society»; el cajero de la empresa, Javier Machuca; el ingeniero peruano Baldomero Rubio, el comerciante José Marino, que había tomado la exclusividad del bazar y de la contrata de peones para la «Mining Society»; el comisario del asiento minero, Baldazari, y el agrimensor Leonidas Benites, ayudante de Rubio. Este traía a su mujer y dos hijos pequeños. Marino no llevaba más parientes que un sobrino de unos diez años, a quien le pegaba a menudo. Los demás iban sin familia.

El paraje donde se establecieron era una desplobada falda de la vertiente oriental de los Andes, que mira a la región de los bosques. Allí encontraron, por todo signo de vida humana, una pequeña cabaña de indígenas, los soras.[10] Esta circunstancia, que les permitiría servirse de los indios como guías en la región solitaria y desconocida, unida a la de ser ése el punto que, según la topografía del lugar, debía servir de centro de acción de la empresa, hizo que las bases de la población minera fuesen echadas en torno a la cabaña de los soras.

Azarosos y grandes esfuerzos hubo de desplegarse para poder establecer definitiva y normalmente la vida en aquellas punas[11] y el trabajo en las minas. La ausencia de vías de comunicación con los pueblos civilizados, a los que aquel paraje se hallaba apenas unido por una abrupta ruta para llamas, constituyó, en los comienzos, una dificultad casi invencible. Varias veces se suspendió el trabajo por falta de herramientas y no pocas por hambre e in-

---

7   *Bullir*: moverse una cosa, particularmente una muchedumbre de personas.

8   *Ajetreo*: trabajar mucho físicamente, moverse mucho, ir a muchos sitios o realizar cualquier actividad física intensa.

9   *Minuta*: cuenta de sus derechos u honorarios que presenta por sus trabajos una persona de carrera; particularmente, los abogados.

10   *Soras*: cultura indígena del centro del Perú.

11   *Puna*: tierra alta de los Andes. Páramo.

temperie de la gente, sometida bruscamente a la acción de un clima glacial e implacable.

Los soras, en quienes los mineros hallaron todo género de apoyo y una candorosa y alegre mansedumbre, jugaron allí un rol cuya importancia llegó a adquirir tan vastas proporciones, que en más de una ocasión habría fracasado para siempre la empresa, sin su oportuna intervención. Cuando se acababan los víveres y no venían otros de Colca, los soras cedían sus granos, sus ganados, artefactos y servicios personales, sin tasa ni reserva, y, lo que es más, sin remuneración alguna. Se contentaban con vivir en armoniosa y desinteresada amistad con los mineros, a los que los soras miraban con cierta curiosidad infantil, agitarse día y noche, en un forcejeo sistemático de aparatos fantásticos y misteriosos. Por su parte, la «Mining Society» no necesitó, al comienzo, de la mano de obra que podían prestarle los soras en los trabajos de las minas, en razón de haber traído de Colca y de los lugares del tránsito una peonada numerosa y suficiente. La «Mining Society» dejó, a este respecto, tranquilos a los soras, hasta el día en que las minas reclamasen más fuerzas y más hombres. ¿Llegaría ese día? Por el instante, los soras seguían viviendo fuera de las labores de las minas.

—¿Por qué haces siempre así? —le preguntó un sora a un obrero que tenía el oficio de aceitar grúas.[12]

—Es para levantar la cangalla.[13]

—¿Y para qué levantas la cangalla?

—Para limpiar la veta y dejar libre el metal.

—¿Y qué vas a hacer con metal?

—¿A ti no te gusta tener dinero? ¡Qué indio tan bruto!

El sora vió sonreir al obrero y él también sonrió maquinalmente, sin motivo. Le siguió observando todo el día y durante muchos días más, tentado de ver en qué paraba esa maniobra de aceitar grúas. Y otro día, el sora volvió a preguntar al obrero, por cuyas sienes[14] corría el sudor:

—¿Ya tienes dinero? ¿Qué es dinero?

El obrero respondió paternalmente, haciendo sonar los bolsillos de su blusa:

—Esto es dinero. Fíjate. Esto es dinero. ¿Lo oyes?

Dijo el obrero esto y sacó a enseñarle varias monedas de níquel. El sora las vió, como una criatura que nos acaba de entender una cosa:

—¿Y qué haces con dinero?

—Se compra lo que se quiere. ¡Qué bruto eres, muchacho!

Volvió el obrero a reirse. El sora se alejó saltando y silbando.

En otra ocasión, otro de los soras, que contemplaba absortamente y como hechizado a un obrero que martillaba en el yunque[15] de la forja,[16] se puso a reír con alegría clara y retozona.[17] El herrero le dijo:

---

12   *Grúa*: aparato que se emplea para levantar, cargar o mover cosas pesadas.. Vehículo que dispone de una grúa.

13   *Cangalla*: desperdicios de los minerales.

14   *Sien*: cada parte lateral de la frente a uno y otro lado, junto con la región situada entre la oreja y la órbita.

15   *Yunque*: pieza de hierro sobre la que se martillan los metales en la herrería.

16   *Forja*: taller donde se trabaja el hierro calentándolo y golpeándolo. Fragua.

17   *Retozona*: se aplica a la risa que brota con facilidad.

—¿De qué te ríes, cholito? ¿Quieres trabajar conmigo?
—Sí. Yo quiero hacer así.
—No. Tú no sabes, hombre. Esto es muy difícil.
Pero el sora se empecinó[18] en trabajar en la forja. Al fin, le consintieron y trabajó allí cuatro días seguidos, llegando a prestar efectiva ayuda a los mecánicos. Al quinto, al mediodía, el sora puso repentinamente a un lado los lingotes[19] y se fue.
—Oye –le observaron–, ¿por qué te vas? Sigue trabajando.
—No –dijo el sora–. Ya no me gusta.
—Te van a pagar. Te van a pagar por tu trabajo. Sigue no más trabajando.
—No. Ya no quiero.
A los pocos días, vieron al mismo sora echando agua con un mate[20] a una batea,[21] donde lavaba trigo una muchacha. Después se ofreció a llevar la punta de un cordel en los socavones. Más tarde, cuando se empezó a cargar el mineral de la bocamina[22] a la oficina de ensayos, el mismo sora estuvo llevando las parihuelas.[23] El comerciante Marino, contratista de peones, le dijo un día:
—Ya veo que tú también estás trabajando. Muy bien, cholito. ¿Quieres que te socorra?[24] ¿Cuánto quieres?
El sora no entendía este lenguaje de «socorro» ni de «cuánto quieres». Sólo quería agitarse y obrar y entretenerse, y nada más. Porque no podían los soras estarse quietos. Iban, venían, alegres, acezando,[25] tensas las venas y erecto el músculo en la acción, en los pastoreos, en la siembra, en el aporque,[26] en la caza de vicuñas[27] y guanacos[28] salvajes, o trepando las rocas y precipicios, en un trabajo incesante y, diríase desinteresado. Carecían en absoluto del sentido de la utilidad. Sin cálculo ni preocupación sobre sea cual fuese el resultado económico de sus actos, parecían vivir la vida como un juego expansivo y generoso. Demostraban tanta confianza en los otros, que en ocasiones inspiraban lástima. Desconocían la operación de compra–venta. De aquí que se veían escenas divertidas al respecto.

---

18   *Empecinarse*: obstinarse.
19   *Lingotes*: barra o trozo de mineral en bruto; especialmente, de hierro, oro, plata o platino.
20   *Mate*: recipiente hecho de la corteza de la calabaza.
21   *Batea*: recipiente de forma cónica empleado en Sr América para el examen y concentración a mano de minerales o de otros elementos.
22   *Bocamina*: entrada de una mina.
23   *Parihuela*: utensilio para transportar cosas entre dos personas, que consiste en dos varas entre las que se sostiene una plataforma; los transportadores se colocan entre las varas, uno delante y otro detrás, y sostienen el extremo de una de ellas con cada mano. Angarillas.
24   *Socorrer*: anticipación en especies que daban los dueños del latifundio a sus trabajadores, por cuenta del salario.
25   *Acezar*: jadear.
26   *Aporque*: labor agronómica que cubre con tierra el cuello de las plantas de papa, eleva los camellones del surco y profundiza el surco de riego.
27   *Vicuña*: mamífero artiodáctilo, parecido a la llama, que vive en manadas en los Andes. Su pelo, llamado del mismo modo, se emplea para fabricar tejidos muy estimados.
28   *Guanaco*: mamífero rumiante, parecido a la llama, que habita en los Andes meridionales.

—Véndeme una llama para charqui.[29]

Entregado era el animal, sin que se diese y ni siquiera fuese reclamado su valor. Algunas veces se les daba por la llama una o dos monedas, que ellos recibían para volverlas a entregar al primer venido y a la menor solicitud.

* * *

Apenas instalada en la comarca la población minera, empleados y peones fueron prestando atención a la necesidad de rodearse de los elementos de vida que, aparte de los que venían de fuera, podía ofrecerles el lugar, tales como animales de trabajo, llamas para carne, granos alimenticios y otros. Sólo que había que llevar a cabo un paciente trabajo de exploración y desmonte en las tierras incultas, para convertirlas en predios labrantíos y fecundos.

El primero en operar sobre las tierras, con miras no sólo de obtener productos para su propia subsistencia, sino de enriquecerse a base de la cría y del cultivo, fue el dueño del bazar y contratista exclusivo de peones de Quivuca, José Marino. Al efecto, formó una sociedad secreta con el ingeniero Rubio y el agrimensor[30] Benites. Marino tomó a su cargo la gerencia de esta sociedad, dado que él, desde el bazar, podía manejar el negocio con facilidades y ventajas especiales. Además, Marino poseía un sentido económico extraordinario. Gordo y pequeño, de carácter socarrón[31] y muy avaro, el comerciante sabía envolver en sus negocios a las gentes, como el zorro a las gallinas. En cambio, Baldomero Rubio era un manso, pese a su talle alto y un poco encorvado en los hombros, que le daba un asombroso parecido de cóndor en acecho de un cordero. En cuanto a Leónidas Benites, no pasaba de un asustadizo estudiante de la Escuela de Ingenieros de Lima, débil y mojigato, cualidades completamente nulas y hasta contraproducentes en materia comercial.

José Marino puso el ojo, desde el primer momento, en los terrenos, ya sembrados, de los soras, y resolvió hacerse de ellos. Aunque tuvo que vérselas en apretada competencia con Machuca, Baldazari y otros, que también empezaron a despojar de sus bienes a los soras, el comerciante Marino salió ganando en esta justa. Dos armas le sirvieron para el caso: el bazar y su cinismo excepcional.

Los soras andaban seducidos por las cosas, raras para sus mentes absurdas y salvajes, que veían en el bazar: franelas en colores, botellas pintorescas, paquetes policromos, fósforos, caramelos, baldes[32] brillantes, transparentes vasos, etc. Los soras se sentían atraídos al bazar, como ciertos insectos a la luz. José Marino hizo el resto con su malicia de usurero.

—Véndeme tu chacra[33] del lado de tu choza —les dijo un día en el bazar, aprovechando de la fascinación en que estaban sumidos los soras ante las cosas del bazar.

---

29 *Charqui*: carne que se deshidrata utilizando los rayos del sol y la sal.

30 *Agrimensor*: persona que se dedica a la agrimensura. Apeador, deslindador, topógrafo.

31 *Socarrón*: se aplica a la persona hábil para burlarse de otros disimuladamente, con palabras aparentemente ingenuas o serias, y aficionado a hacerlo.

32 *Balde*: cubo de cualquier clase

33 *Chacra*: (quechua¿ granja o finca rústica.

—¿Qué dices, taita? [34]

—Que me des tu chacra de ocas[35] y yo te doy lo que quieras de mi tienda.

—Bueno, taita.

La venta, o, mejor dicho, el cambio, quedó hecho. En pago del valor del terreno de ocas, José Marino le dio al sora una pequeña garrafa[36] azul, con flores rojas.

—¡Cuidado que la quiebres! –le dijo paternalmente Marino.

Después le enseñó cómo debía llevar la garrafa el sora, con mucho tiento, para no quebrarla. El indio, rodeado de otros dos soras, llevó la vasija lentamente a su choza, paso a paso, como una custodia sagrada. Recorrieron la distancia –que era de un kilómetro– en dos horas y media. La gente salía a verlos y se morían de risa.

El sora no se había dado cuenta de si esa operación de cambiar su terreno de ocas con una garrafa, era justa o injusta. Sabía en sustancia que Marino quería su terreno y se lo cedió. La otra parte de la operación –el recibo de la garrafa– la imaginaba el sora como separada e independiente de la primera. Al sora le había gustado ese objeto y creía que Marino se lo había cedido, únicamente porque la garrafa le gustó a él, al sora.

Y en esta misma forma siguió el comerciante apropiándose de los sembríos[37] de los soras, que ellos seguían a su vez, cediendo a cambio de pequeños objetos pintorescos del bazar y con la mayor inocencia imaginable, como niños que ignoran lo que hacen.

Los soras, mientras por una parte se deshacían de sus posesiones y ganados en favor de Marino, Machuca, Baldazari y otros altos empleados de la «Mining Society», no cesaban, por otro lado, de bregar con la vasta y virgen naturaleza, asaltando en las punas y en los bajíos, en la espesura y en los acantilados, nuevos oasis que surcar y nuevos animales para amansar y criar. El despojo de sus intereses no parecía infligirles el más remoto perjuicio. Antes bien, les ofrecía ocasión para ser más expansivos y dinámicos, ya que su ingénita movilidad hallaba así más jubiloso y efectivo empleo. La conciencia económica de los soras era muy simple: mientras pudiesen trabajar y tuviesen cómo y dónde trabajar, para obtener lo justo y necesario para vivir, el resto no les importaba. Solamente el día en que le faltase dónde y cómo trabajar para subsistir, sólo entonces abrirían acaso más los ojos y opondrían a sus explotadores una resistencia seguramente encarnizada. Su lucha con los mineros, sería entonces a vida o muerte. ¿Llegaría ese día? Por el momento, los soras vivían en una especie de permanente retirada, ante la invasión, astuta e irresistible, de Marino y compañía.

---

34 *Taita*: (Quechua) padre; papá; amo; don; señor; anciano; tratamiento de respeto en general.

35 *Oca*: (quechua¿ tubérculo de la familia de la papa.

36 *Garrafa*: vasija grande, semejante a una botella redondeada, muy abultada y con cuello largo, encerrada a veces en un revestimiento de corcho, mimbres o esparto.

37 *Sembrío*: sembrado, tierra sembrada. Lugar donde se depositan las simientes en la tierra.

Los peones, por su parte, censuraban estos robos a los soras, con lástima y piedad.

—¡Qué temeridad! —exclamaban los peones, echándose cruces—. ¡Quitarles sus sembríos y hasta su barraca![38] ¡Y botarlos de lo que les pertenece! ¡Qué pillería!

Alguno de los obreros observaba:

—Pero si los mismos soras tienen la culpa. Son unos zonzos.[39] Si les dan el precio bien; si no le dan, también. Si les piden sus chacras, se ríen como una gracia y se la regalan en el acto. Son unos animales. ¡Unos estúpidos! ¡Y más pagados de su suerte!... ¡Que se frieguen!

Los peones veían a los soras como si estuviesen locos o fuera de la realidad. Una vieja, la madre de un carbonero, tomó a uno de los soras por la chaqueta, refunfuñando muy en cólera:

—¡Oye animal! ¿Por qué regalas tus cosas? ¿No te cuestan tu trabajo? ¿Y ya te vas a reír?... ¿No ves? Ya te vas a reír...

La señora se puso colorada de ira, y por poco no le da un tirón de orejas. El sora, por toda respuesta, fue a traerle un montón de ollucos,[40] que la vieja rechazó, diciendo:

Pero si yo no te digo para que me des nada. Llévate tus ollucos.

Luego la asaltó un repentino remordimiento, poniéndose en el caso de que fuesen aceptados por ella los ollucos, y puso en el sora una mirada llena de ternura y de piedad.

En otra ocasión, la mujer de un picapedrero derramó lágrimas, de verles tan desprendidos y desarmados de cálculo y malicia.

Les había comprado una cosecha de zapallos[41] ya recolectados, por lo que, en vez de darles el valor prometido les había dicho a última hora, poniendo en la mano del sora unas monedas:

—Toma cuatro reales. No tengo más ¿Quieres?

—Bueno, mama —dijo el sora.

Pero como la mujer necesitase dinero para remedios de su marido, cuya mano fue volada con un dinamitazo en las vetas, y viese que todavía podía apartar de los cuatro reales algo más para sí, le volvió a decir, suplicante:

—Toma mejor tres reales solamente. El otro lo necesito.

—Bueno, mama.

La pobre mujer cayó aún en la cuenta de que podía apartar un real más. Le abrió la mano al sora y le sacó otra moneda, diciéndole, vacilante y temerosa:

—Toma mejor dos reales. Lo demás te lo daré otro día.

—Bueno, mama —volvió a contestar, impasible, el sora.

---

38   *Barraca*: vivienda muy pobre, hecha con materiales de desecho; por ejemplo, con latas y tablas.

39   *Zonzo*: tonto, simple.

40   *Olluco*: planta nativa del altiplano andino, donde se cultiva por su tubérculo y hojas comestibles. Se cultiva en climas frescos y húmedos y es resistente a las heladas; crece desde Colombia hasta Bolivia; se encuentra esporádicamente en Argentina y Chile.

41   *Zapallo*: tipo de calabaza.

Fue entonces que aquella mujer bajó los ojos, enternecida por el gesto de
bondad inocente del sora. Apretó en la mano los dos reales que habrían de
servir para el remedio del marido y la estremeció una desconocida y entrañable emoción, que la hizo llorar toda la tarde.

* * *

En el bazar de José Marino solían reunirse, después de las horas de trabajo, a charlar y a beber coñac –todos trajeados y forrados de gruesas telas y cue-
ros contra el frío–, místers Taik y Weiss, el ingeniero Rubio, el cajero Machuca, el comisario Baldazari y el preceptor Zavala, que acababa de llegar a hacerse
cargo de la escuela. A veces, acudía también Leónidas Benites, pero no bebía
casi y solía irse muy temprano. Allí se jugaba también a los dados, y, si era domingo, había borrachera, disparos de revólver y una crápula[42] bestial.

Al principio de la tertulia, se hablaba de cosas de Colca y de Lima. Después, sobre la guerra europea. Luego se pasaba a tópicos relativos a la empresa y a la exportación de tungsteno, cuyas cotizaciones aumentaban diariamente. Por fin se departía sobre los chismes de las minas, las domésticas
murmuraciones vinculadas a la vida privada. Al llegar al caso de los soras,
Leónidas Benites decía, con aire de filósofo y en tono redentor y adolorido:

—¡Pobres soras! Son unos cobardes y unos estúpidos. Todo lo hacen porque no tienen coraje para defender sus intereses. Son incapaces de decir no.
Raza endeble, servil, humilde hasta lo increíble. ¡Me dan pena y me dan rabia!

Marino, que ya estaba en sus copas, le salía al encuentro:

—Pero no crea usted. No crea usted. Los indios saben muy bien lo que
hacen. Además, esa es la vida: una disputa y un continuo combate entre los
hombres. La ley de la selección. Uno sale perdiendo, para que otro salga ganando. Mi amigo: usted, menos que nadie...

Estas últimas palabras eran dichas con marcado retintín. Y todo, por la
manía de socarronear y acallar a los demás, que era rasgo dominante en el carácter de Marino. Benites comprendía la alusión y se turbaba visiblemente,
sin poder replicar a un hombre fanfarrón, y que, además, estaba borracho.
Pero los contertulios sorprendían el detalle, gritando a una voz y con burla:

—¡Ah! ¡Claro! ¡Natural, natural!

El ingeniero Rubio, rayando con la uña, según su costumbre, el zinc del
mostrador, argumentaba con su voz tartamuda y lejana:

—No, señor. A mí me parece que a estos indios les gusta la vida activa, el
trabajo, abrir brechas en las tierras vírgenes, ir tras de los animales salvajes.
Esa es su costumbre y su manera de ser. Se deshacen de sus cosas, sólo por
lanzarse de nuevo en busca de otros ganados y otras chozas. Y así viven contentos y felices. Ignoran lo que es el derecho de propiedad y creen que todos

---

42 *Crápula*: libertinaje, vicio.

pueden agarrar indistintamente las cosas. ¿Recuerdan ustedes lo de la puerta?...

—¿Lo de la puerta de la oficina? –interrogó el cajero, tosiendo.

—Exactamente. El sora, de buenas a primeras, echó la puerta al hombro y se la llevó a colocar a su corral, con el mismo desenfado y seguridad del que toma una cosa que es suya.

Una carcajada resonó en el bazar.

—¿Y qué hicieron con él? Es divertido.

—Cuando le preguntaron adónde llevaba la puerta, «A mi cabaña», contestó sonriendo con un candor cómico e infantil. Naturalmente, se la quitaron. Creía que cualquiera podía apropiarse de la puerta, si necesitaba de ella. Son divertidos.

Marino dijo, guiñando el ojo y echando toda la barriga:

—Se hacen los tontos. ¡Son unas balas!

A cuyo concepto se opuso Benites, poniendo una cara de asco y piedad:

—¡Nada, señor! Son unos débiles. Se dejan despojar de lo que les pertenece, por pura debilidad.

Rubio se exasperó:

—¿Llama usted débiles a quienes se enfrentan a los bosques y jalcas,[43] entre animales feroces y toda clase de peligros, a buscarse la vida? ¿A que no lo hace usted, ni ninguno de los que estamos aquí?

—Eso no es valor, amigo mío. Valor es luchar de hombre a hombre; el que echa abajo el otro, ése es el valiente. Lo demás es cosa muy distinta.

—¿Así es que usted cree que la fuerza de un hombre, su valor, ha sido creada para invertirla en echar abajo a otro hombre?... ¡Magnífico! A mí me parecía que el valor de un individuo debe servirle para trabajar y hacer la riqueza colectiva, y no para usarlo como arma ofensiva contra los demás. ¡Su teoría es maravillosa!...

—Ni más ni menos. Soy una persona incapaz de hacer daño a nadie. Todos me conocen. Pero yo me creo obligado a defender mi vida e intereses, si se me ataca y me despojan de ellos.

Marino terció:

—Yo no digo nada. En boca cerrada no entran moscas... ¿Qué, se bebe? ¿Quién manda? ¡Vamos! ¡Déjense de zonceras!

El agrimensor no le hizo caso:

—Aquí, por ejemplo, he venido a trabajar, no para dejarme quitar lo que yo gane, sino para reunir dineros que me faltan. Por lo demás, yo no quito a nadie nada, ni quiero echar a tierra a ningún hijo de vecino.

Marino se cansaba de preguntar quién pedía las copas, y como Benites, su socio en lo de la cría y los cultivos, no le hiciese caso, embebecido como estaba en la discusión, el comerciante dijo, con una risa de cortante ironía, para hacerle callar:

---

43 *Jalcas*: zona situada entre 3500 y 4000 m.s.n.m.; su relieve es rocoso y empinado, constituido por estrechos valles y por zonas ligeramente onduladas, llamadas pampas; también hay zonas abruptas, desfiladeros rocosos y cumbres con mucha pendiente; clima frío y ventoso con frecuentes heladas.

—Yo no digo nada. ¡Benites! ¡Benites! ¡Benites!... Acuérdese de que en boca cerrada no entran moscas...

El cajero Machuca tuvo un acceso de tos, pasado el cual dijo, congestionadas por el esfuerzo las mantecas[44] de su cuello:

—Yo sé decir...

Le volvió la tos.

—Yo sé decir que...

No podía continuar. Tosió durante algún tiempo, y, al fin, pudo desahogarse:

—Los soras son unos indios duros, insensibles al dolor ajeno y que no se dan cuenta de nada. He visto el otro día a uno de ellos suspenderse a una cuerda, que sujetaba por el otro extremo un muchacho, arrollada a la cintura. El sora, con el peso de su cuerpo, templo la soga y la ajustó de tal manera, que iba a cortarle la cintura al otro, que no tenía cómo deshacerse y pataleaba de dolor, poniendo morada la cara y echando la lengua. El sora le veía, y, sin embargo, seguía en su maroma riéndose como un idiota. Son unos crueles y despiadados. Unos fríos de corazón. Les falta ser cristianos y practicar las virtudes de la Iglesia.

—¡Bravo! ¡Bien dicho! ¿Pide usted las copas? –dijo Marino.

—Déjeme, que estoy hablando...

—Pero pide usted...

—¡Maldito sea! Sirva usted no más...

Leónidas Benites no hacía más que expresar por medio de palabras lo que practicaba en la realidad de su conducta cotidiana. Benites era la economía personificada y defendía el más pequeño centavo, con un celo edificante. Vendrían días mejores, cuando se haya hecho un capitalito y se pueda salir de Quivilca, para emprender un negocio independiente en otra parte. Por ahora, había que trabajar y ahorrar, sin otro punto de vista que el porvenir. Benites no ignoraba que en este mundo, el que tiene dinero es el más feliz, y que, en consecuencia, las mejores virtudes son el trabajo y el ahorro, que procuran una existencia tranquila y justa, sin ataques a lo ajeno, sin vituperables manejos de codicia y despecho y otras bajas inclinaciones, que producen la corrupción y la ruina de personas y sociedades. Leónidas Benites solía decir a Julio Zavala, maestro de la escuela:

—Debía usted enseñar a los niños dos únicas cosas: trabajo y ahorro. Debía usted resumir la doctrina cristiana en estos dos apotegmas[45] supremos, que, en mi concepto, sintetizan la moral de todos los tiempos. Sin trabajo y sin ahorro, no es posible tranquilidad de conciencia, caridad, justicia, nada. Esa es la experiencia de la historia. ¡Lo demás son pamplinas![46]

Después, emocionándose y dando una inflexión de sinceridad a sus palabras, añadía:

—A mí me crió una mujer y vivo agradecido a ella, por haberme dado la

---

44 *Manteca*: grasa del cuerpo humano cuando es excesiva.

45 *Apotegma*: dicho en que se contiene una norma de conducta. Máxima.

46 *Pamplinas*: tonterías.

educación que tengo. Por eso puedo manejarme de la manera que todos conocen: trabajando día y noche y esforzándome en hacerme una posición económica, bien humilde por cierto, pero libre y honrada.

Y su crónica mueca de angustia se desembarazaba. Le brillaban los ojos.
Como si se acordase de algo, explicaba a Julio Zavala:

—Y no crea usted... Una cosa es el ahorro y otra cosa es la avaricia. De
Marino a mi, por ejemplo, hay esa distancia: de la avaricia al ahorro. Usted
ya me comprende, mi querido amigo...

El preceptor daba señal de que le comprendía, y luego parecía reflexionar hondamente en las ideas de Benites.

El agrimensor tenía, en general, íntima y sólida convicción de que era un
joven de bien, laborioso, ordenado, honorable y de gran porvenir. Siempre
estaba aludiendo a su persona, señalándose como un paradigma de vida que
todos debían imitar. Esto último no lo expresaba claramente, pero fluía de sus
propias palabras, pronunciadas con dignidad apostólica y ejemplar, en ocasiones en que se perfilaban problemas de moral y de destino entre sus amis-
tades. Peroraba[47] entonces extensamente sobre el bien y el mal, la verdad y la
mentira, la sinceridad y el tartufismo[48] y otros temas importantes.

* * *

Debido a la vida ordenada que llevaba Leónidas Benites, jamás sufrió
quebranto alguno su salud.

—¡Pero el día en que se enferme usted... –vociferaba José Marino, que en
Quivilca se las echaba de médico empírico– ya no levanta nunca!

Leónidas Benites, ante estas palabras sombrías, cuidaba aún más de su
conservación. La higiene de su cuarto y de su persona era de una pulcritud
esmerada, no dejando nada que tachársela. Andaba siempre buscando el bie-
nestar físico, valiéndose de una serie de actos que nadie sino él, con su paciente meticulosidad de anciano desconfiado, podía realizar. Por la mañana,
ensayaba, antes de salir a su trabajo, distintas ropas interiores, para ver cuál
se conformaba mejor al tiempo reinante y al estado de su salud, no escasean-
do ocasiones en que volvía de mitad del camino, a ponerse otra camiseta o
calzoncillo, porque había mucho frío o porque los que llevó le daban un abrigo excesivo. Lo mismo ocurría con el uso de las medias, calzado, sombrero,
chompa[49] y aun con los guantes y su cartera de trabajo. Si caía nieve, no sólo
cargaba con el mayor número de papeles, reglas y cuerdas, sino que, para ejer-
citarse más, sacaba sus niveles, trípodes y teodolitos,[50] aunque no tuviese nada
que hacer con ellos. Se le veía otras veces agitarse y saltar y correr como un
loco, hasta ya no poder. Otras veces, no salía de su cuarto por nada, y si alguien venía, abría con sigilo y lentamente la puerta, a fin de que no entrase
de golpe el ventisquero. Pero si había sol, abría todas las puertas y ventanas

---

47   *Perorar*: hablar enfáticamente en la conversación ordinaria.
48   *Tartufo*: se aplica a un hombre hipócrita y falsamente devoto.
49   *Chompa*: del Quecha *Chumpa*, pulóver; chaqueta, chamarra.
50   *Teodolito*: instrumento utilizado para medir ángulos en distintos planos.

de par en par y no quería cerrarlas. Así es como un día, estando Benites en la oficina del cajero, el muchacho a quien dejó cuidando la puerta abierta de su cuarto, se distrajo y entraron a robarle el anafe[51] y el azúcar.

Mas no era esto todo. Tratándose de medidas previsoras contra el contagio de los males, su pulcritud era mayor. De nadie recibía así no más un bocado o bebida, sino exorcisándola previamente y echando sobre las cosas cinco cruces, ni una más ni una menos. El cajero vino a verle un domingo en la mañana, en que la cocinera le acababa de traer de regalo un plato de humitas[52] calientes. Entró el cajero en el preciso momento en que Leónidas echaba la tercera cruz sobre las humitas. Olvidó la cuenta de las cruces y este fue el motivo por el cual ya no se atrevió a probar el regalo y se lo dió al perro. Poco afecto a tender la mano era. Cuando se veía obligado a hacerlo, tocaba apenas con la punta de los dedos del otro, y luego permanecía preocupado, con una mueca de asco, hasta que podía ir a lavarse con dos clases de jabón desinfectante, que nunca le faltaba. Todo en su habitación estaba siempre en su lugar, y él mismo, estaba siempre en su lugar trabajando, meditando, durmiendo, comiendo o leyendo *Ayúdate,* de Smiles,[53] que consideraba la mejor obra moderna. En los días feriados de la Iglesia, hojeaba el Evangelio según San Mateo, librito fileteado de oro, que su madre le enseñó a amar y a comprender en todo lo que él vale para los verdaderos cristianos.

Con el correr del tiempo, su voz se había apagado mucho, a consecuencia de las nieves de la cordillera. Esta circunstancia aparecía como un defecto de los peores a los ojos de José Marino, su socio, con quien frecuentemente disputaba por esta causa.

—¡No se haga usted! ¡No se haga usted! –le decía Marino, en tono socarrón y en presencia de los parroquianos del bazar–. ¡Hable usted fuerte, como hombre! ¡Déjese de humildades y santurronerías![54] Ya está usted viejo, para hacerse el tonto. –eba bien, coma bien, enamore y ya verá usted cómo se le aclara la voz...

Algo respondía Leónidas Benites, que en medio de las risas provocadas por las frases picantes de Marino, no se podía oír. Su socio, entonces, le gritaba con mofa:[55]

—¿Qué? ¿Cómo? ¿Qué dice? ¿Qué cosa? ¡Pero si no se le oye nada!...

Las risas redoblaban. Leónidas Benites, herido en lo profundo por la burla y el escarnio de los otros, se ponía más colorado y acababa por irse.

En general, Leónidas Benites no era muy querido en Quivilca. ¿Por qué? ¿Por su género de vida? ¿Por su manía moralista? ¿Por su debilidad física?

---

51   *Anafe*: hornillo portatil.
52   *Humitas*: del Quechua *Huminta*, comida dulzona en base a maíz tierno, a veces envuelto en chala (hojas de la espiga de maíz), cocido en agua.
53   *Smiles*: Samuel (1812 – 1904) escritor reformista escocés. Como editor del *Leeds Times* abogó por el sufragio universal, incluído el femenino. Precursor de la literatura de auto-ayuda escribió *Self-Help* (1859), *Character* (1871), *Thrift* (1875), *Duty* (1880), *Life and Labour* (1887), amén de varias biografías de personajes influyentes como ingenieros, naturalistas, etc.
54   *Santurrón*: se aplica a las personas que exageran los actos de devoción o tienen una devoción hipócrita.
55   *Mofa*: burla hecha con desprecio.

¿Por su retraimiento y desconfianza de los otros? La única persona que seguía de cerca y con afecto la vida del agrimensor era una señora, madre de un tornero, medio sorda y ya entrada en años, que tenía fama de beata y, por ende, de amiga de las buenas costumbres y de la vida austera y ejemplar. En ninguna parte se complacía de estar Leónidas Benites, descontado el rancho de la beata, con quien sostenía extensas tertulias, jugando a las cartas, comentando la vida de Quivilca, y, muy a menudo, echando alguna plática sobre graves asuntos de moral.

Una tarde vinieron a decirle a la señora que Benites estaba enfermo, en cama. La señora fue al punto a verle, hallándole, en efecto, atacado de una fiebre elevada, que le hacía delirar y debatirse de angustia en el lecho. Le preparó una infusión de eucalipto, bien cargada, con dos copas de alcohol y dispuso lo conveniente para darle un baño de mostaza. Se produciría así una copiosa transpiración, signo seguro de haber cedido el mal, que no parecía consistir sino en un fuerte resfrío. Pero, efectuados los dos remedios, y aun cuando el enfermo empezó a sudar, la fiebre persistía y hasta crecía por momentos.

La noche había llegado y empezó a nevar. La habitación de Benites tenía la puerta de entrada y la ventanilla herméticamente cerradas. La señora tapó las rendijas con trapos, para evitar las rachas de aire. Una vela de esperma ardía y ponía toques tristes y amarillos en los ángulos de los objetos y en la cama del paciente. Según éste se moviese o cambiase de postura, movido por la fiebre, las sombras palpitaban ya breves, largas, truncas o encontradas, en los planos de su rostro cejijunto y entre las almohadas y las sábanas.

Acezaba Benites y daba voces confusas de pesadilla. La señora, abatida por la gravedad creciente del enfermo, se puso a rezar, arrodillada ante un cuadro del Corazón de Jesús que había a la cabecera de la cama. Dobló la cabeza pálida e inexpresiva, como la mascarilla de yeso de un cadáver, y se puso a orar y gemir. Después se levantó reanimada. Dijo, junto al lecho:

—¿Benites?

Se oía ahora más baja y pausada su respiración. La señora se acercó de puntillas, inclinóse sobre la cama y observó largo rato. Habiendo meditado un momento, volvió a llamar, aparentando tranquilidad:

—¿Benites?

El enfermo lanzó un quejido oscuro y cargado de orfandad, que vino a darla en todas sus entrañas de mujer.

—¿Benites? ¿Cómo se siente usted? ¿Le haré otro remedio?

Benites hizo un movimiento brusco y pesado, agitó ambas manos en el aire, como si apartase invisibles insectos, y abrió los ojos que estaban enrojecidos y parecían inundados de sangre. Su mirada era vaga y, sin embargo, amenazadora. Hizo chasquear los labios amoratados y secos, murmurando sin sentido:

—¡Nada! ¡Aquella curva es más grande! ¡Déjeme! ¡Yo sé lo que hago ¡Déjeme!...

Y se volvió de un tirón hacia la pared, doblando las rodillas y metiendo los brazos en el lecho.

En Quivilca no había médico. Lo habían reclamado a la empresa, sin resultado. Se combatía las enfermedades cada uno según su entendimiento, salvo en el caso de pulmonía, en cuyo tratamiento se había especializado José Marino, el empírico del bazar. La señora que asistía a Benites no sabía si acudir al comerciante, por si fuese neumonía, o procurarse otra receta por cuenta propia, sin pérdida de tiempo. Daba mil vueltas por el cuarto, desesperada. De cuando en cuando, observaba al paciente o ponía oído a la puerta, atenta a la caída de la nieve. Podría ser que su hijo acertase a acudir en su busca o que cualquier otro pasase, para pedirle consejo o ayuda.

A veces, el enfermo se sumía en un silencio absoluto, del que la señora no se apercibía por su sordera, pero, en general, la noche avanzaba poblándose de los gritos dolorosos y las palabras del delirio. Contiguo había, por toda vecindad, un extenso depósito de mineral. El resto de los ranchos quedaba lejos, en plena falda del cerro, y había que llamar a gritos para hacerse escuchar.

La señora decidió hacerle otro remedio. Entre las cosas útiles que por precaución guardaba Benites en su mesita, encontró un poco de glicerina, sustancia que le sugirió de golpe la nueva receta. Encendió otra vez el anafe. Habiéndose luego acercado de puntillas a la cama, examinó al paciente, que hacía rato permanecía en calma, y se percató de que dormía. Decidió entonces dejarle reposar, postergando el remedio para más tarde y para el caso de que la fiebre continuase. Fue a arrodillarse ante el lienzo sagrado y masculló,[56] con vehemencia dolorosa y durante mucho tiempo, largas oraciones mezcladas de suspiros y sollozos. Después se levantó y llegóse de nuevo a la cama del enfermo, enjugándose las lágrimas con un canto de su blusa de percal.[57] Benites continuaba tranquilo.

—¡Dios es muy grande! –exclamó la señora, enternecida y con voz apenas perceptible–. ¡Ay, divino Corazón de Jesús! –añadió, levantando los ojos a la efigie y juntando las manos, henchida de inefable frenesí–. ¡Tú lo puedes todo! ¡Vela por tu criatura! ¡Ampárale y no le abandones! ¡Por tu santísima llaga! ¡Padre mío, protégenos en este valle de lágrimas!...

No pudo contener su emoción y se puso a llorar. Dió algunos pasos y se sentó en un banco. Allí se quedó adormecida.

Despertó de súbito. La vela estaba para acabarse y se había chorreado de una manera extraña, practicando un portillo hondo y ancho, por el que corría la esperma derretida, yendo a amontonarse y enfriarse en un sólo punto de la palmatoria, en forma de un puño cerrado, con el índice alzado hacia la llama. Acomodó la vela, y como notase que Benites no había cambiado de

---

56   *Mascullar*: murmurar, farfullar.
57   *Percal*: tela de algodón.

postura y que seguía durmiendo, se inclinó a verle el rostro. «Duerme», se dijo, y resolvió no despertarle.

Leónidas Benites, en medio de las visiones de la fiebre, había mirado a menudo el cuadro del Corazón de Jesús, que pendía en su cabecera. La divina imagen se mezclaba a las imágenes del delirio, envuelta en el blanco arrebol de la caliche[58] del muro. Las alucinaciones se relacionaban con lo que más preocupaba a Benites en el mundo tangible, tales como el desempeño de su puesto en las minas, su negocio en sociedad con Marino y Rubio y el deseo de un capital suficiente para ir a Lima a terminar lo más pronto sus estudios de ingeniero y emprender luego un negocio por su cuenta y relacionado con su profesión. En el delirio vió que el comerciante Marino se quedaba con su dinero y le amenazaba pegarle, ayudado por todos los pobladores de Quivilca. Benites protestaba enérgicamente, pero tenía que batirse en retirada, en razón del inmenso número de sus atacantes. Caía en la fuga por escarpadas vías y, al doblar de golpe un recodo del terreno fragoso, se daba con otra parte de sus enemigos. El susto le hacía entonces dar un salto. El Corazón de Jesús entraba inmediatamente en el conflicto y espantaba con su sola presencia a los agresores y ladrones, para luego desaparecer súbitamente, dejándole desamparado, en el preciso momento en que mister Taik, muy enojado, le decía a Benites:

—¡Fuera de aquí! ¡La «Mining Society» le cancela el nombramiento, en razón de su pésima conducta! ¡Fuera de aquí, zamarro![59]

Benites le rogaba, cruzando las manos lastimeramente. Mister Taik ordenó a dos criados que le sacasen de la oficina. Venían dos soras sonriendo, como si escarneciesen su desgracia. Le cogían por los brazos, arrastrándole, y le propinaban un empellón brutal. Entonces, el Corazón de Jesús acudía con tal oportunidad, que todo volvía a quedar arreglado. El Señor se esfumaba después en un relámpago.

Benites, poco después, sorprendía a un sora robándole un fajo de billetes de su caja. Se lanzaba sobre el bribón, persiguiéndole, impulsado no tanto por la suma que le llevaba, cuanto por la cínica risa con que el indio se burlaba de Benites, montado sobre el lomo de un caimán, en medio de un gran río. Benites llegó a la misma orilla del río, y ya iba a penetrar en la corriente, cuando se sintió de pronto entorpecido y privado de todo movimiento voluntario. Jesús, aureolado esta vez de un halo fulgurante, apareció ante Benites. El río se dilató de golpe, abrazando todo el espacio visible, hasta los más remotos confines. Una inmensa multitud rodeaba al Señor, atenta a sus designios, y un aire de tremenda encrucijada llenó el horizonte. A Benites le poseyó un pavor repentino, dándose cuenta, de modo oscuro, pero cierto, de que asistía a la hora del juicio final.

Benites intentó entonces hacer un examen de conciencia, que le permitiera entrever cuál sería el lugar de su eterno destino. Trató de recordar sus bue-

---

58 *Caliche*: óxido de calcio (se usaba para blanquear paredes).

59 *Zamarro*: cazurro: se aplica a persona callada y aparentemente sumisa e ignorante, pero con picardía o astucia y que hace lo que le conviene.

nas y malas acciones de la tierra. Recordó, en primer lugar, sus buenos actos. Los recogió ávidamente y los colocó en sitio preferente y visible de su pensamiento, por riguroso orden de importancia: abajo, los relativos a procederes de bondad más o menos discutible o insignificante, y arriba, a la mano, sobre todos, los relativos a grandes rasgos de virtud, cuyo mérito se denunciaba a la distancia, sin dejar duda de su autenticidad y trascendencia. Luego pidió a su memoria los recuerdos amargos, y su memoria no le dió ninguno. Ni un solo recuerdo roedor. A veces, se insinuaba alguno, tímido y borroso, que bien examinado, a la luz de la razón, acababa por desvanecerse en las neutras comisuras de la clasificación de valores, o, mejor sopesado aún, llegaba a despojarse del todo de su tinte culpable, reemplazando éste, no ya sólo por otro indefinible, sino por el tinte contrario: tal recuerdo resultaba ser, en el fondo, el de una acción meritoria, que Benites reconocía entonces con verdadera fruición paternal. Felizmente, Benites era inteligente y había cultivado con esmero su facultad discursiva y crítica, con la cual podía ahora profundizar las cosas y darles su sentido verdadero y exacto.

Muy poco le faltaba a Benites, según lo intuía, para presentarse ante el Salvador. Al razonarlo, un gran miedo le hizo arrebujarse en su propio pensamiento. De allí vino a sacarle un alfalfero[60] de Accoya,[61] al que no veía muchos años, y a quien la madre del agrimensor solía comprarle hierba para sus cuyes,[62] echándole maldiciones por su codicia y avaricia. Por rápida asociación de ideas, recordó que él mismo, Benites, amó también, a veces, el dinero, y quizás con exceso... Recordó que en Colca, una noche, había oído en una vasta estancia desolada, donde dormía a solas, ruido de almas en pena. Empezaron en la oscuridad a empujar la puerta, Benites tuvo miedo y guardó silencio. Rememoraba que al otro día, refirió a los vecinos lo acontecido, no faltando quien le asegurase que en aquella casa penaban las almas a menudo, a causa de un entierro de oro que dejó allí un español, encomendero[63] de la Colonia. Como se repitiesen después los ruidos nocturnos, el ansia de oro tentó, al fin, a Benites. Y una media noche, cuando fueron a empujar la puerta sumida en tinieblas, el agrimensor invocó a las penas.

—¿Quién es? –interrogó, incorporándose en la cama, y dándose diente con diente de miedo.

No contestaron. Siguieron empujando. Benites volvió a preguntar, anheloso y sudando frío:

—¿Quién es? Si es un alma en pena, que diga lo que desea.

Una voz gangosa, que parecía venir de otro mundo, respondió con lastimero acento:

—Soy un alma en pena.

---

60 *Alfalfero*: hombre que cultiva la alfalfa.

61 *Accoya*: ciudad al sur del Perú en el departamento de Ayacucho.

62 *Cuyes*: es una especie oriunda de los andes (Cavia porcellus). Se cría fundamentalmente con el objeto de aprovechar su carne. También es conocido con los nombres de cobayo, curi, conejillo de indias y en países de habla inglesa como guínea pig.

63 *Encomendero*: persona a quien el rey de España, durante el período colonial, «encomendaba» indios a su cuidado para su catequización. A cambio los indios debían realizar trabajos para él.

Benites sabía que era malo correr de las penas, y argumentó al punto:

—¿Qué le pasa? ¿Por qué pena?

A lo que le replicaron casi llorando:

—En el rincón de la cocina dejé enterrados cinco centavos. No me puedo salvar a causa de ellos. Agrega noventa y cinco centavos más de tu parte y paga con eso una misa al cura, para mi salvación...

Indignado Benites por el sesgo inesperado y oneroso que tomaba la aventura, gruñó, agarrando un palo contra el alma en pena:

—¡He visto muertos sinvergüenzas, pero como éste, nunca!

Al siguiente día, Benites abandonó la posada.

Recordando ahora todo esto, ya lejos de la vida terrenal, juzgó pecaminosa su conducta y digna de castigo. Sin embargo, estimó, tras de largas reflexiones, que sus palabras injuriosas para el alma en pena fueron dictadas por un estado anormal de espíritu y sin intensión malévola. No olvidaba que, en materia de moral, las acciones tienen la fisonomía que les da la intención y sólo la intención. Respecto a que no pagase la misa solicitada por el alma en pena, suya no había sido la culpa, sino más bien del párroco, a quien una fuerte dispepsia impedía por aquellos días ir al templo. A Benites no se le ocultaba, dicho sea de paso, que dicha enfermedad del sacerdote no era mayor que alcanzase a sustraerle del todo del cumplimiento de sus sagrados deberes. Por último, en un análisis más juicioso y serio, quizá no fue, en realidad, una alma en pena, sino una broma pesada de alguno de sus amigos sabedores de sus cuitas en pos del supuesto tesoro. Puesto en este caso, y de haberse oficiado la misa, la broma habría tenido una repercusión de burla y de impiedad, con Benites de por medio, como uno de sus promotores. Indudablemente, había, pues, hecho bien en proceder como procedió, defendiendo subconscientemente los fueros de seriedad de la Iglesia, y su conducta podía en consecuencia, aparejar mérito suficiente para un premio del Señor. Benites puso este recuerdo en medio, exactamente en medio, de todos sus recuerdos, movido de una dialéctica singular e inextricable.

Un sentimiento de algo jamás registrado en su sensibilidad, y que le nacía del fondo mismo de su ser, le anunció de pronto que se hallaba en presencia de Jesús. Tuvo entonces tal cantidad de luz en su pensamiento, que le poseyó la visión entera de cuanto fue, es y será, la conciencia integral del tiempo y del espacio, la imagen plena y una de las cosas, el sentido eterno y esencial de las lindes.[64] Un chispazo de sabiduría le envolvió, dándole servida en una sola plana, la noción sentimental y sensitiva, abstracta y material, nocturna y solar, par e impar, fraccionaria y sintética, de su rol permanente en los destinos de Dios. Y fue entonces que nada pudo hacer, pensar, querer ni sentir por sí mismo ni en sí mismo exclusivamente. Su personalidad, como yo de egoísmo, no pudo sustraerse al corte cordial y solidario de sus flancos. En su ser se había posado una nota orquestal del infinito, a causa del paso de

---

64 *Lindes*: límite entre campos, fincas, casas o divisiones administrativas de poca extensión; por ejemplo, entre términos municipales

Jesús y su divina oriflama[65] por la antena mayor de su corazón. Después, volvió en sí, y, al sentirse apartado del Señor y condenado a errar al acaso, como número disperso, zafado de la armonía universal, por una gris e incierta inmensidad, sin alba ni ocaso, un dolor indescriptible y jamás experimentado, le llenó el alma hasta la boca, ahogándole, como si mascase amargos vellones[66] de tinieblas, sin poderlas siquiera ni pasar. Su tormento interior, la funesta desventura de su espíritu, no era a causa del perdido paraíso, sino a causa de la expresión de tristeza infinita que vio o sintió dibujarse en la divina faz del Nazareno, al llegar ante sus pies. ¡Oh, qué mortal tristeza la suya, y cómo no la pudo contener ni el vaso de dos bocas del Enigma![67] Por aquella gran tristeza, Benites sufría un dolor incurable y sin orillas.

—¡Señor! –murmuró Benites suplicante–, ¡Al menos, que no sea tanta tu tristeza! ¡Al menos, que un poco de ella pase a mi corazón! ¡Al menos, que las piedrecillas vengan a ayudarme a reflejar tu gran tristeza!

El silencio imperó en la extensión trascendental.

—¡Señor! ¡Apaga la lámpara de tu tristeza, que me falta corazón para reflejarla! ¿Qué he hecho de mi sangre? ¿Dónde está mi sangre? ¿Dónde está mi sangre? ¡Ay, Señor! ¡Tú me la diste y he aquí que yo, sin saber cómo, la dejé coagulada en los abismos de la vida, avaro de ella y pobre de ella! ¡Señor! ¡Yo fui el pecador y tu pobre oveja descarriada! ¡Cuando estuvo en mis manos ser el Adán sin tiempo, sin mediodía, sin tarde, sin noche y sin segundo día! ¡Cuando estuvo en mis manos embridar y sujetar los rumores edénicos para toda eternidad y salvar lo Absoluto en lo Cambiante! ¡Cuando estuvo en mis manos realizar mis fronteras homogéneamente, como en los cuerpos simples, garra a garra, pico a pico, guija[68] a guija, manzana a manzana! ¡Cuando estuvo en mis manos desgajar los senderos a lo largo y al través, por diámetros y alturas, a ver si así salía yo al encuentro de la Verdad!... ¡Señor! ¡Yo fui el delincuente y tu ingrato gusano sin perdón! ¡Cuando hasta pude no haber nacido! ¡Cuando pude, al menos, eternizarme en los capullos y en las vísperas![69] ¡Felices los capullos, porque ellos son las joyas natas de los paraísos, aunque duerman en sus selladas entrañas, estambres escabrosos! ¡Felices las vísperas, porque ellas no han llegado y no han de llegar jamás a la hora de los días definibles! ¡Yo pude ser solamente el óvulo, la nebulosa, el ritmo latente e inmanente: Dios!...

Estalló Benites en un grito de desolación infinita, que luego de apagado, dejó al silencio mudo para siempre.

* * *

---

65   *Oriflama*: estandarte, bandera o banderola flotando al viento.

66   *Vellones*: vedijas de lana. Algo enredado.

67   *Vaso de dos bocas del Enigma*: el santo grial: cáliz, copa o vaso que usó José de Arimatea para recoger la sangre de Jesucristo en la Cruz. En casi todas las versiones de la leyenda, es la misma copa o vaso usado por Cristo en la Última Cena.

68   *Guija*: guijarro (de «guija+») piedra pequeña redondeada por la erosión.

69   *Vísperas*: día que antecede a uno de fiesta o a uno en que ocurre o se conmemora o celebra algo. // Una de las horas del oficio divino, que se dice después de nona y que antiguamente solía cantarse hacia el anochecer.

Benites despertó bruscamente. La luz de la mañana inundaba la habitación. Junto a la cama de Benites, estaba José Marino.

—¡Qué buena vida, socio! —exclamaba Marino, cruzándose los brazos—. ¡Las once del día y todavía en cama! ¡Vamos, vamos! ¡Levántese! Me voy esta tarde a Colca.

Benites dio un salto:

—¿Usted a Colca? ¿Hoy se va usted a Colca?

Marino se paseaba a lo largo de la pieza, apurado.

—¡Sí, hombre! ¡Levántese! ¡Vamos a arreglarnos de cuentas! Ya Rubio nos espera en el bazar...

Benites, sentado en su cama, tuvo un calofrío:

—Bueno. Me levanto en seguida. Tengo todavía un poco de fiebre, pero no importa.

—¿Fiebre, usted? ¡No friegue, hombre! ¡Levántese! ¡Levántese! Lo espero en el bazar.

Marino salió y Benites empezó a vestirse, tomando sus precauciones de costumbre: medias, calzoncillo, camiseta, camisa, todo debía adaptarse y servir al momento particular por el que atravesaba su salud. Ni mucho abrigo ni poca ropa.

A la una de la tarde, el caballo en que debía montar José Marino esperaba ensillado a la puerta del bazar. Lo sujetaba por una soga el sobrino del comerciante. Dentro del bazar se discutía a grandes voces y entre carcajadas. Arregladas las cuentas entre Marino, Rubio y Benites, daban la despedida al comerciante, sus dos socios, el cajero Machuca, el profesor Zavala, el comisario Baldazari y místers Taik y Weiss. Las copas menudeaban. Machuca, ya un tanto bebido, preguntaba zumbonamente a Marino:

—¿Y con quién deja usted a la Rosada?

La Rosada era una de las queridas de Marino. Muchacha de dieciocho años, hermoso tipo de mujer serrana, ojos grandes y negros y empurpuradas mejillas candorosas, la trajo de Colca como querida un apuntador[70] de las minas. Sus hermanas, Teresa y Albina, la siguieron, atraídas por el misterio de la vida en las minas, que ejercía sobre los aldeanos, ingenuos y alucinados, una seducción extraña e irresistible. Las tres vinieron a Quivilca, huidas de su casa. Sus padres —unos viejos campesinos miserables— las lloraron mucho tiempo. En Quivilca, las muchachas se pusieron a trabajar, haciendo y vendiendo chicha,[71] obligándolas este oficio a beber y embriagarse frecuentemente con los consumidores. El apuntador se disgustó pronto de este género de trabajo de la Graciela y la dejó. A las pocas semanas, José Marino la hizo suya. En cuanto a Albina y a Teresa, corrían en Quivilca muchos rumores.

Marino, a las preguntas repetidas de Machuca, respondió con desparpajo:[72]

—Juguémosla al cachito,[73] si usted quiere.

---

70 *Apuntador*: persona que escribe el nombre de alguien en una lista, cuaderno, etc., con cierto objeto

71 *Chicha*: aguardiente de maíz fermentado.

72 *Desparpajo*: facilidad o falta de timidez para hablar o tratar con otras personas. Desembarazo, desenfado, desenvoltura.

73 *Cachito*: juego de baraja.

—¡Eso es! ¡Al cacho! Al cacho! ¡Pero juguémosla entre todos! –argumentó Baldazari.

En torno al mostrador se formó un círculo. Todos, y hasta el mismo Benites, estaban borrachos. Marino agitaba el cacho ruidosamente, gritando:

—¿Quién manda?

Tiró los dados y contó, señalando con el dedo y sucesivamente a todos los contertulios:

—¡Uno, dos, tres, cuatro! ¡Usted manda!

Fue Leónidas Benites a quién tocó jugar el primero.

—¿Pero qué jugamos? –preguntaba Benites, cacho en mano.

—¡Tire no más! –decía Baldazari–. ¿No está usted oyendo que vamos a jugar a la Rosada?

Benites respondió turbado, a pesar de su borrachera:

—¡No, hombre! ¡Jugar al cacho a una mujer! ¡Eso no se hace! ¡Juguemos una copa!

Unánimes reproches, injurias y zumbas ahogaron los tímidos escrúpulos de Leónidas Benites, y se jugó la partida.

—¡Bravo! ¡Que pague una copa! ¡El remojo de la sucesión!

El comisario Baldazari se ganó al cacho a la Rosada y mandó servir champaña. Machuca se le acercó diciéndole:

—¡Qué buena chola se va usted a comer, comisario! ¡Tiene unas ancas[74] así!

El cajero, diciendo esto, abrió en círculo los brazos e hizo una mueca golosa y repugnante. Los ojos del comisario también chispearon, recordando a la Rosada, y preguntó a Machuca:

—¿Pero dónde vive ahora? Hace tiempo que no la veo.

—Por la Poza. ¡Mándela traer ahora mismo!

—¡No, hombre! Ahora, no. Es de día. La gente puede vernos.

—¡Qué gente ni gente! ¡Todos los indios están trabajando! ¡Mándela traer! ¡Ande!

—Además, no. Ha sido una broma. ¿Usted cree que Marino va a soltar a la chola? Si se fuera para no volver, sí. Pero sólo se va a Colca por unos días...

—¿Y eso qué importa? Lo ganado es ganado. ¡Hágase usted el cojudo![75] ¡Es una hembra que da el opio![76] ¡A mí me gusta que es una barbaridad! ¡Mándela traer! ¡Además, usted es el comisario y usted manda! ¡Qué vainas! ¡Lo demás son cojudeces![77] ¡Ande, comisario!

—¿Y cree usted que va a venir?

—¡Pero es claro!

—¿Con quién vive?

—Sola, con sus hermanas, que son también estupendas.

Baldazari se quedó pensando y moviendo su foete.[78]

---

74   *Anca*: normalmente se refiere al cuerpo de los animales; aquí se emplea como cada una de las dos mitades de la parte posterior del cuerpo de las personas.

75   *Cojudo*: (vulgar: del sup. lat. vg. «coleütus+, de «colus+, testículo). Cobarde, majadero.

76   *Dar el opio a alguien* (inf.): embelesar o enamorar.

77   *Cojudeces*: (vulgar) estupideces, majaderías.

78   *Foete: fuete*, látigo fabricado de hilaza de cabuya.

Unos minutos más tarde, José Marino y el comisario Baldazari salieron a la puerta.

—Anda, Cucho –dijo Marino a su sobrino–, anda a la casa de las Rosadas y dile a la Graciela que venga aquí, al bazar, que la estoy esperando, porque ya me voy. Si te pregunta con quién estoy, no le digas quiénes están aquí. Dile que estoy solo, completamente solo. ¿Me has oído?

—Sí, tío.

—¡Cuidado con que te olvides! Dile que estoy solo, que no hay nadie más en el bazar. Deja el caballo. Amárralo a la pata del mostrador. ¡Anda! ¡Pero volando! ¡Ya estás de vuelta!

Cucho amarró la punta de la soga del caballo a una pata del mostrador y partió a hacer el mandado.

—¡Volando, volando! –le decían Marino y Baldazari.

José Marino adulaba a todo el que, de una u otra manera, podía serle útil. Su servilismo al comisario no tenía límites. Marino le servía hasta en sus aventuros amorosas. Salían de noche a recorrer los campamentos obreros y los trabajos en las minas, acompañados de un gendarme. A veces, Baldazari se quedaba a dormir, de madrugada, en alguna choza o vivienda de peones, con la mujer, la hermana o la madre de un jornalero. El gendarme volvía entonces sólo a la Comisaría, y Marino, igualmente solo, a su bazar. ¿Por qué las adulaciones del comerciante al comisario? Las causas eran múltiples. Por el momento, el comerciante iba a ausentarse y le había pedido al comisario el favor de supervigilar la marcha del bazar, que quedaba a cargo del profesor Zavala, que estaba de vacaciones. De otro lado, el comisario le estaba consumiendo ahora en gran escala en el bazar, al propio tiempo que entrenaba a los otros a hacer lo mismo. Las tres de la tarde y ya José Marino había vendido muchas botellas de champaña, de cinzano,[79] de coñac y de whisky... Pero todas éstas no eran sino razones del momento, y muy nimias.[80] Otras eran las de siempre y las más serias. El comisario Baldazari era el brazo derecho del contratista José Marino, en punto a la peonada y en cuanto a los gerentes de la «Mining Society». Cuando Marino no podía con un peón, que se negaba a reconocerle una cuenta, a aceptar un salario muy bajo o trabajar a ciertas horas de la noche o de un día feriado, Marino acudía al comisario, y éste hacía ceder al peón con un carcelazo, con la «barra» ¡suplicio original de las cárceles peruanas¿ o a foetazos. Asimismo, cuando Marino no podía obtener directamente de misters Taik y Weiss tales o cuales ventajas, facilidades o, en general, cualquier favor o granjería, Marino acudía a Baldazari y éste intervenía, con la influencia y ascendiente de su autoridad, obteniendo de los patrones todo cuanto quería José Marino. Nada, pues, de extraño que el comerciante estuviese ahora dispuesto a entregar a su querida al comisario, ipso facto[81] y en público.

Al poco rato, la Graciela aparecía en la esquina, acompañada de Cucho.

---

79   *Cinzano*: tradicional marca de un «vermouth», vino muy alcohólico, endulzado y especiado.

80   *Nimia*: insignificante, sin importancia.

81   *Ipso facto*: expresión latina que significa «por ese mismo hecho», y se emplea para indicar que algo ocurre o se hace inmediatamente y como consecuencia de lo que se ha dicho. Enseguida.

Los del bazar se escondieron. Solamente José Marino apareció a la puerta, tratando de disimular su embriaguez.

—Pasa –dijo afectuosamente Marino a la Graciela–. Ya me voy. Pasa. Te he hecho llamar porque ya me voy.

La Graciela decía tímidamente:

—Yo creía que se iba usted a ir así no más, sin decirme ni siquiera hasta luego.

Una repentina carcajada estalló en el bazar, y todos los contertulios aparecieron de golpe ante Graciela. Colorada, estupefacta,[82] dio un traspiés contra el muro. La rodearon, unos estrechándole la mano, otros acariciándola por el mentón. Marino le decía, desternillándose[83] de risa:

—Siéntate. Siéntate. Es la despedida. ¡Qué quieres! ¡Los amigos! ¡Nuestros patrones! ¡Nuestro grande y querido comisario! ¡Siéntate! ¡Siéntate! ¿Y qué tomas?...

Cerraron a medias la puerta y Cucho jaló de afuera la soga del caballo, sentándose en el quicio[84] a esperar.

Cayó nieve. Varias veces vino gente a hacer compras en el bazar y se iban sin atreverse a entrar. Una india de aire doloroso y apurada, llegó corriendo.

—¿Ahí está tu tío? –le preguntó jadeante a Cucho.

—Sí; ahí está. ¿Para qué?

—Para que me venda láudano.[85] Estoy muy apurada, porque ya se muere mi mama.

—Pase usted, si quiere.

—¿Pero quién sabe está con gente?

—Está con muchos señores. Pero entre usted, si quiere...

La mujer vaciló y se quedó a la puerta, esperando. Una angustia creciente se pintaba en su cara. Cucho, sin soltar la soga del caballo, se entretenía en dibujar con el cabo de un lápiz rojo, y en un pedazo de su cuaderno de la escuela, las armas de la patria. La mujer iba y venía, desesperada y sin atreverse a entrar al bazar. Aguaitaba[86] lo que adentro sucedía, se ponía a escuchar y volvía a pasearse. Le preguntaba a Cucho:

—¿Quién está ahí?

—El comisario.

—¿Quién más?

—El cajero, el ingeniero, el profesor, los gringos... Están bien borrachos. Están tomando champaña.

—¡Pero oigo una mujer!...

—La Graciela.

—¿La Rosada?

—Sí. Mi tío la ha mandado llamar, porque ya se va.

---

82 *Estupefacta*: asombrada, atónita, suspensa.

83 *Desternillarse*: partirse de risa. Reírse ruidosa e inconteniblemente.

84 *Quicio*: rincón formado por la puerta y el muro en la parte por donde gira la puerta sobre los goznes.

85 *Láudano*: preparado farmacéutico hecho con opio, azafrán y vino blanco, que se emplea como calmante.

86 *Aguaitar*: esperar, acechar.

—¡Ay, Dios mío! ¿A qué hora se irán? ¿A qué hora se irán?...
La mujer empezó a gemir.
—¿Por qué llora usted? –le preguntó Cucho.
—Ya se muere mi mama y don José está con gente...
—Si quiere usted, lo llamaré a mi tío, para que le venda...
—Quién sabe se va a enojar...
—Cucho aguaitó hacia adentro y llamó tímidamente:
—¡Tío Pepe!...
La orgía estaba en su colmo. De la tienda salía un vocerío confuso, mezclado de risas y gritos y un tufo[87] nauseante. Cucho llamó varias veces. Al fin, salió José Marino.
—¿Qué quieres, carajo? –le dijo, irritado, a su sobrino.
—Cucho, al verle borracho y colérico, dio un salto atrás, amedrentado.[88]
La mujer se hizo también a un lado.
—Para que venda usted láudano –murmuró Cucho, de lejos.
—¡Qué láudano ni la puta que te parió! –rugió José Merino, lanzándose furibundo sobre su sobrino. Le dio un bofetón brutal en la cabeza y le derribó.
—¡Carajo! –vociferaba[89] el comerciante, dándole de puntapiés, ¡Cojudo! ¡Me estás jodiendo siempre!
Algunos transeúntes se acercaron a defender a Cucho. La mujer del láudano le rogaba a Marino, arrodillada:
—¡No le pegue usted, taita! Si lo ha hecho por mí. Porque yo le dije. ¡Pégueme a mí, si quiere! ¡Pégueme a mí, si quiere!...
Algunas patadas cayeron sobre la mujer. José Marino, ciego de ira y de alcohol, siguió golpeando al azar, durante unos segundos, hasta que salió el comisario y lo contuvo.
—¿Qué es esto, mi querido Marino? –le dijo, sujetándole por las solapas.
—¡Perdone, comisario! –respondía Marino, humildemente–. ¡Le pido mil perdones!
Ambos penetraron al bazar. Cucho yacía sobre la nieve, llorando y ensangrentado. La india, de pie, junto a Cucho, sollozaba dolorosamente:
—Sólo porque lo llama, le pega. ¡Sólo por eso! ¡Y a mí también, sólo porque vengo por un remedio!...
Apareció un indio mocetón llorando y a la carrera:
—¡Chana! ¡Chana! ¡Ya murió mama! ¡Ven! ¡Ven! ¡Ya murió!...
Y Chana, la india del láudano, se echó a correr, seguida del indio y llorando.
El caballo de José Marino, espantado, había huido. Cucho, secándose las lágrimas y la sangre, lo fue a buscar. Sabía muy bien que, de irse el caballo, «las nalgas ya no serían suyas», como solía decir su tío, cuando le amenazaba azotarle. Volvió, felizmente, con el animal, y se sentó de nuevo a la puer-

---

87   *Tufo*: emanaciones gaseosas olorosas.
88   *Amedrentar*: infundir miedo, asustar, intimidar.
89   *Vociferar*: gritar, vocear.

ta del bazar, que continuaba entreabierta. Se agachó y aguaitó a hurtadillas. ¿Qué sucedía ahora en el bazar?

José Marino conversaba tras de la puerta, en secreto y copa en mano, con mister Taik, el gerente de la «Mining Society». Le decía en tono insinuante y adulador:

—Pero, mister Taik: yo mismo, con mis propios ojos, lo he visto...

—Usted es muy amable, pero eso es peligroso –replicaba muy colorado y sonriendo el gerente.

—Sí, sí, si. Míster Taik, decídase no más. Yo sé por qué le digo. Rubio es un enfermo. Ella ¡hablaban de la mujer de Rubio¿ no lo quiere. Además, se muere por usted. Yo la he visto.

El gerente sonreía siempre:

—Pero, señor Marino, puede saberlo Rubio...

—Yo le aseguro que no lo sabrá, míster Talk. Yo se lo aseguro con mi cuello.

Marino bebió su copa y añadió, decidido:

—¿Quiere usted que yo me lleve a Rubio un día fuera de Quivilca, para que usted aproveche?

—Bueno, ya veremos. Ya veremos. Muchas gracias. Usted es muy amable.

—Tratándose de usted, mister Taik, ya sabe que yo no reparo en nada. Soy su amigo, muy modesto, sin duda, muy humilde y muy pobre, el último, quién sabe, pero amigo de veras y dispuesto a servirle hasta con mi vida. Su pobre servidor, mister Taik. ¡Su pobre amigo!

Marino se inclinó largamente.

En ese momento, mister Weiss, del otro extremo del bazar, llamaba al comerciante:

—¡Señor Marino! ¡Otra tanda[90] de champaña!...

José Marino voló a servir las copas.

Entretanto, la Graciela estaba ya borracha. José Marino, su amante, la había dado a beber un licor extraño y misterioso, preparado por él en secreto. Una sola copa de este licor la había embriagado. El comisario le decía en voz baja y aparte a Marino:

—¡Formidable! ¡Formidable! Es usted un portento. Ya está más para la otra que para ésta...

—Y eso –respondía Marino, jactancioso–, y eso que no le he puesto mucho de lo verde. De otro modo, ya habría doblado el pico hace rato...

Abrazaba a Baldazari, añadiendo:

—Usted se lo merece todo, comisario. Por usted todo. ¡No digo un «tabacazo»![91] ¡No digo una mujer! ¡Por usted, mi vida! Créalo.

La Graciela, en los espasmos producidos por el «tabacazo», cantaba y lloraba sin causa. Se paraba de pronto y bailaba sola. Todos hacían palmas, en-

---

90 *Tanda*: serie de ciertas cosas dadas o hechas sin interrupción.
91 *Tabacazo*: bebedizo compuesto con tabaco que se da para drogar a alguien.

tre risas y requiebros. La Graciela, con una copa en la mano, decía, bamboleándose y sin pañolón:[92]

—¡Yo soy una pobre desgraciada! ¡Don José! ¡Venga usted! ¿Quién es usted para mí? ¡Hágame el favor! Yo sólo soy una pobre, y nada más...

Las risas y los gritos aumentaban. José Marino, del brazo del comisario, le dijo entonces a la Graciela, como a una ciega, y ante todos los contertulios:

—¿Ves? Aquí está el señor comisario, la autoridad, el más grande personaje de Quivilca, después de nuestros patrones, místers Talk y Weiss. ¿Lo ves aquí, con nosotros?

La Graciela, los ojos velados por la embriaguez, trataba de ver al comisario.

—Sí. Lo veo. Sí. El señor comisario. Sí...

—Bueno. Pues el señor comisario va a encargarse de ti mientras mi ausencia. ¿Me entiendes? El verá por ti. El hará mis veces en todo y para todo...

Marino, diciendo esto, había muecas de burla y añadía:

—Obedécele como a mí mismo. ¿Me oyes? ¿Me oyes, Graciela?...

La Graciela respondía, la voz arrastrada y casi cerrando los ojos:

—Sí... Muy bien... Muy bien...

Después vaciló su cuerpo y estuvo a punto de caer. El cajero Machuca soltó una risotada. José Marino le hizo señas de callarse y guiñó el ojo a Baldazari, significándole que la melaza estaba en punto. Los demás, en coro, le decían a media voz a Baldazari:

—¡Ya, comisario! ¡Entre nomás! ¡Entrele!..

El comisario se limitaba a reír y a beber.

Graciela, agarrándose del mostrador para no caer, fue a sentarse, llamando a grandes voces:

—¡Don José! ¡Venga usted a mi lado! ¡Venga usted!...

José Marino insinuó de nuevo a Baldazari que se acercase a la Rosada. Baldazari volvió, por toda respuesta, a beber otra copa. A los pocos instantes, Baldazari se encontraba completamente borracho. Hizo servir varias veces champaña. Los demás estaban, asimismo, ebrios, y en una inconsciencia absoluta. Rubio hablaba de política internacional a gritos con míster Talk, y, de otro lado, el profesor, Leónidas Benites y mister Weiss, se abrazaban en grupo. José Marino y el comisario Baldazari rodeaban siempre a la Graciela. Un momento, la Rosada abrazó a Marino, pero éste se escabulló suavemente, poniendo en su lugar a Baldazari en los brazos de Graciela. La muchacha se dio cuenta y apartó bruscamente al comisario:

—¡Besa al señor comisario! –le ordenó entonces Marino, irritado.

—¡No! –respondió Graciela enérgicamente y como despertando.

—¡Déjela! –dijo Baldazari a Marino.

Pero el contratista de peones estaba ya colérico, e insistió:

—¡Besa al señor comisario te he dicho, Graciela!

92 *Pañolón*: mantón de seda.

—¡No! ¡Eso, nunca! ¡Nunca, don José!

—¿No le besas? ¿No cumples lo que yo te ordeno? ¡Espérate! –gruñó el comerciante, y se fue a preparar otro «tabacazo».

Al venir la noche, cerraron herméticamente la puerta y el bazar quedó sumido –en las tinieblas. Todos los contertulios –menos Benites, que se había quedado dormido– conocieron[93] entonces, uno por uno, el cuerpo de Graciela. José Marino primero, y Baldazari después, habían brindado a la muchacha a sus amigos, generosamente. Los primeros en gustar de la presa fueron, naturalmente, los patrones místers Taik y Weiss. Los otros personajes entraron luego a escena, por orden de jerarquía social y económica: el comisario Baldazari, el cajero Machuca, el ingeniero Rubio y el profesor Zavala. José Marino, por modestia, galantería o refinamiento, fue el último. Lo hizo en medio de una batahola demoníaca. Marino pronunciaba en la oscuridad palabras, interjecciones y gritos de una abyección y un vicio espeluznantes. Un diálogo espantoso sostuvo, durante su acto horripilante, con sus cómplices. Un ronquido, sordo y ahogado, era la única seña de vida de Graciela. José Marino lanzó, al fin, una carcajada viscosa y macabra...

Y, cuando encendieron luz en el bazar, vióse botellas y vasos rotos sobre el mostrador, champaña derramado por el suelo, piezas de tejido deshechas al azar, y las caras, macilentas y sudorosas. Una que otra mancha de sangre negreaba en los puños y cuellos de las camisas. Marino trajo agua en un lavador, para lavarse las manos. Mientras se estaban lavando, todos en círculo, sonó un tiro de revólver, volando el lavador por el techo. Una carcajada partió de la boca del comisario, que era quien había tirado.

—¡Para probar mis hombres! –dijo Baldazari, guardando su revólver–. Pero veo que todos han temblado.

Leónidas Benites despertó.

—¿Y la Graciela? –interrogó, restregándose los ojos–. ¿Ya se fue?...

Míster Taik, limpiando sus lentes, dijo:

—Señor Baldazari: hay que despertarla. Me parece que debe irse ya a su rancho. Ya es de noche.

—Sí, sí, sí –dijo el comisario, poniéndose serio–. ¡Hay que despertarla; usted, Marino, que es siempre el hombre!

—¡Ah! –exclamó el comerciante–. Eso va a ser difícil. Contra el «tabacazo» no hay otro remedio sino el sueño.

—Pero, de todos modos –argumentó Rubio–, no es posible dejarla botada así, en el suelo... ¿No le parece, mister Taik?

—¡Oh, sí, sí! –decía el gerente, fumando su pipa.

Leónidas Benites se acercó a Graciela, seguido de los demás. La Rosada yacía en el suelo, inmóvil, desgreñada, con las polleras en desorden y aun medio remangadas. La llamaron, agitándola fuertemente y no dio señales de despertar. Trajeron una vela. Volvieron a llamarla y a moverla. Nada. Seguía

---

93   *Conocer:* (cult. o lit., particularmente en la traducción de los textos sagrados) tr. Tener o haber tenido trato sexual, en general o con una persona determinada.

siempre inmóvil. José Marino puso la oreja sobre el pecho de la moza y los otros esperaron en silencio.

—¡Carajo! –exclamó el comerciante, levantándose– ¡Está muerta!...

—¿Muerta? –preguntaron todos, estupefactos–. ¡No diga usted disparates! ¡Imposible!

—Sí –repuso en tono despreocupado el amante de Graciela–. Está muerta. Nos hemos divertido.

Mister Taik dijo entonces en voz baja y severa:

—Bueno. Que nadie diga esta boca es mía. ¿Me han oído? ¡Ni una palabra! Ahora hay que llevarla a su casa. Hay que decir a sus hermanas que le ha dado un ataque y que la dejen reposar y dormir. Y, mañana, cuando la hallen muerta, todo estará arreglado...

Los demás asintieron, y así se hizo.

A las diez de la noche, José Marino montó a caballo y partió a Colca. Y, al día subsiguiente, se enterró a Graciela. En primera fila del cortejo fúnebre iba el comisario de Quivilca, acompañado de Zavala, de Rubio, de Machuca y de Benites. De lejos, seguía el cortejo Cucho, el sobrino del amante de la muerta.

Todos los del bazar volvieron del cementerio tranquilos y conversando indiferentemente. Sólo Leónidas Benites estaba muy pensativo. El agrimensor era el único de los del bazar, en quien la muerte de Graciela dejó cierto pesar y hasta cierto remordimiento. En conciencia, sabía Benites que la Rosada no había fallecido de muerte natural. Verdad es que él no vio nada de lo que ocurrió con Graciela en la oscuridad, por haberse quedado profundamente dormido; pero lo sospechaba todo, aunque sólo fuese de modo oscuro y dudoso. Benites, de regreso del entierro se encerró en su cuarto, arrepentido de la escena del bazar, cosa a la que no estaba acostumbrado y que, en principio, le repugnaba, y se tendió en su cama a meditar. Después, se quedó dormido.

Por la tarde de ese mismo día, se presentaron de pronto en el escritorio del gerente de la «Mining Society», míster Taik, las dos hermanas de la muerta, Teresa y Albina. Venían llorando. Otras dos indias, chicheras[94] también, como las Rosadas, las acompañaban. Albina y Teresa pidieron audiencia al patrón, y, tras de una breve espera, fueron introducidas ante el yanqui, a quien acompañaba a la sazón su compatriota, el subgerente, míster Weiss. Ambos chupaban sus pipas.

—¿Qué se les ofrece? –preguntó secamente míster Taik.

—Aquí, patrón –dijo Teresa llorando–, venimos porque todos dicen en Quivilca que a la Graciela la han matado y que no se ha muerto ella. Nos dicen que es porque la emborracharon en el bazar. Por eso. Y que usted, patroncito, debe hacernos justicia. Cómo ha de ser, pues, que maten así a una pobre mujer y que todo se quede así nomás...

---

94   *Chichera*: fabricante de chicha. El proceso artesanal se hacía masticando el grano porque la saliva inicia la fermentación.

El llanto no la dejó continuar.

Mister Taik se apresuró a contestar, enojado:

—¿Pero quién dice eso?

—Todos, señor, todos...

—¿Han ido ustedes a quejarse al comisario?

—Sí, patrón. Pero él nos dice que son habladurías y nada más, y que no es cierto.

—¿Entonces? Si así les ha contestado el señor cornisario, ¿a qué vienen ustedes aquí y por qué siguien creyendo tonterías y chismes imbéciles? Déjense de zonceras[95] y váyanse a su casa tranquilas. La muerte es la muerte y el resto son necedades y lloriqueos inútiles... ¡Váyanse! ¡Váyanse! –añadió paternalmente mister Taik, disponiéndose él también a salir.

—¡Váyanse! –repitió, también en tono protector, mister Weiss, chupando su pipa y paseándose–. No hagan caso de tonterías. Váyanse. No estamos para cantaletas[96] y majaderías. Hagan el favor...

Los dos patrones, llenos de dignidad y despotismo, indicaron la puerta a las Rosadas, pero Teresa y Albina, cesando de llorar, exclamaron, a la vez, airadas:

—¡Sólo porque son patrones! ¡Por eso hacen lo que quieren y nos botan así, sólo porque venimos a quejamos! ¡Han matado a mi Graciela! ¡La han matado! ¡La han matado!...

Vino un sirviente y las hizo salir de un empellón.[97] Las dos muchachas se alejaron protestando y llorando, seguidas de las otras chicheras, que también protestaban y lloraban.

---

95 *Zoncera*: tontería.
96 *Cantaleta*: cantinela. Cosa que se repite pesadamente.
97 *Empellón*: empujón.

II

José Marino fue a Colca por urgentes negocios. En Colca tenía otro bazar, que corría de ordinario a cargo de su hermano menor, Mateo. Los hermanos Marino, tenían, además, en Colca, la agencia de enganche de peones para los trabajos de las minas de Quivilca. En suma, la firma «Marino Hermanos» consistía, de una parte, en los bazares de Colca y de Quivilca, y, de otra, en el enganche de peones para la «Mining Society».

La «Mining Society» celebró un contrato con «Marino Hermanos», cuyas estipulaciones principales eran las siguientes: «Marino Hermanos» tomaban la exclusiva de proporcionar a la empresa yanqui toda la mano de obra necesaria para la explotación minera de Quivilca, y, en segundo lugar, tomaban, asimismo, la exclusiva del abastecimiento y venta de víveres y mercaderías a la población minera de Quivilca, como medio de facilitar el enganche y reenganche de la peonada. «Marino Hermanos», de este modo, se constituían en intermediarios, de un lado, como verdaderos patrones de los obreros, y, de otro lado, como agentes o instrumentos al servicio de la empresa norteamericana.

Este contrato con la «Mining Society» estaba enriqueciendo a los hermanos Marino con una rapidez pasmosa. De simples comerciantes en pequeño, que eran en Colca, antes de descubrirse las minas de Quivilca, se habían convertido en grandes hombres de finanza, cuyo nombre empezaba a ser conocido en todo el centro del Perú. El solo movimiento de mercaderías de sus bazares de Colca y Quivilca, representaba respetables capitales. En el momento en que José Marino venía a Colca, después de la jarana[98] y la muerte de Graciela, en el bazar de Quivilca, «Marino Hermanos» iban a decidir de la compra de unos yacimientos auríferos en una hoya del Huataca.[99] Tal era el principal motivo del viaje de José Marino a Colca.

---

98   *Jarana*: juerga, alagaraza.
99   *Huataca*: Valle, río y cerro del departamento de Ayacucho.

Pero, el mismo día de su llegada, por la noche, después de comer, la atención de los hermanos Marino, en el curso de una larga conferencia, fue de pronto y preferentemente atraída hacia diversas cuestiones relativas al enganche de peones para Quivilca. Antes de su partida a Quivilca, José Marino había tenido acerca de este asunto una extensa conversación con mister Taik. La oficina de la «Mining Society» en Nueva York exigía un aumento en la extracción de tungsteno de todas sus explotaciones del Perú y –olivia. El sindicato minero hacía notar la inminencia en que se encontraban los Estados Unidos, de entrar en la guerra europea y la necesidad consiguiente para la empresa, de acumular en el día un fuerte stock de metal listo para ser transportado, a una orden telegráfica de Nueva York, a los astilleros y fábricas de armas de los Estados Unidos. Mister Taik le había dicho secamente a José Marino:

—Usted me pone, antes de un mes, cien peones más en las minas...

—Haré, mister Taik, lo que yo pueda –respondió Marino.

—¡Ah, no! No me diga usted eso. Usted tiene que hacerlo. Para los hombres de negocios, no hay nada imposible...

—Pero, mister Taik, fíjese que ahora es muy difícil traer peones desde Colca. Los indios ya no quieren venir. Dicen que es muy lejos. Quieren mejores salarios. Quieren venirse con sus familias. El entusiasmo de los primeros tiempos ha pasado...

Míster Taik, sentado rígidamente ante su escritorio, y después de chupar su pipa, puso fin a los alegatos de José Marino diciendo con implacable decisión:

—Bueno. Bueno. Cien peones más dentro de un mes. Sin falta.

Y míster Taik salió solemnemente de su oficina. José Marino, caviloso y vencido, lo siguió a pocos pasos. Pero un diálogo tal –dicho sea de paso–, lejos de enfriar la amistad –si amistad era eso–, entre ambos hombres, la afianzó más. José Marino volvió al bazar, y en lo primero que pensó fue en hacer venir por medio de un amigo, el cajero Machuca, a míster Taik, a la reunión de despedida al comerciante.

—Tráigame a mister Taik y a mister Weiss.

—Va a ser difícil.

—No, hombre. Vaya usted a traerlos. Hágalo como cosa suya, y que no se den cuenta que yo se lo he dicho. Dígales que sólo van a estar unos minutos.

—Va a ser imposible. Están los gringos[100] trabajando. Usted sabe que sólo vienen al bazar en la tarde.

—No, hombre. Vaya usted nomás. Ande, querido cajero. Además, ya va a ser hora de almuerzo...

Machuca fue y logró hacer venir a los dos yanquis. Entonces José Marino se deshizo en reverencias y atenciones para míster Taik, lo que, naturalmen-

---

100   *Gringo*: cualquier extranjero de idioma distinto al español.

te, no modificó en nada las exigencias de la «Mining Society», en orden al tungsteno destinado a los Estados Unidos y a la guerra mundial.

—Una vez en el bazar –refería José Marino a su hermano en Colca–, volví a hablarle al gringo sobre el asunto y volvió a decirme que no eran cosas suyas, y que él tenía que cumplir las órdenes del sindicato, muy a su pesar.

—Pero, entonces –argumentaba Mateo–, ¿qué vamos a hacer ahora? En Quivilca mismo, o en los alrededores, no será posible encontrar indios salvajes. ¿Y los soras?

—¡Los soras! –dijo José, burlándose–. Hace tiempo que metimos a los soras a las minas y hace tiempo también que desaparecieron. ¡Indios brutos y salvajes! Todos ellos han muerto en los socavones, por estúpidos, por no saber andar entre las máquinas...

—¿Entonces? –volvió a preguntarse con angustia Mateo–. ¿Qué se puede hacer? ¿Qué podemos hacer?

—¿Cuántos peones hay socorridos?[101] –preguntó, a su vez, José.

Mateo, hojeando los libros y los talonarios de los contratos, decía:

—Hay 23, que debían haber partido a Quivilca este mes, antes del 20.

—¿Los han hecho llamar? ¿Qué dicen?

—He visto a algunos, a nueve de ellos, hace quince días, más o menos, y me prometieron salir para Quivilca a fines de la semana pasada. Si no lo han hecho, habría que ir a verlos de nuevo y obligarlos a salir.

—¿Está aquí el subprefecto?

—Sí; aquí está, precisamente.

—Bueno. Entonces, no hay más que pedirle dos soldados mañana mismo, para ir por los cholos[102] inmediatamente. ¿Dónde viven? Mira en el talonario...

Mateo hojeó de nuevo el talonario de los contratos, recitando, uno por uno, los nombres de los peones contratados y sus domicilios. Luego, dijo:

—Al Cruz, al Pío, al viejo Grados y al cholo Laurencio, se les puede ir a ver mañana juntos. De Chocoda se puede pasar a Conra y después a Cunguy, de un solo tiro...

José replicó de prisa:

—No, no, no. Hay que verlos a todos mañana mismo, a los nueve que tú dices, aunque sea de noche o a la madrugada...

—Bueno. Sí. Naturalmente. Claro que se les puede ver.

A los gendarmes les damos su sol[103] a cada uno, su buen cañazo, su coca y sus cigarros, y ya está...

---

101 *Socorrido*: voz con la que irónicamente se nombra al enlistamietno forzado a que son sometidos indígenas y campesino de clases bajas.

102 *Cholo*: palabra que denomina en la actualidad a una persona que tiene algo de sangre indígena, pero por lo general, se usa de manera peyorativa en Ecuador y Perú. En el siglo XVIII, la palabra «cholo+ designaba una casta: la de los hijos de la mezcla entre mestizos e indígenas. Como casta, dividía la sociedad, formando jerarquías étnicas para otorgar poderes a unos (blancos) y deberes e inferioridad de otros (indígenas). Con esta palabra se trasmite el prejuicio étnico y de clase heredado desde la Colonia. En Ecuador, el término «cholo+ tiene una connotación despectiva.

103 *Sol*: dinero del Perú.

—¡Claro! ¡Claro! –exclamaba José, en tono decidido.

— Ambos se paseaban en el cuarto, calzados de botas amarillas, un enorme pañuelo de seda al cuello y vestidos de «diablo-fuerte».[104] Los hermanos Marino eran originarios de Mollendo.[105] Hacía unos doce años que fueron a establecerse a la sierra, empezando a trabajar en Colca, en una tienducha, situada en la calle del Comercio, donde ambos vivían y vendían unos cuantos artículos de primera necesidad: azúcar, jabón, fósforos, kerosene, sal, ají, chancaca,[106] arroz, velas, fideos, té, chocolate y ron. ¿Con qué dinero empezaron a trabajar? Nadie en verdad, lo sabía a ciencia cierta. Se decía solamente que en Mollendo trabajaron como cargadores en la estación del ferrocarril y que allí reunieron cuatrocientos soles, que fue todo el capital que llevaron a la sierra. ¿Cómo y cuándo pasaron de la conducta o contextura moral de proletarios, a la de comerciantes o burgueses? ¿Siguieron, acaso –una vez de propietarios de la tienda de Colca–, siendo en los basamentos sociales de su espíritu, los antiguos obreros de Mollendo? Los hermanos Marino saltaron de clase social una noche de junio de 1909. La metamórfosis fue patética. El brinco de la historia fue cruento, coloreado y casi geométrico, a semejanza de ciertos números de fondo[107] de los circos.

Era el santo del alcalde de Colca y los Marino fueron invitados, entre otros personajes, a comer con el alcalde. Era la primera vez que se veían solicitados para alternar con la buena sociedad de Colca. La invitación les cayó tan de lo alto y en forma tan inesperada, que los Marino, en el primer momento, reían en un éxtasis medio animal y dramático, a la vez. Porque era el caso que ni uno ni otro tenía el valor de hacer frente a tamaña empresa. Ni José ni Mateo querían ir al banquete, de vergüenza de sentirse en medio de aristócratas. Sus pulmones proletarios no soportarían un aire semejante. Y tuvieron, a causa de esto, una disputa. José le decía a Mateo que fuese él a la fiesta, y viceversa. Lo decidieron por medio de la suerte en un centavo: cruz o cara. Mateo fue a la comida del alcalde. Se puso su vestido de casimir, su sombrero de paño, camisa con cuello y puños de celuloide, corbata y zapatos nuevos de charol. Mateo se sintió elegante y aún estuvo a punto de sentirse ya burgués, de no empezar a ajustarle y dolerle mucho los zapatos. Primera vez que se los ponía y no tenía otro par, digno de aquella noche. Mateo dijo entonces, sentándose y con una terrible mueca de dolor:

—Yo no voy. Me duelen mucho. No puedo casi dar un paso...

José le rogó:

—¡Pero fíjate que es el alcalde! ¡Fíjate el honor que vas a tener de comer con su familia y el subprefecto, los doctores y lo mejor de Colca! ¡Anda! ¡No seas zonzo! Ya verás que si vas al banquete, nos van a invitar siempre, a todas partes, el juez, el médico y hasta el diputado, cuando venga. Y seremos nosotros también considerados después como personas decentes de Colca. De

---

104 *Diablo fuerte*: pantalón de borlón, reforzado, hecho de material grueso.

105 *Mollendo*: zona costera del departamento de Arequipa.

106 *Chancaca*: del quechua «chánkkay», machacar; azúcar de segunda, en panes prismáticos. Panela.

107 *Número de fondo*: algo extravagante o escandaloso.

esta noche depende todo. Y vas a ver. Todo está en entrar en la sociedad, y el resto ya vendrá: la fortuna, los honores. Con buenas relaciones, conseguiremos todo. ¿Hasta cuándo vamos a ser obreros y mal considerados?...

Ya se hacía tarde y se acercaba la hora del banquete. Tras de muchos ruegos de José, Mateo, sobreponiéndose al dolor de sus zapatos, afrontó el heroísmo de ir a la fiesta. Mateo sufría lo indecible. Iba cojeando, sin poderlo evitar. Al entrar a los salones del alcalde, entre la multitud de curiosos del pueblo, con algo tropezó el pie que más le apretaba y le dolía. Casi da un salto de dolor, en el preciso instante en que la mujer del alcalde aparecía a recibirle a la puerta. Mateo Marino transformó entonces y sin darse cuenta cómo, su salto de dolor, en una genuflexion mundana, improvisada e irreprochable. Mateo saludó con perfecta corrección:

—¡Señora, tanto honor!...

Estrechó la mano de la alcaldesa y fue a tomar asiento, con paso firme, desenvuelto y casi flexible. El puente de la historia, el arco entre clase y clase, había sido salvado. La mujer del alcalde le decía, días después, a su marido:

—¡Pero resulta que Marino es un encanto! Hay que invitarle siempre.

En Colca no tenían los Marino mas familia que Cucho, hijo de Mateo y de una chichera que huyó a la costa con otro amante.

Mateo vivía ahora en una gran casa, que comunicaba con el bazar, ambos –casa y establecimiento– de propiedad de la firma «Marino Hermanos». Allí, en una de las habitaciones de esa casa, estaban ahora conferenciando acerca de sus negocios y proyectos.

—¿Y cómo dejas los asuntos en Quivilca? –preguntó más tarde Mateo a su hermano.

—Así, así... Los gringos son terribles. Mister Taik, sobre todo, no se casa ni con su abuela. ¡Qué hombre! Me tiene hasta las orejas.

—Pero, hermano, hay que saber agarrarlo...

—¡Agarrarlo! ¡Agarrarlo! –repitió José con sorna[108] y escepticismo–. ¿Tú piensas que yo no he ensayado ya mil formas de agarrarlo?... Los dos gringos son unos pendejos. Casi todos los días los hago venir a los dos al bazar, valiéndome de Machuca, de Rubio, de Baldazari. Vienen. Se bebe. Yo les invito casi siempre. Con frecuencia, los meto con mujeres. Nos vamos de juerga al campamento de peones. Muchas veces, los invito a comer. En fin... Hasta de alcahuete les sirvo...

—¡Eso es! ¡Así hay que hacerlo!

—¿Sabes la que le he metido en la cabeza a mister Taik? –le dijo José riendo–. Como yo sé que es un mujerero endemoniado, le he dicho que la mujer de Rubio se muere por él. Se lo he dicho el día de mi viaje, porque como acababa de joderme con la cuestión de los peones, yo quise engatusármelo así, para que se ablandara y retirase su exigencia de los cien peones para este mes...

---

108 *Sorna*: tono burlón o irónico con que se dice algo.

—¿Y qué resultó?

—Nada. El gringo sólo se reía como un idiota. Más a más, casi me oye y se da cuenta Rubio. Después, quise emborracharlo y tampoco se ablandó. Por último, llamé a Baldazari y le dije que viese la manera de tocarle el punto a lo disimulado. Pero tampoco hubo manera de agarrarlo. Con Baldazari se hacía el cojudo. ¡Total, nada!

—¿Pero, en verdad, está la mujer de Rubio enamorada de él, o tú le sacaste esa?

—¡Qué va a estar enamorada, hombre! Yo se le saqué esa por halagarlo y por ver qué resultaba. Si el gringo se hubiera entusiasmado, la mujer de Rubio y Rubio mismo se habrían hecho de la vista gorda. Tú conoces ya lo que es Rubio: con tal de sacar algo, vende hasta a su mujer...

—Bueno –dijo Mateo–. Hay que dormir ya. Tú estás rendido y mañana tenemos mucho que hacer... ¡Laura! –gritó, parándose en la puerta del cuarto.

—¡Ahí voy, señor! –respondió Laura desde la cocina.

Laura, una india rosada y fresca, bajada de la puna a los ocho años y vendida por su padre, un mísero aparcero,[109] al cura de Colca, fue traspasada, a su vez, por el párroco a una vieja hacendada de Sonta, y luego, seducida y raptada, hacía dos años, por Mateo Marino. Laura desempeñaba en casa de «Marino Hermanos» el múltiple rol de cocinera, lavandera, ama de llaves, sirvienta de mano y querida de Mateo. Cuando José venía de Quivilca, por pocos días, a Colca, Laura solía acostarse también con él, a escondidas de Mateo. Este, sin embargo, lo había sospechado y, más aún, últimamente, de la sospecha, pasó a la certidumbre. Pero el juego de Laura no parecía incomodar a «Marino Hermanos». Al contrario, los brazos de la criada parecían unirlos y estrecharlos más hondamente. Lo que en otros habría encendido celos, en «Marino Hermanos» avivó la fraternidad.

Cuando Laura entró al cuarto donde estaban los Marino, éstos la observaron de reojo y largamente: José, con apetito, y Mateo, un tanto receloso. Mientras Laura sirvió la comida, los dos hermanos no la habían hecho caso, absorbidos como estaban por los negocios. Pero, ahora, que venía el sueño, y se acercaba el instante de la cama, Laura despertó de pronto una viva atención en «Marino Hermanos».

—¿Ya está lista la cama de José? –le preguntó Mateo.

—Ya, señor –respondió Laura.

—Bueno. ¿Has dado de comer al caballo?

—Sí, señor. Le he echado un tercio de alfalfa.

—Bueno. Ahora, más tarde, cuando se enfríe más, le quitas la montura y le echas otro tercio.

—Muy bien, señor.

—Y bien de mañana, anda donde el tuerto Lucas y dile que vaya a traer-

---

109 *Aparcero*: persona que trabaja una tierra ajena a cambio de una parte de la cosecha.

me la mula negra. Dile que esté aquí a lo más, a las nueve de la mañana. Sin falta. Porque tengo que ir a la chacra...

—Muy bien, señor. ¿No necesita otra cosa?

—No. Puedes ir a acostarte.

Laura hizo un gesto de sumisión.

—Buenas noches, señores –dijo, y salió inclinada.

Los hermanos Marino miraron largamente el esbelto y robusto cuerpo de Laura, que se alejaba a paso tímido, las polleras granates cubriéndole hasta los tobillos, la cintura cadenciosa y ceñida, los hombros altos, el pelo negro y en trenzas lacias, el porte seductor.

Las camas de José y de Mateo estaban en un mismo cuarto. Una vez los dos acostados y apagada la vela, reinó en toda la casa un silencio completo. Ni uno ni otro tenían sueño, pero los dos fingieron quedar dormidos. ¿Cavilaban en los negocios? No. Cavilaban en Laura, que estaba ahora haciendo su cama en la cocina. Se oyó de pronto unos pasos de la muchacha. Después, un leve ruido del colchón de paja al ser desdoblado. Luego, Laura, poniéndose a remendar un zapato, se compuso el pecho. ¿En qué pensaba, por su parte, Laura? ¿En ir a desensillar el caballo y echarle el otro tercio? No. Laura pensaba en «Marino Hermanos».

Laura, por haber vivido, desde su niñez, la vida de provincias, se había afinado un poco, tomando muchos hábitos y preocupaciones de señorita aldeana. Sabía leer y escribir. Con lo poco que le daba Mateo, se compraba secretamente aretes y vinchas,[110] pañuelos blancos y medias de algodón. También se compró un día una sortija de cobre y unos zapatos con taco. Uno que otro domingo iba a misa, bien temprano, antes que se levantase su patrón y amante. Y Laura, sobre todo, se había impregnado de un erotismo vago y soñador. Tenía veinte años. ¿Quiso alguna vez a un hombre? Nunca. Pero habría querido querer. Por su patrón sentía más bien odio, aunque este odio anduviese disfrazado, dorado o amordazado por un sentimiento de vanidad de aparecer como la querida del señor Mateo Marino, uno de los más altos personajes de Colca. Pero, el odio existía. Intimamente, Laura experimentaba repugnancia por su patrón, cuarentón colorado, medio legañoso, redrojo,[111] grosero, sucio, tan avaro como su hermano Y que, por su parte, tampoco sentía el menor afecto por su cocinera. Cuando había gente en casa de «Marino Hermanos», Mateo ostentaba un desprecio encarnizado[112] e insultante por Laura, a fin de que nadie creyese lo que todo el mundo creía: que era su querida. Y esto le dolía profundamente a Laura.

Con José, otras eran sus relaciones. Como José no podía poseerla por la fuerza y a la descubierta, puesto que su hermano estaba con ella, la venció y la retenía con la astucia y el engaño. José la hizo entender que Mateo era un tonto, que no la quería y que haría con ella, a la larga, lo que hizo con la madre de Cucho: someterla a la miseria, obligándola a escaparse con el primer

---

110 *Vincha*: hebilla o gancho que se usa para sujetar el pelo.

111 *Redrojo*: raquírico, desmedrado.

112 *Encarnizado*: furia, ensañamiento.

venido. Le dijo, de otro lado, que él, José, en cambio, la amaba mucho y la haría su «querida de asiento» el día en que Mateo la abandonase. Además, José, contrariamente a lo que hacía Mateo –que nunca prometió a Laura nada–, le prometía siempre darle dinero, aunque nunca, en realidad, le dió nada. En resumen, José sabía engañarla, halagándola y mostrándose apasionado, cosa ésta que Laura no advirtió nunca en Mateo. El propio género de relaciones culpables que los unía, azuzaba, de una parte, a José, a no ser seco y brutal como su hermano, y de otra parte, a Laura –mujer, al fin–, a sostener y prolongar indefinidamente este juego con «Marino Hermanos». En ello había también en Laura mucho de venganza a los desprecios de Mateo. Con todo, y examinando las cosas en conjunto, tampoco amaba Laura a José Marino, ni mucho menos. Ella no sabía, de otro lado, si, en el fondo, le detestaba tanto como a su hermano. Pero, en todo caso, sentía que lo que había entre ella y José era algo muy inconsistente, difuso, frágil, insípido. Muchas veces, pensándolo, Laura se daba cuenta que no sentía nada por este hombre. Y, si más lo pensaba, llegaba a apercibirse, en fin, de que le odiaba...

En esto meditaba Laura, remendando su zapato.

Los hermanos Marino, en sus camas, meditaban, el uno, José, ansiosamente, en Laura, y el otro, Mateo, con cierto malestar, en Laura y en José. Este quería ir a la cocina. Mateo no quería que José pudiera ir a la cocina. José esperaba que Mateo se quedase dormido. Aun cuando estaba convencido de que Mateo lo sabía todo, estaba también ahora convencido de que Mateo se haría el desentendido y de que tendría que quedarse, tarde o temprano, dormido. Sin embargo, las suposiciones de José no correspondían del todo a la realidad del pensamiento y la voluntad de Mateo. Por primera vez, esta noche, Mateo sentía una especie de celos vagos e imprecisos. A Mateo, en verdad, le dolía que José fuese a la cocina. ¿Por qué? ¿Por qué esta noche tales reparos y no las otras veces?...

Pasó largo rato, las cosas así en la cabeza de Laura y en la doble cabeza de «Marino Hermanos». Estos oyeron luego que Laura salía a desensillar el caballo y a echarle el otro tercio de alfalfa. El ruido de sus pasos era blando, casi aterciopelado y voluptuoso, el deseo se avivó en José. Le vino entonces ganas de tragar saliva y no lo pudo evitar. Mateo, oyendo la deglución salival de su hermano, se aseguró entonces de que éste desvelaba y sus resquemores se avivaron.

Laura volvió a la cocina y cerró de golpe la puerta. Los hermanos Marino se estremecieron. ¿Qué quería decir esa manera brusca de cerrar la puerta? José se dijo que se trataba de un signo tácito, con el cual Laura quería indicarle que pensaba en él y que la noche era propicia para los idilios. Mateo dudaba entre esto que se decía José y la idea de que, con aquel portazo, Laura trataba, por el contrario, de significarle a él, Mateo, su decisión resuelta e inalterable de guardarle fidelidad. Pero José ya no podía contener sus instintos. Se dio una vuelta violenta en la cama. Después se oyó el ruido del colchón de paja, cuando el joven cuerpo de la cocinera cayó y se alargó sobre él. El deseo poseyó entonces por igual a ambos hombres. Los lechos se hacían llamas. Las sábanas se atravesaban caprichosamente. La atmósfera del cuarto se llenó de imágenes... José y Mateo Marino se hallaron, un instante, de espaldas uno al otro, sin saberlo...

Mateo saltó de repente de su cama, y José al oírle, sintió que le subía la sangre de golpe a la cabeza. ¿Dónde iba Mateo? Un celo violento de animal poseyó a José. Mateo tiró suavemente la puerta y salió descalzo al corredor. Mateo sabía que su hermano lo estaba oyendo todo, pero él era, al fin y al cabo, el dueño oficial de esa mujer, y el deseo le tenía trastornado. José oyó luego que Mateo rasguñaba la puerta de la cocina, rasguño en el que Laura reconoció a su amante de todos los días. La rabia le hacía a José castañetear los dientes, de pie y pegada la oreja a la puerta del dormitorio fraternal. ¿Abriría Laura? Esta misma vaciló un instante en abrir. Hasta el propio Mateo dudó de si Laura le recibiría. Mas, al fin, habló y triunfó en la cocinera el sentimiento de esclavitud al patrón de «asiento». Cuando ya Laura empezó a deslizarse lentamente del colchón de paja, de puntillas y en la oscuridad, Mateo, a quien la demora de Laura enardecía hasta hacerle perder la conciencia, volvió a rasguñar la puerta, esta vez ruidosamente. Laura tropezó, por la prisa, en el batán[113] de la cocina, y se oyó un porrazo en el suelo. Después se abrió la puerta y Mateo, temblando de ansiedad, entró. José se había apercibido de toda esta escena en sus menores detalles y tornó a su cama. El dolor de su carne sedienta y la idea que se hacía de lo que pasaba en esos momentos entre Laura y su hermano, le hacían retorcerse angustiosamente entre las sábanas y le arrancaban ahogados rugidos de bestia envenenada.

Lo que sucedió en la cocina fue en el suelo. Laura acababa de caer junto al batán y se luxó la muñeca de una mano, un hombro y una cadera. Gemía en silencio y la muñeca sangraba. Pero nada pudo embridar[114] los instintos de Mateo. Al comienzo, la tomó la mano, acariciándola y lamiendo la sangre. Un momento después, apartó brutalmente la muñeca herida de Laura, y, según su costumbre, lanzó unos bufidos de animal ahito. Ni Laura ni Mateo habían pronunciado palabra en esta escena. Mateo se puso de pie, y, con sumo tiento, ganó la puerta, salió y volvió a cerrarla despacio. Se paró al borde del corredor y orinó largo rato. José sintió que una ola de bochorno recorría sus miembros, jaló las frazadas y se tapó hasta la cabeza. Al entrar Mateo al cuarto, por las amplias espalda de José descendió un sudor caliente y casi cáustico.

Laura quedó tendida en el suelo, llorando. Probó de levantarse y no pudo. La cadera le dolía como quebrada.

Una vez en su cama, Mateo sintió frío. Según sus cálculos, y aunque José daba señas de dormir, estaba Mateo cierto de que no dormía. ¿Insistiría José en ir a la cocina? Era muy probable. Sí. José quería siempre ir a la cocina.

---

113 *Batán*: (Perú; piedra empleada en la cocina para moler.
114 *Embridar*: frenar.

Pero Mateo ya no sentía ahora celos de su hermano. Imaginando a José en brazos de Laura, ya no se incomodaba. Un sopor espeso e irresistible empezó a invadirle, y, cuando, unos minutos después, José abrió a su turno y de golpe la puerta y salía, Mateo no lo oyó, pues roncaba profundamente.

José empujó violentamente la puerta de la cocina y entró. Laura se incorporó vivamente, a pesar de sus dolores.

Al tanteo, la buscó José en la oscuridad. La tocó al fin. Su mano, ávida y sudorosa, cayendo como una araña gorda en los senos medio desnudos de la cocinera, la quitó el aliento. Un beso apretado y largo unió los labios humedecidos aún de lágrimas de Laura, a la callosa boca encrespada de José. Laura cesó de llorar y su cuerpo cimbróse, templándose. Laura deseaba, pues, a José, ¿y precisamente a José? No. Cualquier otro hombre, que no fuese Mateo, habría provocado en ella idéntica reacción. Lo que bastaba a Laura para reaccionar así, era un otro contacto que no fuese el conocido y estúpido del patrón cotidiano. Y si este nuevo contacto venía, además, apasionado, mimoso, y lo que es más importante, envuelto en las sombras de lo prohibido, se explica aún mejor, por qué Laura acogía a José Marino de una manera distinta que a Mateo Marino. Laura, la campesina –lo hemos dicho ya–, había adquirido muchos modos de conducta de señorita aldeana, y, entre estos, el gusto del pecado.

Al entrar José en los brazos de la cocinera, del cuerpo de ésta salió una brusca y turbadora emanación. José sintió una extraña impresión y permaneció inmóvil un momento. ¿Qué olor era ese –mitad de mujer y otra mitad desconocida–, que le daba así en el olfato, desconcertándole? ¿De dónde salía? ¿Era el olor de Laura? ¿Y solamente de Laura? José pensó instantáneamente en su hermano. Un calofrío de pudor –de un pudor profundamente humano y tormentoso –le sobrecogió. Sí. Mateo acababa de pasar por allí. Sus instintos viriles retrocedieron, como retrocede o resbala un potro desbocado, al borde de un precipicio. Mas eso duró un segundo. El animal caído volvió a pararse y, desatentado y ciego, siguió su camino.

Si no olvidamos que José no hacía más que engañar a Laura y que la caricia y la promesa terminaban una vez saciados sus instintos, se comprenderá fácilmente por qué José se alejase, unos minutos más tarde, de Laura, diciéndole desdeñosamente y en voz baja:

—Y para esto he esperado horas enteras...

—¡Pero, oiga usted, don José! –le decía Laura, suplicante–. No se aleje usted, que voy a decirle una cosa...

José, incomodándose y sin acercarse a la cocinera, respondió:

—¿Qué cosa?

—Yo creo que estoy preñada...

—¿Preñada? ¡No friegues, hombre! –dijo José con una risa de burla.

—Sí, don José, sí. Yo sé que estoy preñada.

—¿Y cómo lo sabes?

—Porque tengo vómitos todas las mañanas...

—¿Y desde cuándo crees que estás preñada?

—Yo no sé. Pero estoy casi segura.

—¡Ah! –gruñó José Marino, malhumorado–. ¡Eso es una vaina! ¿Y qué dice Mateo?

—Yo no le he dicho nada.

—¿No le has dicho nada? ¿Y por qué no le has dicho? Laura guardó silencio. José volvió a decirle:

—Responde. ¿Por qué no se lo has dicho a él?

Este él sonó y se irguió entre José y Laura como una pared divisoria entre dos lechos. Laura y José conocían muy bien el contenido de esa palabra. Este él era el padre presunto, y José decía él por Mateo, mientras que Laura pensaba que él no era precisamente Mateo, sino José.

Y la cocinera volvió, por eso, a guardar silencio.

—¡Eso va a ser una vaina! – repitió José, disponiéndose a partir.

Laura trató de retenerlo con un gemido:

—¡Sí, sí! Porque yo no estoy preñada de su hermano, sino de usted...

José rió en la oscuridad, mofándose:

—¿De mí? ¿Preñada de mí? ¿Quieres echarme a mí la pelota de mi hermano?...

—¡Sí! ¡Sí, don José! ¡Yo estoy preñada de usted! ¡Yo lo sé! ¡Yo lo sé! ¡Yo lo sé!...

Un sollozo la ahogó, José argumentaba:

—Pero si yo no he estado contigo hace ya más de un mes...

—¡Sí, sí, sí, sí!... Fue la última vez. La última vez...

—¡Pero tú no puedes saber nada!... ¿Cómo vas a saberlo, cuando, muchas veces, en una misma noche, has dormido conmigo y con Mateo?...

Laura, en ese momento, sintió algo que la incomodaba. ¿Era el sudor? ¿Era la posición en que estaba su cuerpo? ¿Eran sus luxaciones? Cambió de posición y algo resbaló por el surco más profundo de su carne. Instantáneamente, cruzó por el corazón de Laura una duda compacta, tenebrosa, inmensa. En efecto. ¿Cómo iba a saber cuál de los dos Marino era el padre de su hijo? Ahora mismo, en ese momento, ella sentía oscuramente gravitar y agitarse en sus entrañas de mujer las dos sangres de esos hombres, confundidas e indistintas. ¿Cómo diferenciarlas?

—¿Pero cómo vas a saberlo? –repetía José imperiosamente.

Laura iba a responder un disparate, pero se contuvo. No. El hijo no podía ser de los dos hermanos Marino. Un hijo tiene siempre un solo padre. La cocinera, sintiéndose en el colmo de su terrible incertidumbre, lanzo un sollozo entrañable y desgarrador. José salió y cerró la puerta silenciosamente.

***

Al otro día, a las diez de la mañana, los hermanos Marino fueron a ver al subprefecto Luna, por el asunto de los peones. Cuando llegaron a la subprefectura, Luna acababa de afeitarse.

—Antes que nada —dijo el viejo subprefecto, en tono campechano— van a probar ustedes lo que es rico...

Sacó de la otra pieza una botella y unas copas, añadiendo alborozado:

—Adivinen ustedes de dónde viene...

—¿Del chino Chank?

—No, señor —exclamaba Luna, sirviendo él mismo el pisco.[115]

—¿De la vieja Mónica?

—Tampoco.

—¿De casa del juez?

—Menos.

José tomó la primera copa y dijo, saboreándose:

—¿Del cura Velarde?

—¡Eso es!

—¡Pero es estupendo!

—¡Formidable!

—¡Cojonudo!

A la tercera copa, Mateo le dijo al subprefecto:

—Necesitamos, querido subprefecto, dos gendarmes.

—¿Para qué, hombre?... —respondió en broma y ya algo chispo,[116] el viejo Luna—. ¿A quién van a echar bala?...

José alegó:

—Es para ir a ver a unos peones prófugos. ¡Qué quiere usted! La «Mining Society» nos obliga a poner en las minas cien peones de aquí a un mes. La oficina de Nueva York exige más tungsteno. Y los cholos que tenemos «socorridos», se resisten a cumplir sus contratos y a salir para Quivilca...

El subprefecto se puso serio, argumentando:

—Pero es el caso que yo no dispongo ahora de gendarmes. Los pocos que tengo, faltan para tomar a mis conscriptos. Yo también, como ustedes saben, estoy en apuros. El prefecto me obliga a llevarle para el primero del mes próximo, lo menos cinco conscriptos. ¡Y los cholos se han vuelto humo!... No tengo sino dos en la cárcel. Precisamente... —dijo, volviéndose a la puerta de su despacho, que daba sobre la plaza, y llamando en voz alta: —¡Anticona!...

—¡Su señoría! —respondió un gendarme, apareciendo al instante, cuadrándose y saludando militarmente desde la puerta.

—¿Salieron los gendarmes por los conscriptos?

—Sí, su señoría.

—¿A qué hora?

—A la una de la mañana, su señoría.

—¿Cuántos han salido?

---

115 *Pisco*: aguardiente fabricado originariamente en la localidad del Perú del mismo nombre.

116 *Chispo*: borracho.

—El sargento y tres soldados, su señoría.

—¿Y cuántos gendarmes hay en el cuartel?

—Dos, su señoría.

—¡Ya ven ustedes! –dijo el subprefecto volviéndose a «Marino Hermanos»–. Tengo los justos para el servicio. Nada más que los justos. ¡Esto es una broma! Porque los mismos gendarmes se hacen los rengos.[117] No quieren secundarme. Son unos borrachos. Unos haraganes. Con tal de que me traigan los conscriptos, les he prometido ascenderlos y premiarlos, y les he dado su pisco, su coca, sus cigarros y, en fin, les he autorizado a que hagan lo que quieran con los indios. ¡Látigo o sable, no me importa! A mí lo que me importa es que me traigan gente, sin pararse en mientes[118] ni en contemplaciones...

Luna tomó una expresión de crueldad calofriante. El ordenanza Anticona volvió a saludar y se retiró con la venia del subprefecto. Este se paseaba, pensativo y ceñudo, y «Marino Hermanos» estaban de pie, muy preocupados.

—¿A qué hora volverán los gendarmes con los conscriptos? –preguntó José a la autoridad.

—Supongo que en la tarde, a eso de las cuatro o cinco.

—Bueno. Entonces los gendarmes pueden ir con nosotros por los peones, en la noche, entre ocho y nueve, por ejemplo.

—Allí veremos. Porque como se han levantado tan temprano, los gendarmes van a querer descansar esta noche.

—¿Entonces? –dijo José contrariado–. Porque la «Mining Society» nos exige...

—De otra manera –agregó Mateo–, si no se nos proporciona los gendarmes que necesitamos, nos será completamente imposible cumplir con la empresa.

Porque en el Perú, y particularmente en la sierra, a los obreros les hacen cumplir los patrones sus contratos civiles, valiéndose de la policía. La deuda del obrero es coercible por la fuerza armada, como si se tratara de un delito. Más todavía. Cuando un obrero se «socorre», es decir, cuando vende su trabajo, comprometiéndose a darlo en una fecha más o menos fija a las empresas industriales, nacionales o extranjeras, y no llega a darlo en la fecha estipulada, es perseguido por las autoridades como un criminal. Una vez capturado, y sin oír defensa alguna de su parte, se le obliga, por la fuerza, a prestar los servicios prometidos. Es, en pocas palabras, el sistema de los trabajos forzados.

—En fin –repuso el subprefecto, en tono conciliador–. Ya veremos el modo de arreglarnos y conciliar intereses. Ya veremos. Tenemos tiempo...

Los hermanos Marino, despechados, refunfuñaron a una voz:

—Muy bien. Perfectamente...

El subprefecto sacó su reloj:

---

117 *Hacerse el rengo*: fingirse enfermo.
118 *Parar [o poner] mientes* en cierta cosa. Fijarse en ella.

—¡Las once menos cuarto! –exclamó–. A las once tenemos sesión de la
Junta Conscriptora Militar...

Y, precisamente, al instante, empezaron a llegar al despacho subprefectural los miembros de la Junta. El primero en llegar fue el alcalde Parga, un an-
tiguo montonero[119] de Cáceres,[120] muy viejo y encorvado, astuto y ladrón em-
pedernido. Después llegaron juntos el juez de primera instancia, doctor
Ortega, el médico provincial, doctor Riaño, y el vecino notable de Colca, Iglesias, el más rico propietario de la provincia. El doctor Ortega sufría de una fo-
runculosis[121] permanente y, originario de Lima, llevaba ya en Colca unos diez
años de juez. Una historia macabra se contaba de él. Había tenido una querida, Domitila, a quien parece llegó a querer con frenesí. Pero Domitila murió
hacía un año. La gente refería que el doctor Ortega no podía olvidar a Domitila y que una noche, pocas semanas después del entierro, fue el juez en secreto, y disfrazado, al cementerio exhumó el cadáver. Al doctor Ortega lo acompañaron en este acto dos hombres de toda su confianza. Eran éstos dos
litigantes de un grave proceso criminal, a favor de los cuales falló el juez, en
pago de sus servicios de esa noche. Mas, ¿para qué hizo el doctor Ortega semejante exhumación? Se refería que, una vez sacado el cadáver, el juez ordenó a los dos hombres que se alejasen, y se quedó a solas con Domitila. Se refería también que el acto solitario –que nadie vió, pero del que todos hablaban–,
que el doctor Ortega practicara con el cuerpo de la muerta, era una cosa ho-
rrible, espantosa... ¿Era esto cierto? ¿Era, al menos presumible? El juez, a partir de la muerte de Domitila, tomó un aire taciturno, misterioso y, más aún,
extraño e inquietante. Salía poco a la calle. Se decía, asimismo, que vivía ahora con Genoveva, una hermana menor de Domitila. ¿Qué complejo freudia-
no y qué morbosa realidad se ocultaban en la vida de este hombre? –arbudo,
medio cojo, con un algodón o venda siempre en el cuello, emponchado y recogido, cuando pasaba por la calle o asistía a un acto oficial, miraba vagamente
a través de sus anteojos. La gente experimentaba, al verle, un malestar sutil e
insoportable. Algunos se tapaban las narices.

El médico Riaño era nuevo en Colca. Joven de unos treinta años y, según
se decía, de familia decente de Ica,[122] vestía con elegancia y tenía una palabra
fácil y florida. Se declaraba con frecuencia un idealista, un patriota ardiente,
aunque, en el fondo, no podía esconder un arribismo exacerbado. Soltero y
bailarín, tenía locas por él a las muchachas del lugar.

En cuanto al viejo Iglesias, su biografía era muy simple: las cuatro quin-
tas partes de las fincas urbanas de Colca, eran de su exclusiva pertenencia. Tenía, además, una rica hacienda de cereales y cría, «Tobal», cuya extension era
tan grande, su población de siervos tan numerosa y sus ganados tan inmen-
sos, que él mismo ignoraba lo que, a ciencia cierta, poseía. ¿Cómo adquirió
Iglesias tamaña fortuna? Con la usura y a expensas de los pobres. Sus robos

---

119 *Montonero*: guerrillero.
120 *Cáceres*: Andrés Avelino Cáceres, presidente de la República (1886-1894).
121 *Forúnculo*: inflamación purulenta de forma cónica en el espesor de la piel. Absceso.
122 *Valle de Ica*: se halla ubicado en la costa central del Perú en el sector central del departa-
     mento del mismo nombre. Está surcado por ríos: Ica , Grande, Santa Cruz, Palpa, Víz-
     cas, Aja, Nasca, Chico. Matagente y Pisco.

fueron tan ignominiosos, que llegaron a ser temas de yaravíes,[123] marineras[124] y danzas populares. Una de éstas rezaba así:

Ahora sí que te conozco
que eres dueño de Tobal,

con el sudor de los pobres
que les quitaste su pan...
Con el sudor de los pobres
que les quitaste su pan...

Una numerosa familia rodeaba al gamonal.[125] Uno de sus hijos, el mayor, estaba terminando sus estudios para médico en Lima, y ya se anunciaba su candidatura a la diputación de la provincia.

El subprefecto Luna poseía una ejecutoria[126] administrativa larga y borrascosa. Capitán de gendarmes retirado, seductor y jugador, disponía de un ingenio para la intriga extraordinario. Nunca, desde hacía diez años, le faltó puesto público. Con todos los diputados, ministros, prefectos y senadores, estuvo siempre bien. Sin embargo, a causa de su crueldad y falta de tino, no duraba en los puestos. Es así cómo había recorrido casi toda la república de subprefecto, comisario, mayor de guardias, jefe militar, etc., etc. Una sola cosa daba unidad a su vida administrativa: los disturbios, motines y sucesos sangrientos que en todas partes provocaba, en razón de sus intrigas, intemperancias y vicios.

Una vez que los hermanos Marino salieron de la subprefectura, la sesión de la Junta Conscriptora Militar quedó abierta. Leyó el acta anterior el secretario del subprefecto, –oado, un joven lleno de barros en la cara, ronco, de buena letra y muy enamorado. Nadie formuló observación alguna al acta. Luna dijo luego a su secretario:

—Dé usted lectura al despacho.

Boado abrió varios pliegos y empezó a leer en voz alta:

—Un telegrama del señor prefecto del Departamento, que dice así: «Subprefecto. Colca. Requiérole contingente sangre fin mes indefectiblemente. (Firmado) Prefecto Ledesma».

En ese momento llenó la plaza un ruido de caballería, acompañado de un murmullo de muchedumbre. El subprefecto interrumpió a su secretario vivamente:

—¡Espérese! Allí vienen los conscriptos...

El secretario se asomó a la puerta.

—Sí. Son los conscriptos –dijo–. Pero viene con ellos mucha gente...

La Junta Conscriptora suspendió la sesión y todos sus miembros se aso-

---

123 *Yaraví*: cantar melancólico y monótono de origen quechua que cantan los indios de algunos países de América del Sur.

124 *Marinera*: danza social del Perú, también llamada «zamacueca+o « zanguaraña+ , de coreografía sensual y seductora.

125 *Gamonal*: cacique u hombre rico e importante que ejerce una autoridad abusiva en una colectividad; particularmente, el que en un pueblo se hace dueño de la política o de la administración, valiéndose de su dinero o influencia.

126 *Ejecutoria*: (irónico en este sentido) hechos o circunstancias de cualquier clase que lo hacen conocido entre la gente.

maron a la puerta. Una gran muchedumbre venía con los gendarmes y los conscriptos. Eran, en su mayoría, curiosos, hombres, mujeres y niños. Observaban a cierta distancia y con ojos obsortos, a dos indios jóvenes –los conscriptos– que avanzaban a pie, amarrados por la cintura al pescuezo de las cabalgaduras de los gendarmes montados. Tras de cada conscripto, venía su familia llorando. El sargento se detuvo ante la puerta de la subprefectura, bajó de su caballo, se cuadró ante la Junta Conscriptora y saludó militarmente:

—¡Traemos dos, su señoría! –dijo en voz alta y dirigiéndose al subprefecto.

—¿Son conscriptos? –preguntó Luna, muy severo.

—No, su señoría. Los dos son «enrolados».[127]

Algo volvió a preguntar el subprefecto, que nadie oyó a causa del vocerío de la multitud. El subprefecto levantó más la voz, golpeándola imperiosamente:

—¿Quiénes son? ¿Cómo se llaman?

—Isidoro Yépez y Braulio Conchucos, su señoría.

Un viejo muy flaco, cubierto hasta las orejas con un enorme sombrero de junco, doblado el poncho al hombro, la chaqueta y el pantalón en harapos, uno de los llanques[128] en la mano; se abrió camino entre la multitud y llegó hasta el subprefecto.

—¡Patroncito! ¡Taita! –dijo juntando las manos lastimosamente–. ¡Suéltalo a mi Braulio! ¡Suéltalo! ¡Yo te lo pido, taita!

Otros dos indios cincuentones, emponchados y llorosos, y tres mujeres descalzas, la liclla[129] prendida al pecho con una espina de penca,[130] vinieron a arrodillarse bruscamente ante los miembros de la Junta Conscriptora:

—¡Por qué, pues, taitas! ¡Por qué pues, al Isidoro! ¡Patroncitos! ¡Suéltalo! ¡Suéltalo! ¡Suéltalo!

Las tres indias –abuela, madre y hermana de Isidoro Yépez– gemían y suplicaban arrodilladas. El padre de Braulio Conchucos se acercó y besó la mano al subprefecto. Los otros dos indios –padre y tío de Isidoro Yépez– volvieron hacia éste y le pusieron su sombrero.

A los pocos instantes había ante la Subprefectura numeroso pueblo. –ajó de su cabalgadura uno de los gendarmes. Los otros dos seguían montados, y junto a ellos estaban de pie los dos «enrolados», cada uno atado a la mula de cada soldado. Braulio Conchucos tendría unos veintitrés años; Isidoro Yépez, unos dieciocho. Ambos eran yanacones[131] de Guacapongo.[132] Ahora era la primera vez que venían a Colca. Analfabetos y desconectados totalmente del

---

127 *Enrolar*: listar o reclutar gente o a alguien determinado para el Ejército.

128 *Llanque*: calzado rústico hecho con amarras que pasan entre los dedos y van atravesadas sobre el empeine y el talón.

129 *Liclla*: pertenece a la vestimenta femenina; manta tejida más pequeña que un poncho para cargar cosas en la espalda.

130 *Penca*: nopal (cactus opuntia) que da frutos conocidos como higos de tuna.

131 *Yanacones*: del Quechua yanakuna (en quechua yana, a la vez préstamo del muchik) es una palabra cuyo significado en español es servidumbre. Por extensión en el Imperio Inca se refería a los pueblos que efectuaban compromisos de servidumbre. Los españoles lo usaron posteriormente para denominar a todos los pueblos indígenas que tenían de servidumbre.

132 *Guacapongo*: cerro y parcialidad que hoy es territorio de Santiago de Chuco.

fenómeno civil, económico y político de Colca, vivían, por así decirlo, fuera del Estado peruano y fuera de la vida nacional. Su sola relación con ésta y con aquél se reducía a unos cuantos servicios o trabajos forzados que los yanaconas prestaban de ordinario a entidades o personas invisibles para ellos: abrir acequias de regadío, desmontar terrenos salvajes, cargar a las espaldas sacos de granos, piedras o árboles con destino ignorado, arrear recuas de burros o de mulas con fardos y cajones de contenido misterioso, conducir las yuntas en los barbechos y las cuadrigas de las trillas en parvas piramidales y abundantes, cuidar noches enteras una toma de agua, ensillar y desensillar bestias, segar alfalfa y alcacel,[133] pastear enormes porcadas,[134] caballadas o boyadas[135], llevar al hombro literas de personajes extraños, muy ricos y muy crueles; descender a las minas, recibir trompadas en las narices y patadas en los riñones, entrar a la cárcel, trenzar sogas o pelar montones de papas, amarrados a un brazadero,[136] tener siempre hambre y sed, andar casi desnudos, ser arrebatados de sus mujeres, para el placer y la cama de los mandones, y mascar una bola de coca humedecida de un poco de cañazo o de chicha... Y, luego ser conscripto o «enrolado», es decir, ser traidos a la fuerza a Colca, para prestar su servicio militar obligatorio. ¿Qué sabían estos dos yanacones de *servicio militar obligatorio*? ¿Qué sabían de patria, de gobierno, de orden público ni de seguridad y garantía nacionales? ¡Garantías nacionales! ¿Qué era eso? ¿Quiénes debían prestarlas y quiénes podían disfrutarlas? Lo único que sabían los indígenas era que eran desgraciados. Y en cuanto a ser conscripto o «enrolado», no sabían sino que, de cuando en cuando solían pasar por las jalcas y las chozas los gendarmes, muy enojados, amarraban a los indios más jóvenes a la baticola[137] de sus mulas y se los llevaban, pegándoles y arrastrándoles al trote. ¿Adónde se los llevaban así? Nadie lo sabía tampoco. ¿Y hasta cuándo se los llevaban? Ningún indio conscripto o «enrolado» volvió ya nunca a su tierra. ¿Morían en países lejanos, de males desconocidos? ¿Los mataban, quién sabe, otros gendarmes o sargentos misteriosos? ¿Se perdían tal vez por el mundo, abandonados en unos caminos solitarios? ¿Eran, quién sabe, felices? No. Era muy difícil ser felices. Los yanaconas no podían nunca ser felices. Los jóvenes conscriptos o «enrolados», que se iban para no volver, eran seguramente desgraciados.

Braulio Conchucos, por toda familia, tenía su padre viejo y dos hermanos pequeños, una mujercita de diez y un varón de ocho. Su madre murió de tifoidea. Dos hermanos mayores también murieron de tifoidea, epidemia que arrasó mucha gente hacía cuatro o cinco años en Cannas y sus alrededores. Pero el Braulio quería a la Bárbara, hija de unos vecinos vaqueros de Guacapongo, y a quien pensaba hacerla su mujer. Cuando cayeron los soldados

---

133   *Alcacel*: cebada todavía verde.
134   *Porcadas*: conjunto de puercos (piara).
135   *Boyada*: conjunto de bueyes.
136   *Brazadero*: especie de argolla que sirve para amarrar debajo del brazo.
137   *Baticola*: correa sujeta a la parte trasera de la silla de montar que termina una especie de ojal por donde pasa el maslo de la cola de la cabalgadura. Se usa para evitar que la montura se deslice hacia adelante

en la choza de Braulio, a las cinco de la mañana, y todavía oscuro, los chicos se asustaron y se echaron a llorar. El padre, al partir, siguiendo al «enrolado», les decía:

—¡Váyanse onde la Bárbara! ¡Váyanse onde la Bárbara! ¡Que les den de almorzar ahí! ¡Váyanse! ¡No se queden aquí! ¡Váyanse! ¡Yo vuelvo pronto! ¡Vuelvo con el Braulio! ¡Vuelvo! ¡Vuelvo!

Los chicos se agarraron fuertemente a las piernas de Braulio y del viejo, llorando:

—¡No, no, taita! ¡No te vayas! ¡No nos dejes! ¡No te vayas!...

Uno de los gendarmes los tomó por los brazos y los apartó de un tirón. Pero, al soltarlos para ir a montar, los chicos se precipitaron de nuevo hacia el viejo y hacia Braulio, llorando desesperadamente e impidiéndoles moverse. El padre los apartaba, consolándolos:

—¡Bueno! ¡Bueno! ¡Ya está! ¡Ya está! ¡Cállense! ¡Váyanse! ¡Váyanse onde la Bárbara!

Braulio habría querido abrazarlos, pero le habían amarrado los brazos a ía espalda.

El sargento, ya a caballo, vociferó con cólera:

—¡Arza, carajo, viejo cojudo! ¡Camina y no nos jodas más!...

La comitiva arrancó. Tomó la delantera el sargento al trote. Luego, un gendarme, con el otro conscripto, Isidoro Yépez, a pie y atado a su mula. Y luego, otro gendarme, y junto a él, Braulio Conchucos, también a pie y atado a su cabalgadura. Un jalón repentino y brutal tiró de la cintura a Braulio, que habría caído al suelo de no ir amarrado estrechamente al pescuezo de la bestia, y Braulio empezó a correr al paso acelerado de las mulas. Cerraba la comitiva, a retaguardia, un tercer gendarme, fumando su cigarro. Detrás, seguían las familias de los «enrolados».

En el momento de ponerse en camino la mula del gendarme que llevaba a Braulio, éste, tirado por sus amarras, dió el primer paso atropellando a sus hermanos, que cayeron al suelo. Braulio pisó sobre el viente de la mujercita. Esta permaneció sin resuello unos segundos, tendida. El chico volvió a levantarse, medio ciego y tonteado, y siguió un trecho a Braulio y a su padre. Tropezó varias veces, a causa de la oscuridad, en las piedras del angosto camino, hincándose en las pencas y en las zarzamoras. El tumulto se alejó rápidamente. El chico se detuvo y cesó de llorar, para oír. Un silencio absoluto imperó en torno de la choza. Luego sopló el viento unos segundos en los guirnales plantados junto al pozo. La chica, al volver en sí, empezó a llorar, llamando a gritos:

—¡Taita! ¡Taita! ¡Taita! ¡Taita! ¡Braulio! ¡Juan!

Entonces Juan, el chico, volvió corriendo a la choza.

Los dos subieron a la barbacoa,[138] se taparon con unas jergas[139] y se pusieron a llorar. Las siluetas de los gendarmes, pegándole al viejo y al Braulio

---

138 *Barbacoa*: cañizo sostenido sobre patas, que sirve de cama.
139 *Jerga*: trozo de paño ordinario.

y amarrándolo a éste, entre gritos y vociferaciones, estaban fijas en la retina de Juan y de su hermana. ¿Quiénes eran esos monstruos vestidos con tantos botones brillantes y que llevaban escopetas? ¿De dónde vinieron? ¿A qué hora cayeron en la choza? ¿Y por qué venían por el Braulio y por el taita? ¡Y les habían pegado! ¡Les habían dado muchos golpes y patadas! ¿Por qué? Serían hombres también como los demás? Juan lo dudaba, pero su hermana, tragando sus lágrimas, le decía:

—Sí. Son como todos. Como taita y como el Braulio. Yo les ví sus caras. Sus brazos también, y también sus manos. Uno me tiró las orejas, sin que yo le haga nada...

La chica volvió a gemir, y Juan, un poco sofocado y nervioso, le dijo:

—¡Calláte! ¡Ya no llores, porque van a volver otra vez a llevarnos!... ¡Cállate! ¡Son los diablos! Tienen en la cintura unas monturas. Tienen cabezas redondas y picudas. ¡Vas a ver, que van a volver!

—Hablan como todos. Dijeron: «¡Carajo! ¡No te escaparás!» «¡Viejo e mierda!» «¡Camina!» «¡Jijoputa!»... Están vestidos como el burro mojino. Andan muy fuerte. ¿Has visto por onde se fueron?

—Se fueron por la cueva, a la carrera. ¡Van a volver! ¡Vas a ver! ¡Han salido de la cueva! ¡Así decía mama! ¡Que salen de la cueva con espuelas y con látigos y en mulas relinchando y con patas con candelas!

—¡Mientes! Mama no decía así. ¡Estos son cristianos, como nosotros! ¡Vas a ver que mañana volverán otra vez y los verás que son cristianos! ¡Ahí verás! ¡Ahí verás!

Juan y su hermana guardaron silencio. Seguían preguntándose a si mismos por qué se llevaban al Braulio y al taita. ¿Adónde se los llevaban? ¿Los volverían a soltar? ¿Cuándo los soltarán? ¿Qué los harán?... Y la mujercita dijo, tranquilizándose:

—¿Y los otros? ¿Y los hombres y las mujeres que iban con ellos? ¿No ves? ¡Son cristianos! ¡Son cristianos! ¡Yo sé lo que te digo!

—Los otros –argumentaba en tono siempre febril y temeroso Juan–, los otros sí son cristianos. Pero no son sus compañeros. Los habrán sacado de sus chozas como al taita y al Braulio. Vas a ver que a todos los van a meter en la cueva ¡Vas a ver! ¡Antes que amanezca! Ahí adentro tienen su palacio con unos diablos de reyes. Y hacen sus fiestas. Mandan por gente para que sirvan a los reyes y vivan allí siempre. Unos se escapan, pero casi todos mueren adentro. Cuando están ya viejos los echan a las candelas para achicharrarlos vivos. Uno salió una vez y contó a su familia todo...

La hermana de Juan se había quedado dormida. Juan siguió pensando mucho rato en los gendarmes, y, cuando asomaba el día, empezó a tener frío y se durmió.

Guacapongo estaba lejos de Colca. Los gendarmes, para poder llegar a Colca a las once del día, tuvieron que andar rápido, y, con frecuencia al trote. Las familias de los «enrolados» se quedaron a menudo rezagadas. Pero los dos «enrolados», quieran o no quieran, iban al paso de las bestias. Al principio caminaron con cierta facilidad. Luego, a los pocos kilómetros recorridos, empezaron a flaquear. Les faltaban fuerzas para avanzar pareja con las bestias. Eran diestros y resistentes para correr los yanacones, mas esta vez la prueba fue excesiva.

El camino, desde Guacapongo hasta Colca, cambiaba a menudo de terreno, de anchura y de curso; pero, en general, era angosto, pedregoso, cercado de pencas y de rocas y, en su mayor parte, en zig-zags, en agudos meandros, cerradas curvas, cuestas a pico y barrancos imprevistos. Dos ríos, el Patarati y el Huayal, atravesaron sin puente. La primavera venía parca en aguas, pero las del Huayal arrastraban todo el año, en esa parte, un volumen encajonado y siempre difícil y arriesgado de pasar.

Un metido de velocidad tremendo tuvo lugar entre las bestias y los «enrolados». Los gendarmes picaban sus espuelas sin cesar y azotaban a contrapunto sus mulas. El galope fue continuo, pese a la tortuosidad y abruptos accidentes de la ruta. Las bestias, mientras fue de noche, se encabritaron muchas veces, resistiéndose a salvar un precipicio, un lodazal, un riachuelo o una valla. El sargento, furibundo, enterraba entonces sus espuelas hasta los talones en los ijares de su caballo y lo cruzaba de riendazos por las orejas y en las ancas, destapándose en ajos y cebollas.[140] Se desmontaba. Sacaba de su alforja de cuero una botella de pisco, bebía un gran trago y ordenaba a los otros gendarmes que hicieran lo propio. Luego llamaba a los deudos de los «enrolados» y les obligaban a empujar al animal. Al fin, las bestias eran empujadas. Tras de un pataleo angustioso en el lodazal, hundidos hasta el pecho, volvían a salir al otro lado del camino. ¿Y los «enrolados»? ¿Cómo salvaban éstos los malos pasos? Como las bestias. Sólo que, a diferencia de ellos, los «enrolados» no ofrecían la menor resistencia. La primera vez que estuvieron ante las gradas de un acantilado a pico y en el que no había la menor traza de camino, Isidoro Yépez osó decir al gendarme que le llevaba:

—¡Cuidado, taita! ¡Nos vamos a rodar!

—¡Calla, animal! –le contestó el gendarme, dándole un bofetón en las narices.

Un poco de sangre le salió a Isidoro Yépez. A partir de ese momento, los dos «enrolados» se sumieron en un silencio completo. Los gendarmes pronto se emborracharon. El sargento quería llegar a Colca cuanto antes, porque a las once tenía una partida de dados en el cuartel con unos amigos. Las indias y los indios que seguían a Yépez y a Conchucos, desaparecían por momentos de la comitiva, porque conocedores del terreno, y como iban a pie, abandonaban el camino real[141] para salir más pronto por otro lado, cortando la vía o a campo traviesa.[142] Lo hacían arañando los peñascos, rodando las lajas,[143] bor-

---

140   *Destaparse en ajos y cebollas*: serie de insultos y groserías.
141   *Camino real*: camino principal.
142   *A campo traviesa*: cruzando el campo, sin seguir un camino.
143   *Laja*: piedra arrancada de una roca. Lasca.

deando como cabras las cejas de las hondonadas o atravesando un río a saltos de pedrón en pedrón o a prueba de equilibrio sobre un árbol caído.

Al cruzar el Huayal, ya de día, Braulio Conchucos estuvo a punto de encontrar la muerte. Pasó tras una tenaz resistencia de su caballo, el sargento. Pasó después el gendarme que conducía a Isidoro Yépez, y, cuando la mula del segundo gendarme se vió en medio de la corriente, sus miembros vacilaron y fue arrastrada un trecho por las aguas. Estaba hundida hasta la mitad de la barriga. Las piernas del gendarme no se veían. La angustia de éste fue inmensa. Azuzaba al animal, gritándole y azotándole. El «enrolado», sumergido hasta medio pecho en el río, se mostró por su parte, impasible y tranquilo ante el peligro.

—¡Sal carajo! –le decía, poseído de horror, el gendarme–. ¡Párate bien! ¡Avanza! ¡Sal del agua! ¡Tira a la mula! ¡Tira! ¡Avanza! ¡No te dejes arrastrar!...

A una y otra orilla, los otros gendarmes lanzaban gritos de espanto y corrían enloquecidos, viendo cómo la corriente empezaba a derribar a la mula y a llevársela río abajo, con el gendarme y con el «enrolado». Sólo éste, en medio del peligro, e Isidoro Yépez, al otro lado del Huayal, permanecían mudos, serenos, inalterables. El guardia de Conchucos, en el colmo de su terror y fuera de sí, sólo atinó a abofetear a Braulio ferozmente. Conchucos, amarrado, empezó a sangrar, pero no hizo nada por salir del peligro ni pronunció palabra alguna de protesta. A Isidoro Yépez le habían dado una trompada sólo por haberlos advertido contra un riesgo de la ruta. ¿Para qué entonces hablar ni hacer nada? Los yanacones comprendían muy bien su situación y su destino. Ellos no podían nada ni eran nada por sí mismos. Los gendarmes, en cambio, eran todo y lo podían todo. Por lo demás, Braulio Conchucos perdió aquella mañana, de golpe, todo interés y todo sentimiento de la vida. Ver llegar a su choza a los soldados, de noche; ser por ellos golpeado y amarrado y sentirse perdido para siempre, todo no fue sino uno. Le llevarían no se sabe dónde, como a otros yanacones mozos, y para no soltarlos nunca. ¿Qué más daba entonces perecer ahogado o de cualquiera otra suerte? Además, Braulio Conchucos e Isidoro Yépez concibieron bruscamente por los gendarmes un rencor sordo y tempestuoso. De modo oscuro se daban cuenta que, cualquiera que fuese su condición de simples instrumentos o ejecutores de una voluntad que ellos desconocían y no alcanzaban a figurarse, algo suyo ponían los gendarmes en su crueldad y alevosía. Braulio Conchucos experimentaba ante el miedo del gendarme, una satisfacción recóndita. ¡Y si el agua se los habría llevado, en buena hora! ¿No estaba ya viendo Braulio que la sangre que corría de su boca, se la llevaba el agua? Sintió luego un chicotazo que le cruzó varias veces la cara y ya no vió más. Un ojo se le tapó. Entonces vaciló todo su cuerpo. Durante un instante la mula y el «enrolado» temblaron como arrancados tallos, a merced de la corriente. Pero el gendarme, loco de espanto, siguió azotando con todas sus fuerzas al animal y al yanacón. Los chicotazos llovieron sobre las cabezas de Braulio y de la mula.

—¡Carajo! –vociferaba aterrado el gendarme–. ¡Mula! ¡Mula! ¡Anda indio e mierda! ¡Anda! ¡Anda!...

Un postrero esfuerzo de la bestia y ésta alcanzó a ganar el otro borde del Huayal, con su doble carga del gendarme y de Conchucos. Reanudóse la marcha. El sol empezó a quemar. Pasado el Huayal, el camino se paró en una cuesta larga, interminable. Pero el sargento picó más espuelas y blandió más su látigo. Paso a paso subían, aunque sin detenerse, los animales, y junto a ellos, los dos «enrolados». Una que otra vez solamente se paró la comitiva. ¿Por qué? ¿Eran las mulas que ya no podían? ¿Eran los yanacones, que ya no podían? ¿Eran mulas y «enrolados» que ya no podían?

—¡Te haces el cojudo por no caminar! –decían los gendarmes a los yanacones–. ¡Anda, carajo! ¡Anda nomás! ¡Avanza y no te cuelgues de la mula! ¡Anda o te muelo a riendazos!

Los «enrolados» y las bestias sudaban y jadeaban. El pelambre de las mulas se encrespó, arremolinándose en mil rizos y flechas. Por el pecho y por los ijares[144] corría el sudor y goteaba. Mascaban el freno las bestias, arrojando abundante espuma. Los cascos delanteros resbalaban en las lajas o, inmovilizados un instante, se cimbraban arqueándose y doblándose. La cabeza del animal se alargaba entonces, echando las orejas atrás, hasta rozar los belfos[145] el suelo. Las narices se abrían desmesuradas, rojas, resecas. Paro el cansancio era mayor en Yépez y en Conchucos. Lampiños[146] ambos, la camisa de cotón[147] negra de mugre, sin sombrero bajo el sol abrasador, los encallecidos pies en el suelo, los brazos atados hacia atrás, amarrados por la cintura con un lazo de cuero al pescuezo de las mulas, ensangrentados –Conchucos, con un ojo hinchado y varias ronchas en la cara–, los «enrolados» subían la cuesta cayendo y levantando. ¿Cayendo y levantando? ¡No podían ni siquiera caer! Al final de la cuesta, sus cuerpos exánimes, agotados, perdieron todas las fuerzas y se dejaban arrastrar inertes, como palos o piedras, por las mulas. La voluntad vencida por la inmensa fatiga, los nervios sin motor, los músculos laxos, demolidas las articulaciones y el corazón amodorrado por el calor y el esfuerzo de cuatro horas seguidas de carrera, Braulio Conchucos e Isidoro Yépez no eran más que dos retazos de carne humana, más muertos que vivos, colgados y arrastrados casi en peso y al azar. Un sudor frío los bañaba. De su bocas abiertas, salían espumarajos y sangre mezclados. Yépez empezó a despedir un olor nauseabundo y pestilente. Por sus tobillos descendía una sustancia líquida y amarilla. Relajadas por la mortal fatiga y en desgobierno todas sus funciones, estaba defecando y orinándose el conscripto.

---

144   *Ijar*: ijada. Cada uno de los dos espacios situados entre las falsas costillas y los huesos de la cadera; se emplea especialmente hablando de animales.
145   *Belfos*: labios del animal.
146   *Lampiño*: se aplica a un hombre que no tiene barba o a un muchacho al que todavía no le ha salido.
147   *Cotón*: tela de algodón estampada de varios colores.

—¡Se está cagando este carajo! –vociferó el gendarme que le llevaba, y se tapó las narices.

Los gendarmes se echaron a reír y picaron más espuelas.

Cuando los curiosos se acercaron a Isidoro Yépez, ante la Subprefectura de Colca, también se reían y se alejaban al punto, sacando sus pañuelos. Pero cuando se acercaron a Braulio Conchucos, se quedaban viendo largamente su rostro doloroso y desfigurado. Algunas mujeres del pueblo se indignaron y murmuraban palabras de protesta. Un revuelo tempestuoso se produjo inmediatamente entre la multitud. Los gendarmes le habían lavado la cara a Conchucos en una acequia, antes de entrar a Colca, pero las contusiones y la hinchazón del ojo resaltaron más. También los soldados reanimaron a los «enrolados», metiéndoles la cabeza largo tiempo en el agua fría. Así pudieron Yépez y Conchucos despertar de su coma y penetrar al pueblo andando.

—¡Les han pegado los gendarmes! –gritaba la muchedumbre–. ¡Véanlos cómo tienen las caras! ¡Están ensangrentados! ¡Están ensangrentados! ¡Qué lisura![148] ¡Bandidos! ¡Criminales! ¡Asesinos!

Muchos vecinos de Colca se mostraban quemados de cólera. Una piedad unánime cundió en el pueblo. La ola de indignación colectiva llegó hasta los pies de la Junta Conscriptora Militar. El subprefecto Luna, dando un paso hacia la vereda, lanzó un grito colérico sobre la multitud:

—¡Silencio! ¿Qué quieren? ¿Qué dicen? ¿Por qué alegan?...

Se le acercó el alcalde Parga.

—¡No haga usted caso, señor subprefecto! –le dijo, tomándolo del brazo–. ¡Venga usted! ¡Venga usted con nosotros!

—¡No, no! –gruñó violentamente el subprefecto, en quien las copas de pisco apuradas con «Marino Hermanos» habían producido una embriaguez furiosa.

Luna se irguió todo lo que pudo al borde de la acera y dijo al sargento, que estaba frente a él, esperando sus órdenes:

—¡Tráigame a los «enrolados»! ¡Hágalos entrar!

—¡Muy bien, su señoría! –respondió el sargento, y transmitió la orden a los gendarmes.

Los «enrolados» fueron desatados de los pescuezos de las mulas e introducidos al despacho de la Junta Conscriptora Militar. Siempre amarrados los brazos atrás y sujetos por la cintura con el lazo de cuero, Yépez y Conchucos avanzaron penosamente, empujados y sacudidos por sus guardias. La muchedumbre, al verlos cárdenos, silenciosos, las cabezas caídas, los cuerpos desfallecientes, casi agónicos, se agitó en un solo movimiento de protesta.

—¡Asesinos! –gruñían hombres y mujeres–. ¡Ahí van casi muertos! ¡Casi muertos! ¡Bandidos! ¡Asesinos!...

Las familias de los yanacones quisieron entrar al despacho del subprefecto, tras de los «enrolados», pero los gendarmes se lo impidieron.

---

148 *Lisura*: acto o dicho propios de una persona descarada. Atrevimiento, desparpajo.

—¡Atrás! –gritó con sorda ira el sargento, desenvainando amenazadora-
mente su espada.

Una vez que Yépez y Conchucos penetraron, un cordón de gendarmes,
rifle en mano, cerraron la entrada a todo el mundo. Algunas amenazas, im-
properios e insultos dirigieron los gendarmes al pueblo.

—¡Animales! ¡Bestias! ¡No saben ustedes lo que dicen! ¡Ni lo que hacen! ¡Imbéciles! ¡Todos ustedes no son sino unas mulas!... ¡Qué saben nada
de nada! ¡Serranos sucios! ¡Ignorantes!

La mayoría de los gendarmes eran costeños. De aquí que se expresasen
así de los serranos. Los de la costa del Perú sienten un desprecio tremendo e
insultante por los de la sierra y la montaña, y éstos devuelven el desprecio con
un odio subterráneo, exacerbado.

Agolpada a la puerta de la Subprefectura, y detenida por los rifles de los
gendarmes, bullía en creciente indignación la multitud. Un diálogo huraca-
nado se produjo entre la fuerza armada y el pueblo.

—¿Por qué les pegan así? ¿Por qué?

—Porque quisieron escaparse. Porque nos atacaron a piedras de sus chozas... ¡Indios salvajes! ¡Criminales!

—¡No, no! ¡Mienten!

—¡Pues, entonces, porque se me da la gana!...

—¡Asesinos! ¿Por qué los traen presos?

—¡Porque se me da la gana!

—¡Qué conscriptos ni conscriptos! ¡Cuando después se los llevan a trabajar a las haciendas y a las minas y les sacan su platita y les quitan sus terre-
nitos y animalitos! ¡Ladrones! ¡Ladrones! ¡Ladrones!...

Un gendarme lanzó un grito furibundo:

—¡Bueno, carajo! ¡Silencio! ¡O les meto bala!...

Levantó su rifle e hizo ademán de apuntar al azar sobre la muchedumbre, la cual respondió a la amenaza con un clamor inmenso. Apareció a la
puerta del despacho subprefectural, el alcalde Parga.

—¡Señores! –dijo con un respeto protocolar, que escondía sus temores–.
¿Qué pasa? ¿Qué sucede? ¡Calma! ¡Calma! ¡Serenidad, señores!

Un hombre del pueblo emergió entonces de entre la muchedumbre y, aba-
lanzándose sobre el alcalde Parga, le dijo muy emocionado, pero con energía:

—¡Señor alcalde! ¡Señor alcalde! El pueblo quiere ver en qué queda todo
esto, y pide...

Los gendarmes lo agarraron por los brazos y le taparon la boca para im-
pedirle que continuase hablando. Pero el viejo y astuto alcalde de Colca ordenó que le dejasen hablar.

—¡El pueblo, señor, pide que se haga justicia!

—¡Sí!... ¡Sí!... ¡Sí!... –coreó la multitud–. ¡Justicia! ¡Justicia contra los que
les han pegado! ¡Justicia contra los asesinos!

El alcalde palideció.

—¿Quién es usted? –se agachó a preguntar al audaz que así le habló–. ¡Pase usted! ¡Pase usted al despacho! Entre usted y ya hablaremos.

El hombre del pueblo penetró al despacho subprefectural. Pero para hacer valer los derechos ciudadanos, ¿quién era este hombre de audacia extraordinaria? La acción popular ante las autoridades no era fenómeno frecuente en Colca. El subprefecto, el alcalde, el juez, el médico, el cura, los gendarmes, gozaban de una libertad sin límites en el ejercicio de sus funciones. Ni vindicta pública ni control social se practicaba nunca en Colca respecto de esos funcionarios. Más todavía. El más abominable y escandaloso abuso de la autoridad, no despertaba en el pueblo sino un oscuro, vago y difuso malestar sentimental. La impunidad era en la historia de los delitos administrativos y comunales cosa tradicional y corriente en la provincia. Pero he aquí que ahora ocurría algo nuevo y jamás visto. El caso de Yépez y Conchucos sacudió violentamente a la masa popular, y un hombre salido de ésta se atrevía a levantar la voz, pidiendo justicia y desafiando la ira y la venganza de las autoridades. ¿Quién era, pues, ese hombre?

Era Servando Huanca, el herrero. Nacido en las montañas del Norte, a las orillas del Marañón, vivía en Colca desde hacía unos dos años solamente. Una singular existencia llevaba. Ni mujer ni parientes. Ni diversiones ni muchos amigos. Solitario más bien, se encerraba todo el tiempo en torno a su forja, cocinándose él mismo. Era un tipo de indio puro: salientes pómulos, cobrizo, ojos pequeños, hundidos y brillantes, pelo lacio y negro, talla mediana y una expresión recogida y casi taciturna. Tenía unos treinta años. Fue uno de los primeros entre los curiosos que habían rodeado a los gendarmes y a los yanacones. Fue el primero asimismo que gritó a favor de estos últimos ante la Subprefectura. Los demás habían tenido miedo de intervenir contra ese abuso. Servando Huanca los alentó, haciéndose él guía y animador del movimiento. Otras veces ya, cuando vivió en el valle azucarero de Chicama, trabajando como mecánico, fue testigo y actor de parecidas jornadas del pueblo contra los crímenes de los mandones. Estos antecedentes y una dura experiencia que, como obrero, había recogido en los diversos centros industriales por los que, para ganarse la vida, hubo pasado, encendieron en él un dolor y una cólera crecientes contra la injusticia de los hombres. Huanca sentía que en ese dolor y en esa cólera no entraban sus intereses personales sino en poca medida. Personalmente, él, Huanca, había sufrido raras veces los abusos de los de arriba. En cambio, los que él vió cometerse diariamente contra otros trabajadores y otros indios miserables, fueron inauditos e innumerables. Servando Huanca se dolía, pues, y rabiaba, más por solidaridad o, si se quiere, por humanidad, contra los mandones –autoridades o patrones– que por causa propia y personal. También se dio cuenta de esta esencia solidaria y colectiva de su dolor contra la injusticia, por haberla descubierto también en los otros trabajadores cuando se trataba de abusos y delitos perpetrados en la persona de los demás. Por último, Servando Huanca llegó a unirse algunas veces con sus compañeros de trabajo y de dolor, en pequeñas asociaciones o sindicatos rudimentarios, y allí le dieron periódicos y folletos en que leyó tópicos y cuestiones relacionadas con esa injusticia que él conocía y con los modos que deben emplear los que la sufren, para luchar contra ella y hacerla desaparecer del mundo. Era un convencido de que había que protestar siempre y con energía contra la injusticia, dondequiera que ésta se manifieste. Desde entonces, su espíritu, reconcentrado y herido, rumiaba día y noche estas ideas y esta voluntad de rebelión. ¿Poseía ya Servando Huanca una conciencia clasista? ¿Se daba cuenta de ello? Su sola táctica de lucha se reducía a dos cosas muy simples: unión de los que sufren las injusticias sociales y acción práctica de masas.

— ¿Quién es usted? —le preguntó enfadado el subprefecto Luna a Huanca, al verle entrar a su despacho, introducido por el alcalde Parga.

—Es el herrero Huanca —respondió Parga, calmando at subprefecto—. ¡Déjelo! ¡Déjelo! ¡No importa! Quiere ver a los conscriptos, que dice que están muertos, y que es un abuso...

Luna le interrumpió, dirigiéndose, exasperado, a Huanca:

— ¡Qué abuso ni abuso, miserable! ¡Cholo bruto! ¡Fuera de aquí!

— ¡No importa, señor subprefecto! —volvió a interceder el alcalde—. ¡Déjelo! ¡Le ruego que le deje! ¡Quiere ver lo que tienen los conscriptos! ¡Que los vea! ¡Ahí están! ¡Que los vea!

— ¡Sí, señor subprefecto! —añadió con serenidad el herrero—. ¡El pueblo lo pide! Yo vengo enviado por la gente que está afuera.

El médico Riaño, tocado en su liberalismo, intervino:

—Muy bien —dijo a Huanca ceremoniosamente—. Está usted en su derecho, desde que el pueblo lo pide. ¡Señor subprefecto! —dijo, volviéndose a Luna en tono protocolar—. Yo creo que este hombre puede seguir aquí. No nos incomoda de ninguna manera. La sesión de la Junta Conscriptora puede, a mi juicio, continuar. Vamos a examinar el caso de estos «enrolados»...

—Así me parece —dijo el alcalde—. Vamos, señor subprefecto, ganando tiempo. Yo tengo que hacer...

El subprefecto meditó un instante y volvió a mirar al juez y al gamonal Iglesias, y, luego, asintió.

—Bueno —dijo—. La sesión de la Junta Conscriptora Militar, continúa.

Cada cual volvió a ocupar su puesto. A un extremo del despacho, estaban Isidoro Yépez y Braulio Conchucos, escoltados por dos gendarmes y sujetos siempre de la cintura por un lazo. Los gendarmes mostraban una lividez mortal. Miraban con ojos lejanos y con una indiferencia calofriante y vecina de la muerte, cuanto sucedía en torno de ellos. Braulio Conchucos estaba muy agotado. Respiraba con dificultad. Sus miembros le temblaban. La cabeza se le doblaba como la de un moribundo. Por momentos se desplomaba, y habría caído, de no estar sostenido casi en peso por el guardia.

Junto a los yanacones se paró Servando Huanca, el sombrero en la mano, conmovido, pero firme y tranquilo.

Al sentarse todos los miembros de la Junta Conscriptora Militar, llegó de la plaza un vocerío ensordecedor. El cordón de gendarmes, apostado a la puerta, respondió a la multitud con una tempestad de insultos y amenazas. El sargento saltó a la vereda y esgrimió su espada con todas sus fuerzas sobre las primeras filas de la muchedumbre.

—¡Carajo! –aullaba de rabia–. ¡Atrás! ¡Atras! ¡Atrás!

El subprefecto Luna ordenó en un gruñido:

—¡Sargento! ¡Imponga usted el orden, cueste lo que cueste! ¡Yo se lo autorizo!...

Un largo sollozo estalló a la puerta. Eran las tres indias, abuela, madre y hermana de Isidoro Yépez, que pedían de rodillas, con las manos juntas, se les dejase entrar. Los gendarmes las rechazaban con los pies y las culatas de sus rifles.

El subprefecto Luna, que presidía la sesión, dijo:

—Y bien, señores. Como ustedes ven, la fuerza acaba de traer a dos «enrolados» de Guacapongo. Vamos, pues, a proceder, conforme a la ley, a examinar el caso de estos hombres, a fin de declararlos expeditos para marchar a la capital del departamento, en el próximo contingente de sangre de la provincia. En primer lugar, lea usted, señor secretario, lo que dice la Ley de Servicio Militar Obligatorio, acerca de los «enrolados».

El secretario –oado leyó en un folleto verde:

—«Título Cuarto–De los "enrolados".– Artículo 46: Los peruanos comprendidos entre la edad de diecinueve y veintidós años, y que no cumplieran el deber de inscribirse en el registro del Servicio Militar Obligatorio de la zona respectiva, serán considerados como "enrolados".– Artículo 47: Los "enrolados" serán perseguidos y obligados por la fuerza a prestar su servicio militar, inmediatamente de ser capturados y sin que puedan interponer o hacer valer ninguno de los derechos, excepciones o circunstancias atenuantes acordadas a los conscriptos en general y contenidas en el artículo 29, título segundo de esta Ley.– Artículo 48:...»

—Basta –interrumpió con énfasis el juez Ortega–. Yo opino que es inútil la lectura del resto de la Ley, puesto que todos los señores miembros de la Junta la conocen perfectamente. Pido al señor secretario abra el registro militar, a fin de ver si allí figuran los nombres de estos hombres.

—Un momento, doctor Ortega –argumentó el alcalde Parga–. Convendrá saber antes la edad de los «enrolados».

—Sí –asintió el subprefecto–. A ver... –añadió, dirigiéndose paternalmente a Isidoro Yépez–. ¿Cuántos años tienes, tú? ¿Cómo te llamas, en primer lugar?

Isidoro Yépez pareció volver de un sueño, y respondió con voz débil y amedrentada:

—Me llamo Isidoro Yépez, taita.

—¿Cuántos años tienes?

—Yo no sé, pues, taita. Veinte o veinticuatro, quién sabe, taita...

—¿Cómo «no sé»? ¿Qué es eso de «no sé»? ¡Vamos! ¿Di, cuántos años tienes? ¡Habla! ¡Di la verdad!

—No lo sabe ni él mismo –dijo con piedad y asqueado el doctor Riaño–. Son unos ignorantes. No insista usted, señor subprefecto.

—Bueno –continuó Luna, dirigiéndose a Yépez–. ¿Estás inscrito en el Registro Militar?

El yanacón abrió más ojos, tratando de comprender lo que le decía Luna, y respondió maquinalmente:

—Escriptu, pues, taita, en tus escritus.

El subprefecto renovó su pregunta, golpeando la voz:

—¡Animal! ¿No entiendes lo que te digo? Dime si estás inscrito en el Registro Militar.

Entonces Servando Huanca intervino:

—¡Señores! –dijo el herrero con calma y energía. Este hombre ¡se refería a Yépez¿ es un pobre indígena ignorante. Ustedes están viéndolo. Es un analfabeto. Un inconsciente. Un desgraciado. Ignora cuántos años tiene. Ignora si está o no inscrito en el Registro Militar. Ignora todo, todo. ¿Cómo, pues, se le va a tomar como «enrolado», cuando nadie le ha dicho nunca que debía inscribirse, ni tiene noticia de nada, ni sabe lo que es registro militar obligatorio, ni patria, ni Estado, ni Gobierno?...

—¡Silencio! –gritó colérico el juez Ortega, interrumpiendo a Huanca y poniéndose de pie violentamente–. ¡Basta de tonterías!

En ese momento, Braulio Conchucos estiró el cuerpo, y tras de unas convulsiones y de un breve colapso, súbitamente se quedó inmóvil en los brazos del gendarme. El doctor Riaño acudió, le animo ligeramente y dijo con un gran desparpajo profesional:

—Está muerto. Está muerto.

Braulio Conchucos cayó lentamente al suelo.

Servando Huanca dio entonces un salto a la calle entre los gendarmes, lanzando gritos salvajes, roncos de ira, sobre la multitud:

—¡Un muerto! ¡Un muerto! ¡Un muerto! ¡Lo han matado los soldados! ¡Abajo el subprefecto! ¡Abajo las autoridades! ¡Viva el pueblo! ¡Viva el pueblo!

Un espasmo de unánime ira atravesó de golpe a la muchedumbre.

—¡Abajo los asesinos! ¡Mueran los criminales! –aullaba el pueblo–. ¡Un muerto!

La confusión, el espanto y la refriega fueron instantáneos. Un choque inmenso se produjo entre el pueblo y la gendarmería. Se oyó claramente la voz del subprefecto, que ordenaba a los gendarmes:

—¡Fuego! ¡Sargento! ¡Fuego! ¡Fuego!...

La descarga de fusilería sobre el pueblo fue cerrada, larga, encarnizada. El pueblo, desarmado y sorprendido, contestó y se defendió a pedradas e invadió el despacho de la Subprefectura. La mayoría huyó, despavorida. Aquí y allí cayeron muchos muertos y heridos. Una gran polvareda se produjo. El cierre de las puertas fue instantáneo. Luego, la descarga se hizo rala, y luego, más espaciada.

Todo no duró sino unos cuantos segundos. Al fin de la borrasca, los gendarmes quedaron dueños de la ciudad. Recorrían enfurecidos la plaza, echando siempre bala al azar. Aparte de ellos, la plaza quedó abandonada y como un desierto. Sólo la sembraban de trecho en trecho[149] los heridos y los cadáveres. –ajo el radiante y alegre sol de mediodía, el aire de Colca, diáfano y azul, se saturó de sangre y de tragedia. Unos gallinazos revolotearon sobre el techo de la Iglesia.

El médico Riaño y el gamonal Iglesias salieron de una bodega de licores. Poco a poco fue poblándose de nuevo la plaza de curiosos. José Marino buscaba a su hermano angustiosamente. Otros indagaban por la suerte de distintas personas. Se preguntó con ansiedad por el subprefecto, por el juez y por el alcalde. Un instante después, los tres, Luna, Ortega y Parga, surgían entre la multitud. Las puertas de las casas y las tiendas, volvieron a abrirse. Un murmullo doloroso llenaba la plaza. En torno a cada herido y a cada cadáver se formó un tumulto. Aunque el choque había ya terminado, los gendarmes y, señaladamente, el sargento, seguían disparando sus rifles. Autoridades y soldados se mostraron poseídos de una ira desenfrenada y furiosa, dando voces y gritos vengativos. De entre la multitud, se destacaban algunos comerciantes, pequeños propietarios, artesanos, funcionarios y gamonales –el viejo Iglesias a la cabeza de éstos–, y se dirigían al subprefecto y demás autoridades, protestando en voz alta contra el levantamiento del populacho y ofreciéndoles una adhesión y un apoyo decididos e incondicionales para restablecer el orden público.

—Han sido los indios, de puro brutos, de puro salvajes –exclamaba indignada la pequeña burguesía de Colca.

—Pero alguien los ha empujado –replicaban otros–. La plebe es estúpida, y no se mueve nunca por sí sola.

El subprefecto dispuso que se recogiese a los muertos y a los heridos y que se formase inmediatamente una guardia urbana nacional de todos los ciudadanos conscientes de sus deberes cívicos, a fin de recorrer la población en compañía de la fuerza armada y restablecer las garantías ciudadanas. Así fue. A la cabeza de este doble ejército iban el subprefecto Luna, el alcalde Parga, el juez Ortega, el médico Riaño, el hacendado Iglesias, los hermanos Mari-

149 *De trecho en trecho.*: con intervalos de espacio.

no, el secretario subprefectural –oado, el párroco Velarde, los jueces de paz, el preceptor, los concejales, el gobernador y el sargento de la gendarmería.

En esta incursión por todas las calles y arrabales de Colca, la gendarmería realizó numerosos prisioneros de hombres y mujeres del pueblo. El subprefecto y su comitiva penetraban en las viviendas populares, de grado o a la fuerza, y, según los casos, apresaban a quienes se suponía haber participado, en tal o cual forma, en el levantamiento. Las autoridades y la pequeña burguesía hacían responsable de lo sucedido al bajo pueblo, es decir, a los indios. Una represión feroz e implacable se inició contra las clases populares. Además de los gendarmes, se armó de rifles y carabinas un considerable sector de ciudadanos y, en general, todos los acompañantes del subprefecto, llevaban, con razón o sin ella, sus revólveres. De esta manera, ningún indio sindicado en el levantamiento pudo escapar al castigo. Se desfondaba de un culatazo una puerta, cuyos habitantes huían despavoridos. Los buscaban y perseguían entonces revólver en mano, por los techos, bajo las barbacoas y cuyeros,[150] en los terrados,[151] bajo los albañales.[152] Los alcanzaban, al fin, muertos o vivos. Desde la una de la tarde, en que se produjo el tiroteo, hasta medianoche, se siguió disparando sobre el pueblo sin cesar. Los más encarnizados en la represión fueron el juez Ortega y el cura Velarde.

—Aquí, señor subprefecto –rezongaba rencorosamente el párroco–; aquí no cabe sino mano de hierro. Si usted no lo hace así, la indiada puede volver a reunirse esta noche y apoderarse de Colca, saqueando, robando, matando...

A las doce de la noche, el Estado Mayor de la guardia urbana, y, a la cabeza de él el subprefecto Luna, estaba concentrado en los salones del Concejo Municipal. Después de un cambio de ideas entre los principales personajes allí reunidos, se acordó comunicar por telégrafo lo sucedido a la Prefectura del Departamento. El comunicado fue así concebido y redactado: «Prefecto. Cuzco.– Hoy una tarde, durante sesión Junta Conscriptora Militar provincia, fue asaltada bala y piedras Subprefectura por populacho amotinado y armado. Gendarmería restableció orden respetando vida intereses ciudadanos. Doce muertos y dieciocho heridos y dos gendarmes con lesiones graves. Investigo causas y fines asonada. Acompáñanme todas clases sociales, autoridades, pueblo entero. Tranquilidad completa. Comunicaré resultado investigaciones proceso judicial sanción y castigo responsables triste acontecimiento. Pormenores correo. (Firmado). Subprefecto Luna».

Después, el alcalde Parga ofreció una copa de coñac a los circunstantes, pronunciando un breve discurso.

—¡Señores! –dijo, con su copa en la mano–. En nombre del Concejo Municipal, que tengo el honor de presidir, lamento los desgraciados acontecimientos de esta tarde y felicito al señor subprefecto de la provincia por la corrección, justicia y energía con que ha devuelto a Colca el orden, la libertad y las garantías ciudadanas. Asimismo, interpretando los sentimientos e ideas

---

150 *Cuyero*: lugar donde se cría o se encierra el cuy.
151 *Terrado*: cubierta plana de una casa. Azotea, terraza.
152 *Albañal*: cauce o conducto por donde desaguan aguas sucias o residuales. Alcantarilla. Desagüe.

de todos los señores presentes –dignos representantes del comercio, la agricultura y administración pública–, pido al señor Luna reprima con toda severidad a los autores y responsables del levantamiento, seguro de que así le seremos más agradecidos y de que lo acompaña lo mejor de la sociedad de Colca. ¡Señores: por nuestro libertador, el subprefecto señor Luna, salud!

Una salva de aplausos premió el discurso del viejo Parga y se apuró el coñac. El subprefecto contestó en estos términos:

—Señor alcalde: Muy emocionado por los inmerecidos elogios que me habéis brindado, yo no tengo sino que agradeceros. Verdaderamente, yo no he hecho sino cumplir con mi deber. He salvado a la provincia de los desmanes y crímenes del populacho enfurecido, ignorante e inconsciente. Eso es todo lo que he hecho por vosotros. Nada más señores. Yo también lamento lo sucedido. Pero estoy resuelto a castigar sin miramiento y sin compasión a los culpables. Lo que ha hecho la gendarmería no es nada. Yo les haré comprender a estos indios brutos y salvajes que así nomás no se falta a las autoridades. Yo os prometo castigarlos, hasta el último. ¡Salud!

La ovación a Luna fue resonante y viril, como su propio discurso. Muchos abrazaron al alcalde y al subprefecto, felicitándolos emocionados. Se sirvió otra copa. Pronunciaron otros discursos el juez Ortega, el cura Velarde y el doctor Riaño, todos condenando al bajo pueblo y reclamando contra él un castigo ejemplar. Los hermanos Marino y el hacendado Iglesias, expresándose mitad en discurso y mitad en diálogo, pedían con insistencia una represión sin piedad contra la indiada. Iglesias dijo en tono vengativo:

—Hay que agarrar al herrero, que era el más listo, y el que empujó a los otros. Debe de haber huído. Pero hay que perseguirlo y darle una gran paliza al hijo de puta...

José Marino argumentaba:

—¡Qué paliza ni paliza! ¡Hay que meterle un plomo en la barriga! ¡Es un cangrejo! ¡Un loco de mierda!

—Yo creo que ha caído muerto en la plaza –apuntó tímidamente el secretario –oado.

El subprefecto rectificó.

—No. Fue el primero en escapar, al primer tiro. Pero hay que agarrarlo. ¡Sargento! –llamó en alta voz.

El sargento acudió y saludó, cuadrándose:

—¡Su señoría!

—¡Hay que buscar al herrero Huanca sin descanso! ¡Hay que encontrarlo a cualquier precio. Dondequiera que se halle, hay que «comérselo». ¡Un tiro en las tripas y arreglado! ¡Sí! ¡Haga usted lo posible por traerme su cadáver! ¡Yo ya le he dicho que su ascenso a alférez es un hecho!

—Muy bien, su señoría –respondió con entusiasmo el sargento–. Yo cumpliré sus órdenes. ¡Pierda usted cuidado!

De cuando en cuando se oía a lo lejos, y en el silencio de la noche, disparos de revólver y de carabinas, hechos por los grupos de la guardia urbana, que rondaban la ciudad. En los salones municipales, las copas de coñac se repetían, y el cura Velarde, el subprefecto Luna y José Marino empezaron a dar signos de embriaguez. Una espesa humareda de cigarros llenaba la atmósfera. La reunión se hacía cada vez más alegre. Al tema del tiroteo, sucedieron muy pronto otros rientes y picarescos. En un grupo formado por el sargento, un gendarme y un juez de paz, éste exclamaba un poco borracho ya y muy colorado:

—¡Pero qué indios tan idiotas!

El sargento decía jactancioso:

—¡Ah! ¡Pero yo los he jodido! Apenas vi al herrero saltar a la plaza gritando: «¡Un muerto!», «¡Un muerto!», le dí a un viejo que estaba a mi lado un soberbio culatazo en la frente y lo dejé tieso. Después me retiré un poco atrás y empecé a disparar mi rifle sobre la indiada, como una ametralladora: ¡ran!, ¡ran!, ¡ran!, ¡ran! ¡Carajo!

Yo no sé cuántos cayeron con mis tiros. Pero lo que yo sé es que no vi sino una polvareda de los diablos y vacié toda mi canana... ¡Ah! ¡Carajo! ¡Yo me he «comido», yo solamente, lo menos siete, sin contar los heridos!...

—¡Y yo! –exclamó con orgullo el gendarme–. ¡Y yo! ¡Carajo! Yo no les dejé a los indios ni siquiera menearse. Antes que tirasen ni una sola piedra, yo me habla «comido» ya dos, a boca de jarro, ahí nomás, junto a mí. Uno de ellos fue una india que desde hacía rato me estaba jodiendo con que «(¡patroncito, patroncito!» De un culatazo en la panza, la dejé seca... El otro se me arrodilló a pedirme perdón y a llorar, pero le quebré las costillas de un solo culatazo...

El juez de paz les oía poseído de un horror que no podía ocultar. Sin embargo, decía entusiasmado a los soldados:

—¡Bien hecho! ¡Bien hecho! ¡Indios brutos! ¡Animales! ¡Lo que debía haber hecho es «tirarse» al cholo Huanca! ¡Qué lástima de haberlo dejado vivo! ¡Caramba!

—¡Ah! –juraba el sargento, moviendo las manos–. ¡Ah! ¿Ese? ¡Ya verán ustedes! ¡Ya verán ustedes cómo me lo «como»! ¡Déjenlo a mi cargo! El subprefecto me ha dicho que si yo le traigo el cadáver del herrero, que cuente con mi ascenso a oficial...

Pero una conversación más importante aún se desarrollaba en ese momento entre los hermanos Marino y el subprefecto Luna. José Marino habla llamado aparte a Luna, tomándole afectuosamente por un brazo:

—¡Permítame, querido subprefecto! –le dijo.– Quiero tomar una copa con usted.

Mateo Marino sirvió tres copas y los tres hombres se fueron a un rincón, copa en mano.

—¡Mire usted! –dijo José Marino en voz baja al subprefecto–. Yo, ya lo sabe usted, soy su verdadero amigo, su amigo de siempre. Yo se lo he probado varias veces. Mi simpatía por usted ha sido siempre grande y sincera. Muchas veces, sin que usted lo sepa –a mí no me gusta decir a nadie lo que yo hago por él–, muchas veces he conversado con místers Taik y Weiss en Quivilca sobre usted. Ellos le tienen mucho aprecio. ¡Ah! ¡Sí! A mí me consta. A mí me consta que están muy contentos con usted. ¡Muy contentos! Algunos de aquí –dijo, aludiendo con un gesto a los personajes allí reunidos– le han escrito a míster Taik repetidas veces contra usted...

—¡Sí! ¡Sí! –dijo sonriendo con suficiencia Luna–. Ya me lo han dicho. Ya lo sabía...

—Le han escrito chismeándolo y poniéndolo mal y diciéndole que usted no es más que un agente del diputado doctor Urteaga y que aquí no hace usted más que servir a Urteaga en contra de la «Mining Society»...

El subprefecto sonreía con despecho y con rabia. José Marino añadió, irguiéndose y en tono protector:

—Yo, naturalmente, lo he defendido a usted a capa y espada. Hay más todavía. Míster Taik estaba ya creyendo esos chismes y un día me hizo llamar a su escritorio y me dijo: «Señor Marino: Lo he hecho llamar a mi escritorio para hablar con usted sobre un asunto muy grave y muy secreto. Siéntese y contésteme lo que voy a preguntarle. ¿Cómo se porta con ustedes en Colca el subprefecto Luna? Hágame el favor de contestarme con entera franqueza. Porque me escriben de Colca tantas cosas contra Luna, que, francamente, no sé lo que hay en todo esto de cierto. Por eso quiero que usted me diga sinceramente cómo se conduce Luna con ustedes. ¿Les presta toda clase de facilidades para el enganche de peones? ¿Los apoya y está con ustedes? Porque la «Mining Society» hizo nombrar a Luna subprefecto con el único fin de tener la gendarmería a nuestro servicio para lo que toca a la peonada. Usted lo sabe muy bien. El resto es de menor importancia: que Luna está siempre con los correligionarios políticos de Urteaga; que se emborracha con quien quiere, eso no significa nada».

Así me dijo el gringo. Estaba muy enojado. Yo le dije entonces que usted se portaba correctamente con nosotros y que no teníamos nada de qué quejamos. «Porque –me dijo el gringo–, si Luna no se porta bien con ustedes, yo comunico esto inmediatamente a nuestro escritorio de Lima, para hacerlo destituir en el día. Usted comprende que nuestra empresa representa intereses muy serios en el Perú y no estamos dispuestos a ponerlos a merced de nadie». Así me dijo el gringo. Pero yo le contesté que esos chismes no eran ciertos y que usted era nuestro, completamente nuestro...

—Yo sé –dijo Mateo Marino–, yo sé quiénes le escriben eso a los yanquis...

—¡Bueno! ¡Bueno! –añadió vivamente José Marino–. Pero, en resumen, lo que hay es que los yanquis ya tienen la pulga en la oreja y que hay que tener mucho cuidado...

—¡Pero si todo eso es mentira! –exclamaba Luna–. Ustedes, más que nadie, son testigos de mi lealtad absoluta y de mi devoción incondicional a míster Taik...

—¡Naturalmente! –decía José Marino, echando la barriga triunfalmen-
te–. Por eso, precisamente, lo defendí a usted en toda la línea, y míster Taik
me dijo: «Bueno, señor Marino: su respuesta, que yo la creo franca, me basta».

—¡Muy bien! ¡Muy bien! –exclamó Mateo Marino.

El subprefecto Luna, emocionado, respondió a José Marino:

—Yo le agradezco muy de veras, mi querido don José. Y ya sabe usted
que soy su amigo sincero, decidido a hacer por ustedes todo lo que pueda. Dí-
ganme solamente lo que quieren y yo lo haré en el acto. ¡En el acto! ¡Sí!
¡Como ustedes lo oyen!

—¡Muy bien! ¡Pero muy bien! –volvió a decir Mateo Marino–. ¡Y, por
eso, señor subprefecto, bebamos esta copa!

—¡Sí, por usted! –brindó José Marino, dirigiéndose a Luna–. ¡Por nuestra grande y noble amistad! ¡Salud!

—¡Por eso! ¡Por «Marino Hermanos»! –decía el subprefecto, ¡Salud! ¡Y
por misters Taik y Weiss! ¡Y por la «Mining Society»! ¡Y por los Estados
Unidos! ¡Salud!

Varias copas más tomaron los tres hombres. En una de éstas, José Marino le preguntó al subprefecto Luna, siempre aparte y en secreto:

—¿Cuántos indios han caído hoy presos?

—Alrededor de unos cuarenta.

José Marino iba a añadir algo, pero se contuvo. Al fin, habló así a Luna:

—¿Recuerda usted lo que le dijimos esta mañana sobre los peones?...

—Sí. Que necesitan cien peones para las minas...

—Exactamente. Pero hay una cosa: yo creo que podríamos hacer una
cosa. Mire usted: como usted no tiene aún gendarmes suficientes para perse-
guir en el día a nuestros peones prófugos, y como usted no va a saber qué hacer con todos esos indios que están ahora presos en la cárcel, ¿por qué no nos
da usted unos cuantos, para enviarlos a Quivilca inmediatamente?

—¡Ah! ¡Eso!... –exclamó el subprefecto–. Usted cornprende. La cosa es
un poco difícil. Porque... ¡Espere usted! ¡Espere usted!...

Luna se agarró el mentón, pensativo, y terminó diciendo a José Marino
en voz baja y cómplice:

—No hablemos más. Entendidos. Se lo prometo.

Mateo Marino corrió y trajo tres copas.

—¡Señores! –exclamó copa en mano y en alta voz José Marino, dirigiéndose a todos los concurrentes–. Yo les invito a beber una copa por el señor Ro-
berto Luna, nuestro grande subprefecto, que acaba de salvarnos de la indiada. Yo, señores, puedo asegurarles que el Gobierno sabrá premiar lo que ha

hecho hoy el señor Luna en favor de Colca. Y yo propongo firmar aquí mismo todos los presentes un memorial al Ministro de Gobierno, expresándole la gratitud de la provincia al señor Luna. Además, propongo que se nombre una Comisión que se encargue de organizar un homenaje al señor Luna, con un gran banquete y con una medalla de oro, obsequio de los hijos de Colca...

—¡Bravo! ¡Bravo! ¡Hip, hip, hip! ¡Hurra!...

Hubo un revuelo intenso en los salones municipales. El juez, doctor Ortega, ya muy borracho, llamó a uno de los gendarmes y le dijo:

—Vaya usted a traer la banda de músicos. Despiértelos a los cholos cueste lo que cueste y dígales que el subprefecto, el juez, el alcalde, el cura, el médico y todo lo mejor de Cannas,[153] está aquí, y que vengan inmediatamente.

El médico Riaño opuso un escrúpulo:

—¡Doctor Ortega! ¿Cree usted que debe traer la música?

—¡Pero es claro! ¿Por qué no?

—Porque como ha habido muertos hoy, la gente va a decir...

—¿Pero qué gente? ¿Los indios? ¡Qué ocurrencia! ¡Vaya usted, vaya nomás! –volvió a decir el juez al gendarme.

Y el gendarme fue a traer la música corriendo.

A la madrugada, los salones municipales estaban convertidos en un local de fiestas. La banda de músicos tocaba valses y marineras entusiastas, y una jarana delirante se produjo. Muchos se habían retirado ya a dormir, pero los que quedaron –una quincena de personas– se encontraban completamente ebrios. bailaban entre hombres. Los más dados a la marinera eran el cura Velarde y el juez Ortega. El cura se quitó la sotana y se hizo el protagonista de la fiesta. Bailaba y cantaba en medio de todos y a voz en cuello. Después propuso ir a casa de una familia de chicheras en la que el cura y el doctor Riafio tenían pretensiones escabrosas respecto de dos indias buenamozas. Pero alguien aseguró que no se podía ir, porque el padre de las indias había caído herido en la plaza.

Tomados del brazo, el alcalde Parga, el subprefecto Luna y los hermanos Marino, discutían acaloradamente. El alcalde balbuceaba, bamboleándose de borracho:

—¡Yo soy todo de los yanquis! ¡Yo se lo debo todo! ¡La alcaldía! ¡Todo! ¡Son mis patrones! ¡Son los hombres de Colca!

—¡No sólo de Colca, –argumentaba Mateo Marino–, sino del Departamento! ¡Ellos mandan! ¡Qué carajo! ¡Viva mister Taik, señores!...

El subprefecto Luna, hombre versado en temas internacionales, explicaba entusiastamente a sus amigos:

—¡Ah, señores! ¡Los Estados Unidos es el pueblo más grande de la tierra! ¡Qué progreso formidable! ¡Qué riqueza! ¡Qué grandes hombres, los yanquis! ¡Fíjense que casi toda la América del Sur está en manos de las finanzas norteamericanas! ¡Las mejores empresas mineras, los ferrocarriles,

---

153 *Canas*: provincia del departamento del Cusco.

las explotaciones caucheras y azucareras, todo se está haciendo con dólares de Nueva York! ¡Ah! ¡Eso es una cosa formidable! ¡Y van a ver ustedes que la guerra europea no terminará, mientras no entren en ella los Estados Unidos! ¡Acuérdense de lo que les digo! ¡Pero es claro! ¡Ese Wilson es cojonudo! ¡Qué talento! ¡Qué discursos que pronuncia! ¡El otro día leí uno!... ¡Carajo! ¡No hay que dudarlo!...

José Marino adujo enérgicamente:

—¡Pero, sobre todo, la «Mining Society»! ¡Es el más grande Sindicato minero en el Perú! ¡Tiene minas de cobre en el Norte, minas de oro y plata en el Centro y en el Sur! ¡Por todas, partes! ¡Míster Weiss me decía en Quivilca lo que es la «Mining Society»! ¡Qué enorme empresa! ¡Oh! ¡Sólo les digo que los socios de la «Mining» son los más grandes millonarios de los Estados Unidos! ¡Muchos de ellos son banqueros y son socios de otros mil Sindicatos de minas, de azúcar, de automóviles, de petróleo! ¡Misters Taik y Weiss solamente, disponen de fortunas colosales!...

—¡Bueno, señores! –dijo, acercándose el cura Velarde del brazo del juez Ortega–. ¿De qué se trata?

—¡Aquí –respondió con orgullo Mateo Marino–, aquí, hablando de los yanquis!

—¡Ah! –exclamó el cura–. ¡Los gringos son los hombres! –ebamos una copa por los norteamericanos. ¡Ellos son los que mandan! ¡Qué caracoles! Yo he visto al mismo obispo agacharse ante mister Taik la vez pasada que fui al Cuzco. ¡El obispo quería cambiar al cura de Canta, y mister Taik se opuso y, claro, monseñor tuvo que agachársele!...

Mateo Marino ordenó a los músicos en alta voz:

—¡Un «ataque»![154] ¡Un «ataque»! ¡Un «ataque»!

Los músicos, que estaban en el corredor e ignoraban de lo que se hablaba dentro de los salones, tocaron un «ataque» fogoso, rítmico y algo monótono. Un vocerío confuso y ensordecedor se produjo en los salones. Todos tenían una copa en la mano y todos hablaban a gritos y a la vez:

—¡Vivan los Estados Unidos! ¡Viva la «Mining Society»! ¡Vivan los norteamericanos! ¡Viva Wilson! ¡Viva mister Taik! ¡Viva mister Weiss! ¡Viva Quivilca! ¡Viva, señores, el subprefecto de la pronvincia! ¡Viva el alcalde! ¡Viva el juez de primera instancia! ¡Viva el señor Iglesias! ¡Viva «Marino Hermanos»! ¡Abajo los indios! ¡Abajo!...

En medio de la bulla, y entre las notas entusiastas del «ataque», sonaron varios tiros de revólver. El juez Ortega y el cura Velarde sacaron sus pañuelos y se pusieron a bailar. Los músicos, al verlos, pasaron a tocar, sin solución de continuidad, la fuga de una marinera irresistible. Los demás rodearon al cura y al juez, haciendo palmas y dando gritos estridentes y frenéticos.

El día empezó a rayar tras de los cerros nevados y lejanos de los Andes.

---

154 *Ataque*: se refiere al «Ataque de Uchumayo» marcha compuesta por el compositor peruano Manuel Olmedo Bañón (1785-1863). Conmemora la victoria peruana en Uchumayo (1836) sobre las fuerzas bolivianas.

* * *

Al día siguiente, el doctor Riaño hizo la autopsia de los cadáveres. Tres de los heridos habían muerto a la madrugada. Algunos de los cadáveres fueron enterrados por la tarde. El subprefecto Luna, a eso de la una del día, y todavía en su cama, recibió, entre su correo matinal, la respuesta telegráfica del prefecto. El telegrama decía: «Subprefecto Luna. Colca.– Deplorando sucesos, felicítolo actitud ante atentado indiada y restablecimiento orden público. ¡Firmado.¿ Prefecto Ledesma». Luna empezó luego a leer sus cartas y periódicos. Súbitamente, con una sonrisa de satisfacción, llamó a su ordenanza Anticona:

—¡Anticona!

—Su señoría.

—Vaya usted a llamar al señor José Marino. Dígale que le estoy esperando y que venga inmediatamente.

—Muy bien, su señoría.

A los pocos momentos, José Marino entraba al dormitorio del subprefecto, contento y sonriente:

—¿Qué tal? ¿El sueño, ha sido bueno?

—Sí –dijo Luna con gesto de fatiga–. Pase usted. Siéntese. Las copas a mí me hacen siempre mucho daño. La vejez. ¡Qué quiere usted!

—¡Yo, no! ¡Yo he dormido como un chancho!

—Bueno, mi querido Marino. ¡Acabo de recibir telegrama del prefecto! ¡Mire usted!...

El subprefecto le tendió el telegrama y José Marino leyó mentalmente.

—¡Estupendo! –exclamaba Marino–. ¡Estupendo! ¡Ya ve usted, ya se lo decía yo ayer! ¡Naturalmente! El prefecto y el Ministro tienen que aprobar lo que ha hecho. Además, yo voy a escribirle en seguida a míster Taik contándole lo que ha pasado y diciéndole que lo recomiende a usted inmediatamente al Cuzco y a Lima, a fin de que se apruebe lo de ayer y no lo muevan de Cannas.

—¡Eso es! ¡Eso es! ¡Bueno! ¡Bueno! Esto lo dejo al cuidado suyo. En cuanto a los indios que están presos, me parece que usted puede tomar unos quince para las minas. Ahí también acabo de leer en el periódico la entrada de los Estados Unidos a la guerra europea.

—¿Sí? –preguntó José Marino, alborotado.

—¡Sí, sí, sí! Acabo de leerlo en el periódico.

—Entonces, míster Taik ya debe también saberlo a estas horas y habrá redoblado los trabajos de las minas. Tiene que enviar inmediatamente a Mollendo, para ser embarcado a Nueva York, un gran lote de tungsteno.

—Por eso, justamente, lo he llamado, para decirle que, en vista del apu-

ro de peones en que está la «Mining Society», disponga usted, hoy mismo, si
lo quiere, de quince indios de los que tengo ahora en la cárcel.

—¿No es posible tomar de ahí unos veinte?

—Por mi parte, yo lo haría con mucho gusto. Ya sabe usted que yo estoy
aquí para servirles a ustedes, y eso es lo único que me interesa. Yo sé que
mientras mister Taik esté contento y satisfecho de mí, no tengo nada que te-
mer. Pero ya les he dicho ayer que yo necesito también lo menos cinco «conscriptos» antes de fin de mes. De los indios que hay en la cárcel, tengo que tomar también tres que me faltan para completar mi contingente. Yo no puedo
quedar mal con el prefecto. Póngase usted en mi lugar. Además, no conviene ir muy lejos en esto de los indios para Quivilca. Hay que desconfiarse de
Riaño y del viejo Iglesias. Si el viejo Iglesias llega a saber que yo les he dado
a ustedes veinte indios para Quivilca, él va a querer también otros tantos para
su hacienda, y, como siempre está escribiéndose con Urteaga, puede indispo-
nerme con el Gobierno...

—Pero si tenemos a mister Taik con nosotros...

—Sí, sí; pero siempre es bueno estar bien con el diputado...

—¡No, no, no! Yo le aseguro, además, que el viejo Iglesias no tiene por
qué saberlo. Quivilca está lejos. Una vez que los indios estén en las minas, nadie sabrá de ellos nada, ni dónde están ni qué es lo que hacen, ni nada.

—¿Y las familias de los indios? ¿Y si van a Quivilca?

—Muy bien; pero usted se lo impide, no se moverán ni harán nada. Además, a todo el mundo hay que decirles que se les ha puesto en libertad y que
los indios han huido después de miedo. Haciéndolo así, si se llega a saber que
algunos de ellos están en las minas, se puede decir que ellos mismos se habían ido a Quivilca, de miedo al juicio por los sucesos de ayer...

Así quedó acordado entre José Marino y el subprefecto Luna. En la noche de ese mismo día, y previa una selección de los más humildes e ignorantes, fueron sacados, en la madrugada, veinte indios de la cárcel, de tres en tres.
La ciudad estaba sumida en un silencio absoluto. Las calles estaban desiertas.
Los indios iban acompañados de dos gendarmes, bala en boca y conducidos
a las afueras de Colca, sobre el camino a Quivilca. Allí se formó el grupo completo de los veinte indios prometidos por Luna a «Marino Hermanos», y a
las cuatro de la mañana fue la partida para las minas de tungsteno. Los veinte indios iban amarrados los brazos a la espalda y todos ligados entre sí por
un sólido cable, formando una fila en cadena, de uno en fondo. Custodiaban
el desfile, a caballo, José y Mateo Marino, un gendarme y cuatro hombres de
confianza, pagados por los hermanos Marino. Los siete guardias de los indios
iban armados de revólveres, de carabinas y de abundante munición.

La marcha de estos forzados, para evitar encuentros azarosos en la ruta,
se hizo en gran parte por pequeños senderos apartados.

Nadie dijo a estos indios nada. Ni adónde se les llevaba ni por cuánto tiempo ni en qué condiciones. Ellos obedecieron sin proferir palabra. Se miraban entre sí, sin comprender nada, y avanzaban a pie, lentamente, la cabeza baja y sumidos en un silencio trágico. ¿Adónde se les estaba llevando? Quien sabe al Cuzco, para comparecer ante los jueces por los muertos de Colca. ¡Pero si ellos no habían hecho nada! ¡Pero quién sabe! ¡Quién sabe! O tal vez los estaban llevando a ser conscriptos. ¿Pero también los viejos podían ser conscriptos? ¡Quién sabe! Y, entonces, ¿por qué iban con ellos los Marino y otros hombres particulares, sin vestido militar? ¿Sería que estaban ayudando al subprefecto? ¿O acaso se los estaban llevando a botarlos lejos, en algún sitio espantoso, por haberlos agarrado en la plaza, a la hora de los tiros? ¿Pero dónde estaría ese sitio y por qué esa idea de castigarlos botándolos así, tan lejos? ¡Quién sabe! ¡Quién sabe! ¡Quién sabe! ¡Pero ni un poco de cancha![155] ¡Ni un puñado de trigo o de harina de cebada! ¡Y ni siquiera una bola de coca! Cuando ya fue de mañana y el sol empezó a quemar, muchos de ellos tuvieron sed. ¡Pero ni siquiera un poquito de chicha! ¡Ni un poco de cañazo! ¡Ni un poco de agua! ¿Y las familias? ¡La pobre Paula, embarazada! ¡El Santos, todavía tan chiquito! ¡El taita Nico, que se quedó almorzando en el corral! ¡La mama Dolores, tan flacuchita la pobre y tan buena! ¡Y los rocotos[156] amarillos, grandes ya! ¡El tingo de maíz, verde, verde! ¡Y el gallo cenizo; para llevarlo a Chuca!... ¡Ya todo iba quedando lejos!... ¿Hasta cuándo? ¡Quién sabe! ¡Quién sabe!

---

155 *Cancha*: en este caso del Quechua *Ham=ka*, maíz tostado; pororó; roseta de maíz; maíz o haba tostada; grano tostado.

156 *Rocoto*: del Quechua *Ruqutu*, pimiento; variedad de ají muy picante; ají; locoto.

III

Pocas semanas después, el herrero Huanca conversaba en Quivilca con Leónidas Benites y el apuntador y ex-amante de la finada Graciela. Era de noche. Estaban en el rancho del apuntador, situado en el campamento obrero, pero muy a las afueras de Quivilca, cerca ya de las quebradas de «Sal si puedes». En el único cuarto del rancho miserable, donde el apuntador vivía solo, ardía, junto a la cama, un candil de kerosene. Por todo mueble, un burdo banco de palo y dos troncos de alcanfor para sentarse. En los muros de cercha[157], empapelados de periódicos, había pegados con goma unas fotografías arrancadas de *Variedades*, de Lima. Los tres hombres hablaban misteriosamente y en voz baja. Con frecuencia, callaban y aguaitaban con cautela entre los magueyes[158] de la puerta hacia la rúa desierta y hundida en el silencio de la puna. ¿Qué insólito motivo había podido juntar en un ambiente semejante a estos hombres tan distintos unos de otros? ¿Qué inaudito acontecimiento había sacudido a Benites, al punto de agitarlo y arrastrarlo hasta el humilde apuntador y, lo que era más extraño, hasta Servando Huanca, el herrero rebelde y taciturno? ¿Y cómo, de otra parte, había ido a parar Huanca a Quivilca, después de los sucesos sangrientos de Colca?

—¿Estamos, entonces, de acuerdo? —preguntó vivamente Huanca a Benites y al apuntador.

Benites parecía vacilar, pero el apuntador, en tono de plena convicción, respondía:

—¡Ya lo creo! ¡Yo estoy completamente convencido! Servando Huanca volvió a la carga sobre Benites.

—Pero, vamos a ver, señor Benites. ¿Usted no está con vencido de que

---

157 *Cercha*: pared de vivienda rústica hecha con caña brava, carrizo, maguey, etc. tarrajeada con barro.

158 *Maguey*: nombre dado a varias especies de plantas agaváceas del género Agave, propias de terrenos cálidos y secos, de grandes hojas radicales muy carnosas, terminadas en una espina muy dura, y con un bohordo que se eleva a gran altura y sirve de soporte a un gran ramo de flores amarillas.

los gringos y los Marino son unos ladrones y unos criminales y que viven y se enriquecen a costa de la vida y la sangre de los indios?

—Completamente convencido –dijo Benites.

—¿Entonces? Lo mismo, exactamente lo mismo sucede en todas las minas y en todos los países del mundo: en el perú, en la China, en la India, en Africa, en Rusia...

Benites interrumpió:

—Pero no en los Estados Unidos, ni en Inglaterra, ni en Francia, ni en Alemania, porque allí los obreros y la gente pobre está muy bien...

—«¿La gente pobre está muy bien»? ¿Qué es eso de que «la gente pobre está muy bien»? Si es pobre, no puede entonces estar bien...

—Es decir, que los patrones de Francia, de Inglaterra, de Alemania y de los Estados Unidos no son tan malos ni explotan tanto a sus compatriotas como hacen con los indígenas de los otros países...

—Muy bien, muy bien. Los patrones y millonarios franceses, yanquis, alemanes, ingleses, son más ladrones y criminales con los peones de la India, de Rusia, de la China, del Perú, de –olivia, pero son también muy ladrones y asesinos con los peones de las patrias de ellos. En todas partes, en todas, pero en todas, hay unos que son patronos y otros que son peones, unos que son ricos y otros pobres. Y la revolución, lo que busca es echar abajo a todos los gringos y explotadores del mundo, para liberar a los indios de todas partes. ¿Han leído ustedes en los periódicos lo que dicen que en Rusia se han levantado los peones y campesinos? Se han levantado contra los patrones, y los ricos, y los grandes hacendados, y contra el Gobierno, y los han botado, y ahora hay otro Gobierno...

—Sí. Sí. Sí he leído en *El Comercio* –decía Benites–. Pero se han levantado sólo contra el zar. No contra los patrones y ricos hacendados, porque hay siempre patrones y millonarios... Sólo han botado al zar.

—¡Sí; pero ya van a ver ustedes!...

—¡Claro! –dijo Benites entusiasmándose–. Hay en el nuevo Gobierno de Rusia un gran hombre, que se llama... Que se llama...

—¡Kerensky![159] –dijo Huanca.

—Ese, ése. Kerensky. Y ése dicen que es muy inteligente, un gran orador y muy patriota, y que va a hacer justicia a los obreros y a los pobres...

Servando Huanca se echó a reír, repitiendo con zumba:

—¡Qué va a hacer justicia! ¡Qué va a hacer justicia!...

—Sí; porque es muy inteligente y honrado y muy patriota...

—¡Será otro zar, y nada más! –dijo enérgicamente el herrero–. Los inteligentes nunca hacen nada de bueno. Los que son inteligentes y no están con los obreros y con los pobres, sólo saben subir y sentarse en el Gobierno y hacerse, ellos también, ricos y no se acuerdan más de los necesitados y de los trabajadores. Yo he leído, cuando trabajaba en los valles azucareros de Lima,

---

159 *Aleksandr Fiódorovich Kérensky* (Simbirsk, 22 de abril de 1881 Nueva York, 11 de junio de 1970), abogado de profesión; líder revolucionario ruso que desempeñó un papel primordial en el derrocamiento del régimen zarista en Rusia. Fue el segundo primer ministro del gobierno provisional instaurado tras la Revolución de Febrero. No pudo evitar la Revolución de Octubre en la que Lenin tomó el poder.

que sólo hay ahora un sólo hombre en todo el mundo, que se llama Lenin, y que ése es el único inteligente que está siempre con los obreros y los pobres y que trabaja para hacerles justicia contra los patrones y hacendados criminales. ¡Ese si que es un gran hombre! ¡Y van a ver! Dicen que es ruso y que los patrones de todas partes no le pueden ver ni pintado, y han hecho que los gobiernos lo persigan para fusilarlo...

El agrimensor decía incrédulo:

—No hará tampoco nada. ¿Qué va a hacer, si lo persiguen para fusilarle?

—¡Ya verán ustedes! ¡Ya verán! Ahí tengo un periódico que me han enviado de Lima, escondido. Ahí dicen que Lenin va a ir a Rusia y va a levantar las masas contra ese Kerensky y lo va a botar y va a poner en el Gobierno a los obreros y a los pobres. ¡Allí también dicen que lo mismo hay que hacer en todas partes: aquí en el Perú, en Chile, en el extranjero, en todos los países, para botar a los gringos y patrones, y ponernos nosotros, los obreros y los pobres, en el Gobierno!

Benites sonreía con escepticismo. El apuntador, en cambio, oía con profunda unción al herrero.

—Eso –dijo Benites muy preocupado–, eso es muy difícil. Los indios y los peones no pueden ser Gobierno. No saben ni leer. Son aún ignorantes. Además, hay dos cosas que no hay que olvidar: primero, que los obreros sin los intelectuales –abogados, médicos, ingenieros, sacerdotes, profesores– no pueden hacer nada, y no podrán, no podrán, ¡y no podrán nunca! Segundo, que los obreros así estuviesen preparados para gobernar, tienen que ceder siempre los primeros puestos a los que ponen el capital, porque los obreros sólo ponen su trabajo...

—Muy bien. ¡Pero entendámonos, señor Benites! Ya les he dicho que!...

—Sí. De acuerdo. Estamos acordes en que deben gobernar sólo los que...

—¡No, no, no! ¡Espéreme un instante! ¡Hágame el favor! Déjeme hablar. Vamos por orden: dice usted que los obreros no pueden hacer nada sin los abogados, profesores, médicos, sacerdotes, ingenieros. Bueno. Pero lo que pasa es que los curas, profesores, abogados y demás, son los primeros ladrones y explotadores del indio y del peón.

Benites protestó:

—¡No, señor! ¡No, señor!...

—¡Sí, señor! ¡Sí! –decía el herrero enardecido.

—¡Sí! ¡Sí! ¡Sí! –decía también con ímpetu el apuntador–. Los médicos, los ingenieros y todos esos que se las dan de señoritos inteligentes, son unos ladrones y esquilman a los indios y a los pobres. ¡Sí! ¡Sí! ¡Usted mismo –añadió irritado el apuntador, dirigiéndose a boca de jarro al agrimensor–, usted mismo y el profesor Zavala y el ingeniero Rubio tomaron parte en la muerte de la Graciela en el bazar!

—¡No, señor !¡Está usted equivocado! –argumentaba en tono amedrentado Benites.

—¡Sí! ¡Sí! –decía el apuntador, desafiando al agrimensor–. Usted es un hipócrita, que sólo vino a ver a Huanca para vengarse de los gringos y de Marino, porque le han quitado el puesto y porque le han robado sus socios, y nada más. Usted y Rubio fueron los primeros con el coche[160] Marino, en quitarles sus chacras, sus animales y sus granos a los soras, robándoles y metiéndoles después en la mina, para hacerlos morir entre las máquinas y la dinamita como perros... Usted quiere ahora engañarnos y decir que quiere ponerse con nosotros cuando no es cierto. Usted se irá con los gringos y con los Marinos apenas le vuelvan a llamar y a dar un puesto. Y entonces, usted será el primero en traicionarnos y decir a los patrones lo que estamos haciendo y lo que estamos diciendo aquí. ¡Sí! ¡Sí! ¡Así son los ingenieros y todos los profesores y doctores, y curas, y todos, todos! ¡No hay que creerles a ustedes nada! ¡Nada! ¡Ladrones! ¡Criminales! ¡Traidores! ¡Hipócritas! ¡ Sinvergüenzas!

—¡Basta! ¡Basta! ¡Calle! –le dijo afectuosamente Huanca al apuntador, interponiéndose entre éste y Leónidas Benites–. ¡Ya está! ¡Ya está! No se gana nada con ponerse así. Hay que ser serenos. ¡Nada de alborotos ni de atolondramientos! El revolucionario debe ser tranquilo...

—¡Además –decía Benites, pálido y suplicante–, yo no he hecho nada de eso! Yo les juro por mi madre que yo no me metí en nada para la muerte de la Rosada.

—¡Bueno, bueno! –dijo serenamente Huanca–. ¡Dejemos eso ya! ¡Vamos a! grano! Yo le decía a usted –añadió dirigiéndose a Benites– que los curas y los doctores también son enemigos de los indios y los trabajadores. ¿Qué es lo que pasó aquella vez en Colca? ¡Entre el subprefecto, el médico, el juez de primera instancia, el alcalde y el sargento, y el gamonal Iglesias, y los soldados die. ron muerte a más de quince pobres indios! ¡El tuerto Ortega fue el más malo y el más cruel! ¿Y el cura Velarde? ¿No estuvo con todos ellos recorriendo el pueblo, revólver en mano, y persiguiendo a balazos a los indios inocentes?... ¿Y el profesor García?...

El apuntador, con la cara encendida por el rencor, se paseaba nerviosamente en el rancho. Leónidas Benites oía a Huanca, cabizbajo y como presa de hondas luchas interiores. Una aguda incertidumbre suscitaban en su espíritu los alegatos del herrero. Benites, en el fondo, tenía fe absoluta en la doctrina, según la cual, son los intelectuales los que deben dirigir y gobernar a los indios y a los obreros. Eso lo había aprendido en el colegio y en la Universidad y lo seguía leyendo en libros, revistas y periódicos, nacionales y extranjeros. Sin embargo, Benites acogía esta noche la opinión en contrario de Servando Huanca, con extraña atención, con respeto y hasta con simpatía. ¿Por qué? Verdad es que místers Taik y Weiss le habían arrojado de su puesto de agrimensor y que José Marino rompió también con él la sociedad de cul-

---

160 *Coche*: del Quechua *Kuchi*, cerdo; cochino; chancho; puerco; marrano, sucio.

tivo y cría. Verdad es que Benites odiaba ahora, a causa de estos daños, a los patrones yanquis tanto como a los patrones peruanos –encarnados estos últimos en las personas de «Marino Hermanos»–. Pero –se decía en conciencia–, de aquí a ponerse en tratos con Huanca, para mover a los peones contra la «Mining Society» y –lo que era más grave– para provocar así nomás un levantamiento de las masas contra el orden social y económico reinante, medía, en realidad, un gran abismo... ¡Y si las pretensiones del herrero no fuesen más que ésas! ¡Si el herrero quisiese únicamente el aumento de los salarios a la peonada, buenos ranchos, disminución de las horas de trabajo, descanso por las noches y los domingos, asistencia medical y farmacéutica, remuneración por accidentes del trabajo, escuelas para los hijos de los obreros, dignificación moral de los indios, el libre ejercicio de sus derechos y, por último, la justicia igual para grandes y pequeños, para patrones y jornaleros, poderosos y desvalidos!... Mas eso no era todo. ¡Servando Huanca osaba ir hasta hablar de revolución y de botar a los millonarios y grandes caciques que están en el Gobierno, para ponerlo a éste en manos de los obreros y campesinos, pasando por sobre las cabezas de la gente culta e ilustrada, como los abogados, ingenieros, médicos, hombres de ciencia y sacerdotes!... No podía el agrimensor concebir a un herrero de ministro y a un obispo, un catedrático o un sabio, pidiendo audiencia a aquél y guardándole antesala. ¡Ah, no! Eso pasaba todo límite y toda seriedad. Pongamos por caso que muchos intelectuales fuesen pícaros y explotadores del pueblo. Pero, juzgando las cosas en el terreno estrictamente científico y técnico, para Benites, la idea y los hombres de ideas constituyen la base y el punto de partida del progreso, ¿qué podrán hacer los pobres campesinos y jornaleros el día en que se pusieran a la cabeza del Gobierno? ¡Sin ideas, sin noción de nada, sin conciencia de nada! ¡Reventarían! De esto estaba completamente convencido Leónidas Benites. Y justamente, por estarlo, no podía explicarse el agrimensor por qué seguía oyendo y discutiéndole a Huanca, un hombre chiflado y ante quien él, Benites, aparecía nada menos que como enemigo y explotador de la clase obrera y campesina.

—Pero, Huanca –le argumentó Benites–, no diga usted disparates. Nosotros, los intelectuales, estamos lejos de ser enemigos de la clase obrera. Todo lo contrario: yo, por ejemplo, soy el primero en venir a hablar con ustedes espontáneamente y sin que nadie me obligue y hasta con peligro de que lo sepan los gringos y me boten de Quivilca...

El apuntador le respondió violentamente:

—Pero yo le apuesto que si mañana le vuelvan a dar su puesto los gringos, usted no vuelve más a buscarnos y, si hay una huelga, será usted el primero en echarles bala a los peones...

—¡Sí! ¡Sí! –dijo Servando Huanca–. Los obreros no debemos confiarnos de nadie, porque nos traicionan. Ni de doctores, ni de ingenieros, ni menos de curas. Los obreros estamos solos contra los yanquis, contra los millonarios y gamonales del país, y contra el Gobierno, y contra los comerciantes, y contra todos ustedes, los intelectuales...

Leónidas Benites se sintió profundamente herido por estas palabras del herrero. Herido, humillado y hasta triste. Aunque rechazaba la mayor parte de las ideas de Huanca, una misteriosa e irrefrenable simpatía sentía crecer en su espíritu, por la causa en globo[161] de los pobres jornaleros de las minas. Benites había también visto muchos atropellos, robos, crímenes e ignominias practicados contra los indios por los yanquis, las autoridades y los grandes hacendados del Cuzco, de Colca, de Accoya, de Lima y de Arequipa. Si. Ahora los recordaba Benites. Una vez, en una hacienda de azúcar de los valles de Lima, Leónidas Benites se hallaba de paseo, invitado por un colega universitario, hijo del propietario de ese fundo, senador de la República éste y profesor de la Facultad de Derecho de la Universidad Nacional. Este hombre, célebre en la región por su despotismo sanguinario con los trabajadores, solía levantarse de madrugada para vigilar y sorprender en falta a los obreros. En una de sus incursiones nocturnas a la fábrica, le acompañaron su hijo y Leónidas Benites. La fábrica estaba en plena molienda y eran las dos de la mañana. El patrón y sus acompañantes se deslizaron con gran sigilo junto al trapiche y a las turbinas, dieron la vuelta por las máquinas *wrae* y descendieron por una angosta escalera a la sección de las centrífugas. En un ángulo del local, se detuvieron a observar, sin ser vistos, a los obreros. Benites vió entonces una multitud de hombres totalmente desnudos, con un pequeño taparrabo por toda vestimenta, agitarse febrilmente y en diversas direcciones delante de enormes cilindros que despedían estampidos isócronos y ensordecedores. Los cuerpos de los obreros estaban, a causa del sofocante calor, bañados de sudor, y sus ojos y sus caras tenían una expresión angustiosa y lívida de pesadilla.

—¿Qué temperatura hace aquí? –preguntó Benites.

—Unos 48 a 50 grados –dijo el patrón.

—¿Y cuántas horas seguidas trabajan estos hombres?

—De seis de la tarde a seis de la mañana. Pero ganan una prima.

El patrón dijo esto y añadió, alejándose en puntillas en dirección a los obreros desnudos, pero sin que éstos pudiesen verlo:

—Un momento. Espéreme aquí. Un momento...

El patrón avanzó a paso rápido, agarró un balde que encontró en su camino y lo llenó de agua fría en una bomba. ¿Qué iba a hacer ese hombre? Uno de los obreros, desnudos y sudorosos, estaba sentado, un poco lejos, en el borde del rectángulo de acero. Acodado en sus rodillas, apoyaba en sus manos la cabeza inundada de sudor. Dormía. Algunos de los otros obreros advirtieron al patrón y, como de ordinario, temblaron de miedo. Y fue entonces que Leónidas Benites vió con sus propios ojos estupefactos una escena salvaje, diabólica, increíble. El patrón se acercó en puntillas al obrero dormido y le yació de golpe el balde de agua fría en la cabeza.

---

161 *En globo*: globalmente.

—¡Animal! –vociferó el patrón, haciendo esto–. ¡Haragán![162] ¡Sinvergüenza! ¡Ladrón! ¡Robándome el tiempo!... ¡A trabajar! ¡A trabajar!...

El cuerpo del obrero dió un salto y se contrajo luego por el suelo, en un temblor largo y convulsivo como un pollo en agonía. Después se incorporó de golpe, lanzando una mirada larga, fija y sanguinolenta en el vacío. Vuelto en sí, y aún atontado un poco, reanudó su trabajo.

Aquella misma madrugada murió el obrero.

Benites recordó esta escena, como en un relámpago, mientras Servando Huanca le decía a él y al apuntador:

—Hay una sola manera de que ustedes, los intelectuales, hagan algo por los pobres peones, si es que quieren, en verdad, probarnos que no son ya nuestros enemigos, sino nuestros compañeros. Lo único que pueden hacer ustedes por nosotros es hacer lo que nosotros les digamos y oírnos y ponerse a nuestras órdenes y al servicio de nuestros intereses. Nada más. Hoy por hoy, ésta es la única manera cómo podremos entendernos. Más tarde, ya veremos. Allí trabajaremos, más tarde, juntos y en armonía, como verdaderos hermanos... ¡Escoja usted, señor Benites!... ¡Escoja usted!...

Un silencio profundo guardaron los tres hombres. El herrero y el apuntador miraban fijamente a Benites, esperando su respuesta. El agrimensor seguía meditabundo y agachado. El peso de los argumentos de Huanca le estaban trayendo por tierra. Ya no podía. Ya se sentía casi vencido, por mucho que no alcanzaba a explicarse esa su testaruda inclinación de ahora hacia la causa de los indios. No se daba cuenta Benites, o no quería darse cuenta, de que si ahora estaba con esos dos obreros en el rancho, era sólo porque había caído en desgracia con los yanquis y con «Marino Hermanos». ¿Cómo no tuvo antes lástima de los obreros y yanacones, cuando era agrimensor de la «Mining Society» y alternaba, en calidad de amigo, con místers Taik y Weiss? Tipo clásico del pequeño burgués criollo y del estudiante peruano, dispuesto a todas las complacencias con los grandes y potentados y a todos los arribismos y cobardías de su clase, Leónidas Benites, al perder su puesto en las minas y verse arrojado de los pies de sus patrones y cómplices, cayó en un abatimiento moral inmenso. Su infortunio era tan completo, que se sentía el más pequeño y desgraciado de los hombres. Vagaba ahora sólo y como un sonámbulo, cada día más escuálido y timorato, por los campamentos obreros y por los roquedales de Quivilca. Por las noches, no podía dormir y, con frecuencia, lloraba en su cama. Una gran crisis nerviosa le devoraba. Alguna vez, le vinieron muy negros pensamientos y, entre éstos, la idea del suicidio. Para Benites, la vida sin un puesto y sin una situación social, no valía la pena de ser vivida. Su temple moral, su temperatura religiosa, en fin, todo su instinto vital cabía a las justas entre un sueldo y un apretón de manos de un magnate. Perdidos o desplazados estos dos polos fundamentales de su vida, la caída fue

---

162 *Haragán*: se aplica al que rehúye el trabajo. Gandul, holgazán.

automática, tremenda, casi mortal. Cuando tuvo noticias de quién era Huanca y de su llegada oculta a Quivilca, tuvo el agrimensor un súbito sacudimiento moral. Antes de buscar a Huanca, sus reflexiones fueron muchas y desgarradoras. Vaciló varios días entre suplicar y esperar de los yanquis la piedad, o ir a ver a Huanca. Hasta que, una noche, su desesperación fue tan grande que ya no pudo más y fue a buscar al herrero.

Por su parte, Servando Huanca no quiso, al comienzo, descubrirle sus secretos propósitos. El apuntador había puesto a Huanca al corriente de toda la situación de los obreros, patrones y altos empleados de la «Mining Society» y le había hablado muy mal de Leónidas Benites. Sin embargo, la insistencia dramática y angustiosa del agrimensor por ponerse al lado de los peones y, en particular, la circunstancia de haber sido Benites despedido de la empresa, pesaron en el ánimo y la táctica de Huanca, y se puso en inteligencia con el agrimensor. Quizás éste –pensaba para sí el herrero– le traía un secreto, una confidencia, un documento o cualquiera otra arma estratégica de combate, sorprendida y agarrada a los manejos íntimos de la empresa y de sus directores.

—¿Pero en qué puede usted ayudarnos? –le había preguntado Huanca a Benites, desde el primer momento.

—¡Ah! –había respondido gravemente el agrimensor–. Ya le diré después... ¡Yo tengo en mis manos una cosa formidable!... ¡Ya se lo diré otro día!

Servando Huanca aguardaba con ansiedad esta revelación del agrimensor, y de aquí su campaña tenaz y ardiente por ganarlo totalmente a la causa de los peones. Además, el herrero tenía prisa en ver claro y orientarse cuanto antes en lo tocante a los lados flacos de la «Mining Society» y de los gringos, para iniciar inmediatamente sus trabajos de propaganda y agitación entre las masas. Ya por impulso propio, los obreros empezaron a dar signos prácticos de descontento y de protesta. No había entonces tiempo qué perder. Huanca volvió a decir ahora al agrimensor, con un calor creciente:

—¡Escoja usted! ¡Y escoja usted con sinceridad, con franqueza y sin engañarse a usted mismo! ¡Abra bien los ojos! ¡Piénselo! ¡Usted mismo me dice que le dan asco y pena y rabia los crímenes y robos de los «Marino»! ¡Usted mismo está convencido de que, en buena cuenta, la «Mining Society» no hace más que venir al Perú a sacar nuestros metales, para llevárselos al extranjero! ¿Entonces?... ¿Y a usted mismo, por qué lo han botado de su puesto? ¿Por qué? ¿Usted cumplía con su deber? ¿Usted trabajaba? ¿Entonces?

—¡Porque Taik se deja llevar de los chismes de Marino! –respondió en una queja infinita Benites–. ¡Por eso! ¡Porque Marino me detesta! ¡Sólo por eso! ¡Pero yo sabré vengarme! ¡Por esta luz que nos alumbra! ¡Yo me vengaré!...

Huanca y el apuntador, impresionados por el juramento rencoroso de Benites, se lo quedaron mirando.

—¡Eso es! –dijo después Huanca a Benites–. ¡Hay que vengarse! ¡Hay que vengarse de las injusticias de los ricos! ¡Pero que esto no se quede en simples palabras! ¡Hay que hacerlo!

El apuntador dijo, por su parte, con rabia:

—¡Y yo!... ¡Y yo!... ¡A mí me han de pagar lo que hicieron con la Graciela! ¡Ah! ¡Por éstas!... ¡Gringos, jijos de puta!...

Los tres hombres estaban caldeados. Una atmósfera dramática, sombría y de conspiración, reinó en el rancho. Leónidas Benites se acercó a la puerta, miró afuera por las rendijas y se volvió a los otros.

—¡Yo tengo cómo fregar a la «Mining Society»! –les dijo en voz baja–. Mister Taik no es yanqui. ¡Es alemán! ¡Yo tengo las pruebas: una carta de su padre, escrita de Hannover! Se le cayó del bolsillo una noche en el bazar, estando borracho...

—¡Muy bien! –dijo a Benites el herrero–. Muy bien. Lo que importa es que usted esté decidido a ponerse a nuestro lado y a luchar contra los gringos. ¡Hay mil maneras de joderlos!... ¡Las huelgas, por ejemplo! Ya que usted quiere ayudarnos y usted mismo me ha buscado para hablar sobre estas cosas, yo quisiera saber si usted puede o no ayudarme a mover a los peones.

Tras de un largo silencio de los tres, cargado de una gran tensión nerviosa, Benites, abrumado por las verdades claras y sencillas del herrero, dijo enérgicamente:

—¡Bueno! ¡Yo estoy con los peones! ¡Cuenten conmigo!... ¡La carta de mister Taik está a disposición de ustedes!

—¡Muy bien! –dijo con firmeza Huanca–. Entonces, mañana, en la noche, hay que traer con engaños aquí al arriero García, al mecánico Sánchez y al sirviente de los gringos. Usted –añadió, dirigiéndose a Benites–, usted me trae también mañana la carta de mister Taik. Y creo que mañana seremos seis. Hoy empezamos ya entre tres. ¡Buen número!

Unos instantes después, salió del rancho Leónidas Benites, cuidando de no ser visto. Minutos más tarde, salió, tomando idénticas precauciones, Servando Huanca. Sesgó a la derecha, a paso lento y tranquilo, y se alejó, perdiéndose ladera abajo, por «Sal si puedes». Sus pisadas se apagaron de golpe a la distancia.

Dentro del rancho, el apuntador trancó su puerta, apagó el candil y se acostó. No acostumbraba desvestirse, a causa del frío y de la miseria del camastro. No podía dormir. Entre los pensamientos y las imágenes que guardaba de las admoniciones del herrero, sobre «trabajo», «salario», «jornada», «patrones», «obreros», «máquinas», «explotación», «industria», «productos», «reivindicaciones», «conciencia de clase», «revolución», «justicia», «Estados Unidos», «política», «pequeña burguesía», «capital», «Marx», y otras, cruzaba esta noche por su mente el recuerdo de Graciela, la difunta. La había querido mucho.

La mataron los gringos, José Marino y el comisario. Recordándola ahora, el apuntador se echó a llorar.

El viento soplaba afuera, anunciando tempestad.

Paco Yunque

La cólera que quiebra al hombre en niños,
que quiebra al niño, en pájaros iguales,
y al pájaro, después, en huevecillos;
la cólera del pobre
tiene un aceite contra dos vinagres.

La cólera que al árbol quiebra en hojas,
a la hoja en botones desiguales
y al botón, en ranuras telescópicas;
la cólera del pobre
tiene dos ríos contra muchos mares.

La cólera que quiebra al bien en dudas,
a la duda, en tres arcos semejantes
y al arco, luego, en tumbas imprevistas;
la cólera del pobre tiene un acero contra dos puñales.

La cólera que quiebra al alma en cuerpos,
al cuerpo en órganos desemejantes
y al órgano, en octavos pensamientos;
la cólera del pobre
tiene un fuego central contra dos cráteres.

PARÍS, 26 DE OCTUBRE DE 1937.

Cuando Paco Yunque y su madre llegaron a la puerta del colegio, los niños estaban jugando en el patio. La madre le dejó y se fue. Paco, paso a paso, fue adelantándose al centro del patio, con su libro primero, su cuaderno y su lápiz. Paco estaba con miedo, porque era la primera vez que venía a un colegio y porque nunca había visto a tantos niños juntos. Varios alumnos, pequeños como él, se le acercaron y Paco, cada vez más tímido, se pegó a la pared y se puso colorado. ¡Qué listos eran todos esos chicos! ¡Qué desenvueltos! Como si se estuviesen en su casa. Gritaban. Corrían. Reían hasta reventar. Saltaban. Se daban de puñetazos. Eso era un enredo.[1]

Paco estaba también atolondrado[2] porque en el campo no oyó nunca sonar tantas voces de personas a la vez.

En el campo hablaba primero uno, después otro, después otro y después otro. A veces oyó hablar hasta a cuatro o cinco personas juntas. Era su padre, su madre, don José, el cojo Anselmo y la Tomasa. Con las gallinas eran más. Y más todavía con la acequia,[3] cuando crecía... Pero no. Eso no era ya voz de personas, sino otro ruido, muy diferente. Y ahora sí que esto del colegio era una bulla fuerte, de muchos. Paco estaba asordado.

Un niño rubio y gordo, vestido de blanco, le estaba hablando. Otro niño, más chico, medio ronco y con blusa azul, también le hablaba. De diversos grupos se separaban los alumnos y venían a ver a Paco, haciéndole muchas preguntas. Pero Paco no podía oir nada, por la gritería de los demás. Un niño trigueño, cara redonda y con una chaqueta verde muy ceñida en la cintura, agarró a Paco por un brazo y quiso arrastrarlo. Paco no se dejó.

El trigueño volvió a agarrarlo con más fuerza y lo jaló. Paco se pegó más a la pared y se puso más colorado.

---

1   *Enredo*: desorden, lío.
2   *Atolondrado*: aturdido, falto de coordinación.
3   *Acequia*: zanja para conducir el agua.

En ese momento sonó la campana y todos entraron a los salones de clase. Dos niños –los hermanos Zúmiga– tomaron de una y otra mano a Paco y le condujeron a la sala del primer año. Paco no quiso seguirlos al principio, pero luego obedeció, porque vio que todos hacían lo mismo. Al entrar al salón, se puso pálido. Todo quedó repentinamente en silencio y este silencio le dio miedo a Paco. Los Zúmiga le estaban jalando, el uno para un lado y el otro para otro lado, cuando de pronto le soltaron y le dejaron solo.

El profesor entró. Todos los niños estaban de pie, con la mano derecha levantada a la altura de la sien, saludando en silencio y muy erguidos.

Paco, sin soltar su libro, su cuaderno y su lápiz, se había quedado parado en medio del salón, entre las primeras carpetas[4] de los alumnos y el pupitre del profesor. Un remolino se le hacía la cabeza. Niños. Paredes amarillas. Grupos de niños. Vocerío. Silencio. Una tracalada[5] de sillas. El profesor. Ahí, solo, parado, en el colegio. Quería llorar. El profesor le tomó de la mano y lo llevó a instalar en una de las carpetas delanteras, junto a un niño de su mismo tamaño. El profesor le preguntó:

—Cómo se llama usted?

Con voz temblorosa, Paco respondió muy bajito:

—Paco.

—Y su apellido? Diga usted todo su nombre.

—Paco Yunque.

—Muy bien.

El profesor volvió a su pupitre[6] y, después de echar una mirada muy seria sobre todos los alumnos, dijo con voz de militar:

—¡Siéntense!

Un traqueteo[7] de carpetas y todos los niños ya estaban sentados.

El profesor también se sentó y durante unos momentos escribió en unos libros. Paco Yunque tenía aun en la mano su libro, su cuaderno y su lápiz. Su compañero de carpeta le dijo:

—Pon tus libros, como yo, en la carpeta.

Paco Yunque seguía muy aturdido y no le hizo caso. Su compañero le quitó entonces sus cosas y las puso en la carpeta. Después, le dijo alegremente:

—Yo también me llamo Paco. Paco Fariña. No tengas pena. Vamos a jugar con mi tablero. Tiene torres negras. Me lo ha comprado mi tía Susana. ¿Dónde está tu familia, la tuya?

Paco Yunque no respondía nada. Este otro Paco le molestaba. Como éste eran seguramente todos los demás niños: habladores, contentos y no les daba miedo el colegio. ¿Por qué eran así? Y él, Paco Yunque, ¿por qué tenía tanto miedo? Miraba a hurtadillas al profesor, al pupitre, al muro que había detrás del profesor y al techo. También miró de reojo, a través de la ventana, al patio, que estaba ahora abandonado y en silencio. El sol brillaba afuera. De cuando en cuando, llegaban voces de otros salones de clase o ruidos de carre-

---

4   Carpeta: cubierta de cuero o de tela que se ponía sobre las mesas, arcas, etc.
5   *Tracalada*: muchos objetos que hacen ruido.
6   *Pupitre*: mesa, escritorio.
7   *Traquetear*: mover|se| reiteradamente una cosa, produciendo ruido.

tas que pasaban por la calle.

¡Qué cosa extraña era estar en el colegio! Paco Yunque empezaba a volver un poco de su aturdimiento. Pensó en su casa y en su mamá. Le preguntó a Paco Fariña:

—A qué hora nos iremos a nuestras casas?

—A las once. ¿Dónde está tu casa?

—Por allá.

—¿Está lejos?

—Sí... No...

Paco Yunque no sabía en qué calle estaba su casa, porque acababan de traerlo, hacía pocos días, del campo y no conocía la ciudad.

Sonaron unos pasos de carrera en el patio y apareció a la puerta del salón Humberto, el hijo del señor Dorian Grieve, un inglés, patrón de los Yunque, gerente de los ferrocarriles de la «The Peruvian Corporation» y alcalde del pueblo. Precisamente a Paco Yunque le habían hecho venir del campo para que acompañase al colegio a Humberto y para que jugara con él, pues ambos tenían la misma edad. Sólo que Humberto acostumbraba venir tarde al colegio y esta vez, por ser la primera, la señora Grieve le había dicho a la madre de Paco:

—Lleve usted ya a Paco al colegio. No sirve que llegue tarde el primer día. Desde mañana, esperará a que Humberto se levante y los llevará usted juntos a los dos.

El profesor, al ver a Humberto Grieve, le dijo:

—¿Hoy otra vez tarde?

Humberto, con gran desenfado, respondió:

—Me he quedado dormido.

—Bueno –dijo el profesor–. Que ésta sea la última vez. Pase a sentarse.

Humberto Grieve buscó con la mirada donde estaba Paco Yunque. Al dar con él, se le acercó y le dijo imperiosamente:

—Ven a mi carpeta conmigo.

Paco Fariña le dijo a Humberto Grieve:

—No. Porque el señor lo ha puesto aquí.

—¿Y a tí qué te importa? –le increpó[8] Grieve violentamente, arrastrando a Yunque por un brazo a su carpeta.

—¡Señor! –gritó entonces Fariña–, Grieve se está llevando a Paco Yunque a su carpeta.

El profesor cesó de escribir y preguntó con voz enérgica:

—¡Vamos a ver! ¡Silencio! ¿Qué pasa ahí?

Fariña volvió a decir:

—Grieve se ha llevado a su carpeta a Paco Yunque.

Humberto Grieve, instalado ya en su carpeta con Paco Yunque, le dijo al profesor:

---

8   *Increpar*: reprender a alguien duramente, dirigiéndole censuras graves.

—Sí, señor. Porque Paco Yunque es mi muchacho.[9] Por eso.

El profesor lo sabía esto perfectamente y le dijo a Humberto Grieve:

—Muy bien. Pero yo le he colocado con Paco Fariña, para que atienda mejor las explicaciones. Déjelo que vuelva a su sitio.

Todos los alumnos miraban en silencio al profesor, a Humberto Grieve y a Paco Yunque.

Fariña fue y tomó a Paco Yunque por la mano y quiso volverlo a traer a su carpeta, pero Grieve tomó a Yunque por el otro brazo y no le dejó moverse.

El profesor le dijo otra vez a Grieve:

—¡Grieve! ¿Qué es eso?

Humberto Grieve, colorado de cólera, dijo:

—No, señor. Yo quiero que Yunque se quede conmigo.

—¡Déjelo, le he dicho!

—No, señor.

—¿Cómo?

—No.

El profesor estaba indignado y repetía, amenazador:

—¡Grieve! ¡Grieve!

Humberto Grieve tenía bajos los ojos y sujetaba fuertemente por el brazo a Paco Yunque, el cual estaba aturdido y se dejaba jalar como un trapo por Fariña y por Grieve. Paco Yunque tenía ahora más miedo a Humberto Grieve que al profesor, que a todos los demás niños y que al colegio entero. ¿Por qué Paco Yunque le tenía tanto miedo a Humberto Grieve? Porque este Humberto Grieve solía pegarle a Paco Yunque.

El profesor se acercó a Paco Yunque, le tomó por el brazo y le condujo a la carpeta de Fariña. Grieve se puso a llorar, pataleando furiosamente en su banco.

De nuevo se oyeron pasos en el patio y otro alumno, Antonio Geldres, –hijo de un albañil–[10] apareció a la puerta del salón. El profesor le dijo:

—¿Por qué llega usted tarde?

—Porque fui a comprar pan para el desayuno.

—¿Y por qué no fue usted más temprano?

—Porque estuve alzando a mi hermanito y mamá está enferma y papá se fue a su trabajo.

—Bueno –dijo el profesor, muy serio.– Párese ahí... Y, además, tiene usted una hora de reclusión.

Le señaló un rincón, cerca de la pizarra de ejercicios.

Paco Fariña se levantó entonces y dijo:

—Grieve también ha llegado tarde, señor.

—Miente, señor, –respondió rápidamente Humberto Grieve–. Yo no he llegado tarde.

---

9   *Muchacho -a:* persona que sirve en una casa para realizar las faenas domésticas. Empleado(a) joven que sirve de ayudante.

10   *Albañil:* obrero que trabaja en hacer paredes y otros elementos de construcción en que se unen piedras, ladrillos, etc., con un material aglomerante.

Todos los demás alumnos dijeron en coro:

—¡Sí, señor! ¡Sí, señor! ¡Grieve ha llegado tarde!

—¡Psch! ¡Silencio! –dijo, malhumorado, el profesor y todos los niños se callaron.

El profesor se paseaba pensativo.

Fariña le decía a Yunque en secreto:

—Grieve ha llegado tarde y no lo castigan. Porque su papá tiene plata. Todos los días llega tarde. ¿Tú vives en su casa? ¿Cierto que eres su muchacho?

Yunque respondió:

—Yo vivo con mi mamá...

—¿En la casa de Humberto Grieve?

—Es una casa muy bonita. Ahí está la patrona y el patrón. Ahí está mi mamá. Yo estoy con mi mamá.

Humberto Grieve, desde su banco del otro lado del salón, miraba con cólera a Paco Yunque y le enseñaba los puños, porque se dejó llevar a la carpeta de Paco Fariña.

Paco Yunque no sabía qué hacer. Le pegaría otra vez el niño Humberto, porque no se quedó con él, en su carpeta. Cuando saldría del colegio, el niño Humberto le daría un empujón en el pecho y una patada en la pierna. El niño Humberto era malo y pegaba pronto, a cada rato. En la calle. En el corredor también. Y en la escalera. Y también en la cocina, delante su mamá y delante la patrona. Ahora le va a pegar, porque le estaba enseñando los puñetes[11] y le miraba con ojos blancos. Yunque le dijo a Fariña:

—Me voy a la carpeta del niño Humberto.

Y Paco Fariña le decía:

—No vayas. No seas zonzo. El señor te va a castigar.

Fariña volteó a ver a Grieve y este Grieve le enseñó también a él los puños, refunfuñando no sé qué cosas a escondidas del profesor.

—¡Señor! –gritó Fariña– Ahí, ese Grieve me está enseñando los puñetes.

El profesor dijo:

—¡Psch! ¡Psch! ¡Silencio!... Vamos a ver... Vamos a hablar hoy de los peces, y después, vamos hacer todos un ejercicio escrito en una hoja de los cuadernos, y después me los dan para verlos. Quiero ver quien hace el mejor ejercicio, para que su nombre sea inscrito en el Cuaderno del primer año. ¿Me han oído bien? Vamos a hacer lo mismo que hicimos la semana pasada. Exactamente lo mismo. Hay que atender bien a la clase. Hay que copiar bien el ejercicio que voy a escribir después en la pizarra. ¿Me han entendido bien?

Los alumnos respondieron en coro:

—Sí, señor.

—Muy bien, –dijo el profesor–. ¡Vamos a ver!... Vamos a hablar ahora de los peces.

---

11   *Puñete*: la mano cerrada en forma ameanzadora.

Varios niños quisieron hablar. El profesor le dijo a uno de los Zúmiga que hablase.

—Señor: –dijo Zúmiga– Había en la playa mucha arena. Un día nos metimos entre la arena y encontramos un pez medio vivo y lo llevamos a mi casa. Pero se murió en el camino...

Humberto Grieve dijo:

—Señor: yo he cogido muchos peces y los he llevado a mi casa y los he soltado en mi salón y no se mueren nunca.

El profesor preguntó:

—¿Pero los deja usted en alguna vasija con agua?

—No, señor. Están sueltos, entre los muebles.

Todos los niños se echaron a reír.

Un chico, flacucho y pálido, dijo:

—Mentira, señor. Porque un pez se muere pronto, cuando lo sacan del agua.

—No, señor, –decía Humberto Grieve– Porque en mi salón no se mueren. Porque mi salón es muy elegante. Porque mi papá me dijo que trajera peces y que podía dejarlos sueltos entre las sillas.

Paco Fariña se moría de risa. Los Zúmiga también. El chico rubio y gordo, de chaqueta blanca y el otro, cara redonda y chaqueta verde, se reían ruidosamente. ¡Qué Grieve tan divertido! ¡Los peces en su salón! ¡Entre los muebles! ¡Cómo si fuesen pájaros! Era una gran mentira lo que contaba Grieve. Todos los chicos exclamaban a la vez, reventando de risa:

—¡Ja! ¡Ja! ¡Ja! ¡Ja! ¡Ja! ¡Miente, señor! ¡Ja! ¡Ja! ¡Ja! ¡Mentira! ¡Mentira!...

Humberto Grieve se enojó porque no le creían lo que contaba. Todos se burlaban de lo que había dicho. Pero Grieve recordaba que trajo dos peces pequeños a su casa y los soltó en su salón y ahí estuvieron varios días. Los movió y no se movían. No estaba seguro si vivieron muchos días o murieron pronto. Grieve, de todos modos, quería que le creyesen lo que decía. En medio de las risas de todos, le dijo a uno de los Zúmiga:

—¡Claro! Porque mi papá tiene mucha plata. Y me ha dicho que va hacer llevar a mi casa a todos los peces del mar. Para mí. Para que juegue con ellos en mi salón grande.

El profesor dijo en alta voz:

—¡Bueno! ¡Bueno! ¡Silencio! Grieve no se acuerda bien, seguramente. Porque los peces mueren cuando...

Los niños añadieron en coro:

—...se les saca del agua.

—Eso es, –dijo el profesor.

El niño flacucho y pálido dijo:

—Porque los peces tienen sus mamás en el agua y sacándolos se quedan sin mamás.

—¡No! ¡No! ¡No! –dijo el profesor–. Los peces mueren fuera del agua, porque no pueden respirar. Ellos toman el aire que hay en el agua, y cuando salen, no pueden absorber el aire que hay afuera.

—Porque ya están como muertos –dijo un niño.

Humberto Grieve dijo:

—Mi papá puede darles aire en mi casa, porque tiene bastante plata para comprar todo.

El chico vestido de verde dijo:

—Mi papá también tiene plata.

—Mi papá también –dijo otro chico.

Todos los niños dijeron que sus padres tenían mucho dinero. Paco Yunque no decía nada y estaba pensando en los peces que morían fuera del agua.

Fariña le dijo a Paco Yunque:

—Y tú, ¿tu papá no tiene plata?

Paco Yunque reflexionó y se acordó haberle visto una vez a su mamá con unas pesetas en la mano. Yunque le dijo a Fariña:

—Mi mamá tiene también mucha plata.

—¿Cuánto? –le preguntó Fariña.

—Como cuatro pesetas.

Paco Fariña dijo al profesor en alta voz:

—Paco Yunque dice que su mamá tiene también mucha plata.

—¡Mentira, señor! –respondió Humberto Grieve– Paco Yunque miente, porque su mamá es la sirvienta de mi mamá y no tiene nada.

El profesor tomó la tiza y escribió en la pizarra, dando la espalda a los niños.

Humberto Grieve, aprovechando de que no le veía el profesor, dio un salto y le jaló de los pelos a Yunque, volviéndose a la carrera a su carpeta. Yunque se puso a llorar.

—¿Qué es eso? –dijo el profesor, volviéndose a ver lo que pasaba.

Paco Fariña dijo:

—Grieve le ha tirado de los pelos, señor.

—No, señor –dijo Grieve–. Yo no he sido. Yo no me he movido de mi sitio.

—¡Bueno! ¡Bueno! –dijo el profesor– ¡Silencio! ¡Cállese, Paco Yunque! ¡Silencio!

Siguió escribiendo en la pizarra y después preguntó a Grieve:

—Si se le saca del agua, ¿qué sucede con el pez?

—Va a vivir en mi salón –contestó Grieve.

Otra vez se reían de Grieve todos los niños. Este Grieve no sabía nada. No pensaba más que en su casa y en su salón y en su papá y en su plata. Siempre estaba diciendo tonterías.

—Vamos a ver, usted, Paco Yunque, –dijo el profesor–. ¿Qué pasa con el pez, si se le saca del agua?

Paco Yunque, medio llorando todavía por el jalón de pelos que le dio Grieve, repitió de una tirada lo que dijo el profesor:

—Los peces mueren fuera del agua porque les falta aire.

—¡Eso es! –decía el profesor–. Muy bien.

Volvió a escribir en la pizarra.

Humberto Grieve aprovechó otra vez de que no podía verle el profesor y fue a darle un puñetazo a Paco Fariña en la boca y regresó de un salto a su carpeta. Fariña, en vez de llorar como Paco Yunque, dijo a grandes voces al profesor:

—¡Señor! Acaba de pegarme Humberto Grieve.

—¡Sí, señor! ¡Sí, señor! –decían todos los niños a la vez.

Una bulla[12] tremenda había en el salón.

El profesor dio un puñetazo en su pupitre y dijo:

— ¡Silencio!

El salón se sumió en un silencio completo y cada alumno estaba en su carpeta, serio y derecho, mirando ansiosamente al profesor. ¡Las cosas de este Humberto Grieve! ¡Ya ven lo que estaba pasando por su cuenta! ¡Ahora habrá que ver lo que iba a hacer el profesor, que estaba colorado de cólera! ¡Y todo por culpa de Humberto Grieve!

—¿Qué desorden era ese? –preguntó el profesor a Paco Fariña.

Paco Fariña, con los ojos brillantes de rabia, decía:

—Humberto Grieve me ha pegado un puñetazo en la cara, sin que yo le haga nada.

—¿Verdad, Grieve?

—No, señor –dijo Humberto Grieve–. Yo no le he pegado.

El profesor miró a todos los alumnos sin saber a qué atenerse. ¿Quién de los dos decía la verdad? ¿Fariña o Grieve?

—¿Quién lo ha visto? –preguntó el profesor a Fariña.

—¡Todos, señor! Paco Yunque también lo ha visto.

—¿Es verdad lo que dice Fariña? –le preguntó el profesor a Yunque.

Paco Yunque miró a Humberto Grieve y no se atrevió a responder, porque si decía que sí, el niño Humberto le pegaría a la salida. Yunque no dijo nada y bajó la cabeza.

Fariña dijo:

—Yunque no dice nada, señor, porque Humberto Grieve le pega, porque es su muchacho y vive en su casa.

El profesor preguntó a los otros alumnos:

—¿Quién otro ha visto lo que dice Fariña?

Todos los niños respondieron a una voz:

—¡Yo, señor! ¡Yo, señor! ¡Yo, señor!

El profesor volvió a preguntar a Grieve:

—Entonces ¿es cierto, Grieve, que le ha pegado usted a Fariña?

12 *Bulla*: alboroto, algarabía.

—No, señor. Yo no le he pegado.

—¡Cuidado con mentir, Grieve! Un niño decente corno usted, no debe mentir.

—¡No, señor! No le he pegado.

—Bueno. Yo creo en lo que usted dice. Yo sé que usted no miente nunca. Bueno. ¡Pero tenga usted mucho cuidado en adelante!

El profesor se puso a pasear, pensativo, y todos los alumnos seguían circunspectos[13] y derechos en sus bancos.

Paco Fariña gruñía a media voz y como queriendo llorar:

—No le castigan porque su papá es rico. Le voy a decir a mi mamá...

El profesor le oyó y se plantó enojado delante de Fariña y le dijo en alta voz:

—¿Qué está usted diciendo? Humberto Grieve es un buen alumno. No miente nunca. No molesta a nadie. Por eso no lo castigo. Aquí todos los niños son iguales, los hijos de ricos y los hijos de pobres. Yo los castigo, aunque sean hijos de ricos. Como usted vuelva a decir lo que está diciendo del padre de Grieve, le pondré dos horas de reclusión. ¿Me ha oído usted?

Paco Fariña estaba agachado. Paco Yunque también. Los dos sabían que era Humberto Grieve quien les había pegado y que era un gran mentiroso.

El profesor fue a la pizarra y siguió escribiendo.

Paco Fariña le preguntaba a Paco Yunque:

—¿Por qué no le dijiste al señor que me ha pegado Humberto Grieve?

—Porque el niño Humberto me pega.

—¿Y por qué no se lo dices a tu mamá?

—Porque si le digo a mi mamá, también me pega y la patrona se enoja.

Mientras el profesor escribía en la pizarra, Humberto Grieve se puso a llenar de dibujos su cuaderno.

Paco Yunque estaba pensando en su mamá. Después se acordó de la patrona y del niño Humberto. ¿Le pegaría al volver a la casa? Yunque miraba a los otros niños y éstos no le pegaban a Yunque ni a Fariña, ni a nadie. Tampoco lo querían agarrar a Yunque en las otras carpetas, como quiso hacerlo el niño Humberto. ¿Por qué el niño Humberto era así con él? Yunque se lo diría ahora a su mamá y si el niño Humberto le pegaba, se lo diría al profesor. Pero el profesor no le hacía nada al niño Humberto. Entonces, se lo diría a Paco Fariña. Le preguntó a Paco Fariña:

—¿A tí también te pega el niño Humberto?

—¿A mí? ¡Qué me va a pegar a mí! ¡Le pego un puñetazo en el hocico[14] y le echo sangre! ¡Vas a ver! ¡Como me haga alguna cosa! ¡Déjalo y verás! ¡Y se lo diré a mi mamá! ¡Y vendrá mi papá y le pegará a Grieve y a su papá también, y a todos!

Paco Yunque le oía asustado a Paco Fariña lo que decía. ¿Cierto sería que le pegaría al niño Humberto?

---

13 *Circunspecto:* cauto, grave, serio.

14 *Hocico:* (despectivo) boca de una persona, particularmente cuando es de labios muy abultados.

¿Y que su papá vendría a pegarle al señor Grieve? Paco Yunque no quería creerlo, porque al niño Humberto no le pegaba nadie. Si Fariña le pegaba, vendría el patrón y le pegaría a Fariña y también al papá de Fariña. Le pegaría el patrón a todos. Porque todos le tenían miedo. Porque el señor Grieve hablaba muy serio y estaba mandando siempre. Y venían a su casa señores y señoras que le tenían miedo y obedecían siempre al patrón y a la patrona. En buena cuenta, el señor Grieve podía más que el profesor y más que todos.

Paco Yunque miró al profesor, que escribía en la pizarra. ¿Quién era el profesor? ¿Por qué era tan serio y daba miedo? Yunque seguía mirándolo. No era el profesor igual a su papá ni al señor Grieve. Más bien se parecía a otros señores que venían a la casa y hablaban con el patrón. Tenía un pescuezo colorado y su nariz parecía moco de pavo. Sus zapatos hacían rissss-risssss-risssss, cuando caminaba mucho.

Yunque empezó a fastidiarse. ¿A qué hora se iría a su casa? Pero el niño Humberto le iba a dar una patada, a la salida del colegio. Y la mamá de Paco Yunque le diría al niño Humberto: «No niño. No le pegue usted a Paquito. No sea usted malo». Y nada más le diría. Pero Paco tendría colorada la pierna de la patada del niño Humberto. Y Paco se pondría a llorar. Porque al niño Humberto nadie le hacía nada. Y porque el patrón y la patrona le querían mucho al niño Humberto, y Paco Yunque tenía pena porque el niño Humberto le pegaba mucho. Todos, todos, todos le tenían miedo al niño Humberto y a sus papás. Todos. Todos. Todos. El profesor también. La cocinera. Su hija. La mamá de Paco. El Verancio, con su mandil.[15] La María que lava las bacinicas.[16] Quebró ayer una bacinica en tres pedazos grandes. ¿Le pegaría también el patrón al papá de Paco Yunque? ¡Qué cosa fea esto del patrón y del niño Humberto! Paco Yunque quería llorar. ¿A qué hora acabaría de escribir el profesor en la pizarra?

—¡Bueno! –dijo por fin el profesor, cesando de escribir– Ahí está el ejercicio escrito. Ahora, todos sacan sus cuadernos y copian lo que hay en la pizarra. Hay que copiarlo completamente igual.

—¿En nuestros cuadernos? –preguntó tímidamente Paco Yunque.

—Sí, en sus cuadernos –le respondió el profesor–. ¿Usted sabe escribir un poco?

—Sí, señor. Porque mi papá me enseñó en el campo.

—Muy bien. Entonces, todos a copiar.

Los niños sacaron sus cuadernos y se pusieron a copiar el ejercicio que el profesor había escrito en la pizarra.

—No hay que apurarse –decía el profesor–. Hay que escribir poco a poco, para no equivocarse.

Humberto Grieve preguntó:

—¿Es, señor, el ejercicio escrito de los peces?

---

15 *Mandil*: delantal, particularmente cuando es de cuero o tela muy fuerte; como el que usan los zapateros remendones y otros artesanos.

16 *Bacinica*, bacinilla, bacineta: recipiente pequeño: orinal.

—Sí. A copiar todo el mundo.

El salón se sumió en el silencio. No se oía sino el ruido de los lápices. El profesor se sentó a su pupitre y también se puso a escribir en unos libros.

Humberto Grieve, en vez de copiar su ejercicio, se puso otra vez a hacer dibujos en su cuaderno. Lo llenó completamente de dibujos de peces, de muñecos y de cuadritos.

Al cabo de un rato, el profesor se paró y preguntó

—¿Ya terminaron?

—Ya, señor –respondieron todo a la vez.

—Bueno, –dijo el profesor–. Pongan al pie sus nombres bien claros.

En ese momento sonó la campana del recreo.

Una gran algazara[17] volvieron a hacer todos los niños y salieron corriendo al patio.

Paco Yunque había copiado su ejercicio muy bien y salió al recreo con su libro, su cuaderno y su lápiz.

Ya en el patio, vino Humberto Grieve y agarró a Paco Yunque por un brazo, diciéndole con cólera:

—Ven a jugar al *melo*.

Lo echó de un empellón al medio y le hizo derribar su libro, su cuaderno y su lápiz.

Yunque hacía lo que le ordenaba Grieve, pero estaba colorado y avergonzado de que los otros niños viesen cómo lo zarandeaba[18] el niño Humberto. Yunque quería llorar.

Paco Fariña, los dos Zúmiga y otros niños rodeaban a Humberto Grieve y a Paco Yunque. El niño flacucho y pálido recogió el libro, el cuaderno y el lápiz de Yunque, pero Humberto Grieve se los quitó a la fuerza, diciéndole:

—¡Déjalos! ¡No te metas! Porque Paco Yunque es mi muchacho.

Humberto Grieve llevó al salón de clase las cosas de Paco Yunque y se las guardó en su carpeta. Después, volvió al patio a jugar con Yunque. Le cogió del pescuezo y le hizo doblar la cintura y ponerse a cuatro manos.

—Estáte quieto así –le ordenó imperiosamente–. No te muevas hasta que yo te lo diga.

Humberto Grieve se retiró a cierta distancia y desde allí vino corriendo y dio un salto sobre Paco Yunque, apoyando las manos sobre sus espaldas y dándole una patada feroz en las posaderas. Volvió a retirarse y volvió a saltar sobre Paco Yunque, dándole otra patada. Mucho rato estuvo así jugando Humberto Grieve con Paco Yunque. Le dio como veinte saltos y veinte patadas.

De repente se oyó un llanto. Era Yunque que estaba llorando de las fuertes patadas del niño Humberto. Entonces salió Paco Fariña del ruedo formado por los otros niños y se plantó[19] ante Grieve, diciéndole:

—¡No! ¡No te dejo que saltes sobre Paco Yunque!

---

17 *Algazara*: bulla, alborozo, jaleo.

18 *Zarandear*: sacudir.

19 *Plantar(se)*: no permitir a alguien seguir adelante en una actitud o comportamiento.

Humberto Grieve le respondió amenazándolo:

—¡Oye! ¡Oye! ¡Paco Fariña! ¡Paco Fariña! ¡Te voy a dar un puñetazo!

Pero Fariña no se movía y estaba tieso delante de Grieve y le decía:

—¡Porque es tu muchacho, le pegas y lo saltas y lo haces llorar! ¡Sáltalo y verás!

Los dos hermanos Zúrniga abrazaban a Paco Yunque y le decían que ya no llorase y le consolaban, diciéndole:

—¿Por qué te dejas saltar así y dar de patadas? ¡Pégale tú también! ¡Pégale ¡Sáltalo tú también! ¿Por qué te dejas? ¡No seas zonzo! ¡Cállate! ¡Ya no llores! ¡Ya nos vamos a ir a nuestras casas!

Paco Yunque estaba siempre llorando y sus lágrimas parecían ahogarle.

Se formó un tumulto de niños en torno a Paco Yunque y otro tumulto en torno a Humberto Grieve y a Paco Fariña.

Grieve le dio un empellón brutal a Fariña y lo derribó al suelo. Vino un alumno más grande, del segundo año, y defendió a Fariña, dándole a Grieve un puntapie. Y otro niño del tercer año, más grande que todos, defendió a Grieve, dándole una furiosa trompada al alumno de segundo año. Un buen rato llovieron bofetadas[20] y patadas entre varios niños. Eso era un enredo.

Sonó la campana y todos los niños volvieron a sus salones de clase.

A Paco Yunque lo llevaron por los brazos los dos hermanos Zúmiga.

Una gran gritería había en el salón del primer año, cuando entró el profesor. Todos se callaron.

El profesor miró a todos muy serio y dijo como un militar:

—¡Siéntense!

—Un traqueteo de carpetas y todos los alumnos estaban ya sentados.

Entonces el profesor se sentó en su pupitre y llamó por lista a los niños para que le entregasen sus cuartillas con los ejercicios escritos sobre el tema de los peces. A medida que el profesor recibía las hojas de los cuadernos, las iba leyendo y escribía las notas en unos libros.

Humberto se acercó a la carpeta de Paco Yunque y le entregó su libro, su cuaderno y su lápiz. Pero antes, había arrancado la hoja del cuaderno en que estaba el ejercicio de Yunque y puso en ella su firma.

Cuando el profesor dijo: «Humberto Grieve», Grieve fue y presentó el ejercicio de Paco Yunque, como si fuese suyo.

Y cuando el profesor dijo: «Paco Yunque», Yunque se puso a buscar en su cuaderno la hoja en que escribió su ejercicio y no la encontró.

—¿La ha perdido usted? –le preguntó el profesor¿0 no la ha hecho usted?

Pero Paco Yunque no sabía lo que se había hecho la hoja de su cuaderno y, muy avergonzado, se quedó en silencio y bajó la frente.

—Bueno –dijo el profesor, y anotó en unos libros la falta de Paco Yunque.

---

20 *Bofetada:* golpe dado en la cara con la mano abierta, que produce un chasquido.

Después siguieron los demás entregando sus ejercicios. Cuando el profesor acabó de verlos todos, entró de repente al salón el Director del Colegio. El profesor y los niños se pusieron de pie respetuosamente. El Director miró como enojado a los alumnos y dijo en alta voz:

—¡Siéntense!

El Director le preguntó al profesor:

—¿Ya sabe usted quien es el mejor alumno de su año? ¿Han hecho ya el ejercicio semanal para calificarlos?

—Sí, señor Director –dijo el profesor–. Acaban de hacerlo. La nota más alta la ha obtenido Humberto Grieve.

—¿Dónde está su ejercicio?

—Aquí esta, señor Director.

El profesor buscó entre todas las hojas de los alumnos y encontró el ejercicio firmado por Humberto Grieve. Se al dio al Director, que se quedó viendo largo rato la cuartifia.

—Muy bien –dijo el Director, contento.

Subió al pupitre y miró severamente a los alumnos. Después les dijo con su voz un poco ronca pero enérgica:

—De todos los ejercicios que ustedes ban hecho ahora, el mejor es de Humberto Grieve. Así es que el nombre de este niño va a ser inscrito en el Cuadro de Honor de esta semana, como el mejor alumno del primer año. ¡Salga afuera Humberto Grieve!

Todos los niños miraron ansiosamente a Humberto Grieve, que salió pavonéandose[21] a pararse muy derecho y orgulloso delante del pupitre del profesor. El Director le dio la mano, diciéndole:

—Muy bien, Humberto Grieve. Lo felicito. Así deben ser los niños. Muy bien.

Se volvió el Director a los demás alumnos y les dijo:

—Todos ustedes deben hacer lo mismo que Humberto Grieve. Deben ser buenos alumnos como él. Deben estudiar y ser aplicados como él. Deben ser serios, formales y buenos niños como él. Y si así lo hacen, recibirá cada uno un premio al fin del año y sus nombres serán también inscritos en el Cuadro de Honor del Colegio, como el de Humberto Grieve. A ver si la semana que viene, hay otro alumno que dé una buena clase y haga un buen ejercicio, como el que ha hecho hoy Humberto Grieve. Así lo espero.

Se quedó el Director callado un rato. Todos los alumnos estaban pensativos y miraban a Humberto Grieve con admiración. ¡Qué rico Grieve! ¡Qué buen ejercicio había escrito! ¡Ese sí que era bueno! ¡Era el mejor alumno de todos! ¡Llegando tarde y todo! ¡Y pegándole a todos! ¡Pero ya lo estaban viendo! ¡Le había dado la mano el Director! ¡Humberto Grieve, el mejor de todos los del primer año! .

El Director se despidió del profesor, hizo una venia a los alumnos, que se

21 *Pavonearse*: mostrar alguien en su actitud que está satisfecho de sí mismo y se considera importante o superior a los otros. Presumir.

pararon para despedirlo, y salió.

El profesor dijo después:

—¡Siéntense!

Un traqueteo de carpetas y todos los niños estaban ya sentados.

El profesor le ordenó a Grieve: –Váyase a su asiento.

Humberto Grieve, muy alegre, volvió a su carpeta. Al pasar junto a Paco Fariña, le echó la lengua.

El profesor subió a su pupitre y se puso a escribir en unos libros.

Paco Fariña le dijo en voz baja a Paco Yunque:

—Mira al señor, que está poniendo tu nombre en su libro, porque no has presentado el ejercicio. ¡Míralo! Te van a dejar ahora recluso y no vas a ir a tu casa. ¿Por qué has roto tu cuaderno? ¿Dónde lo pusiste?

Paco Yunque no contestaba nada y estaba con la cabeza agachada.

—¡Anda! –le volvió a decir Paco Fariña–. ¡Contesta! ¿Por qué no contestas? ¿Dónde has dejado tu ejercicio?

Paco Fariña se agachó a mirar la cara de Paco Yunque y le vio que estaba llorando. Entonces le consoló, diciéndole:

—¡Déjalo! ¡No llores! ¡Déjalo! ¡No tengas pena! ¡Vamos a jugar con mi tablero! ¡Tiene torres negras! ¡Déjalo! ¡Yo te regalo mi tablero! ¡No seas zonzo! ¡Ya no llores!

Pero Paco Yunque seguía llorando agachado.

Thank you for acquiring

EL TUNGSTENO / PACO YUNQUE

from the
Stockcero collection of Spanish and Latin American significant books of the past and present.

This book is one of a large and ever-expanding list of titles Stockcero regards as classics of Spanish and Latin American literature, history, economics, and cultural studies. A series of important books are being brought back into print with modern readers and students in mind, and thus including updated footnotes, prefaces, and bibliographies.

We invite you to look for more complete information on our website, **www.stockcero.com**, where you can view a list of titles currently available, as well as those in preparation. On this website, you may register to receive desk copies, view additional information about the books, and suggest titles you would like to see brought back into print. We are most eager to receive these suggestions, and if possible, to discuss them with you. Any comments you wish to make about Stockcero books would be most helpful.

The Stockcero website will also provide access to an increasing number of links to critical articles, libraries, databanks, bibliographies and other materials relating to the texts we are publishing.

By registering on our website, you will allow us to inform you of services and connections that will enhance your reading and teaching of an expanding list of important books.

You may additionally help us improve the way we serve your needs by registering your purchase at:

http://www.stockcero.com/bookregister.htm

CPSIA information can be obtained
at www.ICGtesting.com
Printed in the USA
FFOW04n1528261214
9835FF